Missing

we were all

wrong

# 错过

# 我们都有

# 过错

－奚凤群 著－

当代世界出版社
THE CONTEMPORARY WORLD PRESS

**图书在版编目（CIP）数据**

错过，我们都有过错 / 奚凤群著. —北京：当代世界出版社，
2017. 11

ISBN 978-7-5090-1282-6

Ⅰ.①错… Ⅱ.①奚… Ⅲ.①长篇小说—中国—当代
Ⅳ.①I247.5

中国版本图书馆CIP数据核字（2017）第278824号

| | |
|---|---|
| 书　　名： | 错过，我们都有过错 |
| 出版发行： | 当代世界出版社 |
| 地　　址： | 北京市复兴路4号（100860） |
| 网　　址： | http：//www.worldpress.org.cn |
| 编务电话： | （010）83908456 |
| 发行电话： | （010）83908409 |
| | （010）83908455 |
| | （010）83908377 |
| | （010）83908423（邮购） |
| | （010）83908410（传真） |
| 经　　销： | 全国新华书店 |
| 印　　刷： | 北京盛彩捷印刷有限公司 |
| 开　　本： | 710毫米×1000毫米　1/16 |
| 印　　张： | 16.5 |
| 字　　数： | 236千字 |
| 版　　次： | 2018年1月第1版 |
| 印　　次： | 2018年1月第1次 |
| 书　　号： | ISBN 978-7-5090-1282-6 |
| 定　　价： | 42.00元 |

# 目 录

| 第 1 章 |

# 迟秦失联了

失去迟秦的消息之前，没有任何征兆。

之前，迟秦打来电话，说接下来的行程，他要到河北的一个矿区参观，可能会有手机信号不好的时候，如若联系不上，不要着急和担心。

之后，迟秦便发来一条彩信。相片里，两排规矩挺拔在乡级公路两旁的白杨，像两列哨兵一样守卫着远处的村庄。可是，看到相片的林菲，却仿若看到迟秦就站在路的侧旁，正用手撑在前额望向远方。油绿洁净的白杨叶子，虽说在头顶替他遮挡着太阳的光辉，可还是有顺着叶隙洒落下来的斑驳影子，在迟秦的脸上形成一层浅黄色的光晕。

这样的光晕，让林菲陷入无尽想象，她的心在瞬间颤抖跳动。她希望自己能是那些追随着迟秦身影的阳光。不，只是一片绿叶便好了，从树上飘下来的绿叶，打几个旋，便刚好能落到迟秦的胸前。

林菲将相片存到手机相簿，嘴角上翘。

是的，她那不再年轻和光滑的脸上终于浮出了一抹笑容。

这是处于阴暗情绪和灰暗日子里的她，唯一的一次笑容——迟秦带来的笑容。

　　之后的两天，林菲给迟秦发去六条短信，可是，仍没有收到迟秦的任何回复。

　　那条彩信之后，林菲再也联系不到他，无论她多么努力地去拨打那串熟悉的号码，迟秦就好像从这个世界上突然消失了一般。那一刻，林菲悲哀地发现，除了那串号码，她与迟秦再无任何实质的交集，哪怕曾经有过一夜欢愉，哪怕曾经彻夜畅聊。

　　这一天的下午，在无数次拨打迟秦的电话无果之后，林菲疲惫地睡去。

　　一觉醒来，天已经黑透，滂沱了一整天的大雨还没有消停的迹象，就像要将整个天地全都淹没了才肯罢休似的。

　　莫非矿区也降了暴雨，所以，迟秦被困在了路上？

　　或是……

　　林菲的心一慌，不好的念想便蹿出来强占了她的全部思维。

　　但她马上便命令自己甩掉这些无稽之念！她觉得自己真是疯了，迟秦是去矿区，他不是也嘱咐过会有信号不好的时候吗？如果他到了信号畅通的地方，一定会第一时间打来电话报平安。他一切都会好好的，自己到底在担心什么？

　　可是，这都过去了整整两天，他为什么还不打电话给她？他到底是怎么了？

　　这样想着的林菲，就那样一直躺在床上，颓废而没有丝毫生气。冰冷的雨水依然在不停地敲打着空调的外机，在"砰砰"的节奏中，将周围的世界带入一片黑暗。

　　此时的林菲，再次感觉到身上的那些不对劲，胸发紧，腰也是酸得要命，紧胀而酸疼的乳房提醒着她，那个日子又要来了。一想到十天前和迟秦的那一夜欢愉是安全的，被丈夫陈家声凌辱的那一夜，也没有酿出苦果，本该高兴的林菲，却不禁鼻头一酸，心情顿时灰暗下来。在黑暗中大睁着眼睛的她，眼泪悄无声息地就滚落了满脸。

　　雨声渐小的时候，林菲打开了台灯，看看表，已是晚上十点半，腰酸得更加厉害，胃也有些隐隐地要痛起来。林菲知道，一天滴米未进让她有些虚脱。她决定对自己好一点，于是挣扎着爬起来，将自己晃进了厨房。

　　女儿米米最近依然住在母亲家，每天都被外婆蒋玥直接从学校接走。外婆就一个人，米米也喜欢和外婆在一起。

林菲想到女儿和母亲，原来灰暗的心情终于有了一丝的明朗。可是，转念之间又想到了迟秦的失联，她的心里陡然又生出了无尽的孤单。

晃进厨房的林菲，将冰箱的门拉开。

撞进眼里的，先是一捆耷拉着脑袋的菠菜，菜叶已经卷成一团，毫无生机可言，还隐隐露出黄色的皱边，就像一张被风化了的纸一般，似乎只需一个轻轻的触碰，便会瞬间支离破碎；旁边的塑料袋里，是被折成两截的芹菜，因为袋子是系着的，芹菜的根茎因为水分和氧气的缺失，已经近乎干涸，却依然直棱棱地戳在袋身上，而芹菜叶已从油绿变成了黄绿，就好像从春天一跨步便到了深秋似的；在上面的隔层里，那袋馒头打眼一瞅已经起了星星霉点；还有很久之前从饭店打包回来的蒜瓣羊肉，横在保鲜盒里，但林菲知道，肯定已经不新鲜了。

看着这衰败的一切，她突然便一点胃口也没有了。

像赌气似的，她将冰箱门使劲一关。谁知，用力过猛，头一下子便有些发晕，眼前冒出黑云，赶紧往旁边伸手扶到厨房门上，半天才将心神稳住。

她自嘲地笑了笑，嘴里嘀咕着："林菲啊林菲，你可真行，日子都能过成这副德行。"

林菲决定，继续回床上去睡觉。

这样的雨夜，林菲独自一个人蜷缩在双人床上，她和米米一起睡了9年的双人床。白天睡得太多了，睡是睡不着了，躺了大约半个小时，她便干脆坐起身来。起身时，又感到了一阵晕眩。林菲摸摸自己的脸，好像有些发烫。"应该不是发烧。"她自我安慰。

这套二居室的主卧室，是自从和丈夫陈家声分床以来，林菲和女儿米米一直住的大卧室，陈家声则始终自觉地睡在小卧室。

房间差不多有20多平方米，靠墙摆了一组衣柜，靠窗摆了米米的书桌和书柜，除此，便是这张偌大的双人床。此刻，房间里的一切在台灯朦胧光辉的映照下，显得异常地安详沉静。是林菲喜欢的安详沉静。

规矩的房间布置之余，其实还是有吸引人眼球的装饰，那便是床头正上方那幅35寸的婚纱照。

照片上的林菲身着飘逸的白色雪纺礼服，印染着紫色大花，陈家声的礼服则选用了通身的白色。照片中的场景是在一片紫色的薰衣草园，林菲一脸的羞涩尽染在陈家声的胸前，就像诗中写的那样："那一低头的温柔，似水莲花不胜凉风的娇羞！"

此刻，靠在床头的林菲将两只手交叠在一起使劲搓了一下，深呼一口气。目光一闪中，她突然像不相信自己的眼睛似的，又将眼睛使劲往大睁了睁。天呢，在天花板的角落里，竟然趴着一只睡熟了的苍蝇。那憨头憨脑的睡样！

还不等林菲出声感慨，她目光一移，竟然看到墙角不知什么时候还挂上了一层又一层薄薄的蜘蛛网。都说蜘蛛是蚊子、苍蝇的大敌，可是，在林菲的屋顶，它们竟然相安无事地互相存在着。

从失去迟秦消息之后生出的那些不安和焦躁，就在那个颓废的墙景面前，终于排山倒海地变成了疼痛。她突然号啕大哭，眼泪四散奔涌。

可是，片刻之后，哭声突然戛然而止。因为她已经迅速起身跳下床，身体里就好像一下子涌进了无数的力量，冲进卫生间，将放在门后的扫把紧紧地握到了手里，同时快步返回卧室。扫把在林菲的挥动下，先是垂直于墙面，从蜘蛛网的下部紧贴着墙壁，自下而上，终于在最后一刻，林菲手腕一横，蛛网连同蜘蛛一起被她扫了下来。没有伤到蜘蛛，但惊飞了苍蝇。

林菲将扫把放回原处，准备转身回卧室。就在这时，她的余光瞥到了卫生间的镜子。她止步转身，瞪大眼睛去瞧镜子里的自己。她有些不敢相信，只是一天的工夫，她竟然面目枯萎到这个样子，就像刚刚冰箱里的那些菜，耷拉着脑袋，一副不忍也不堪相认的模样。

一直以来，林菲都想做一个散发着淡淡清香的女人，没有过分的醉人与香甜，女人的淡然，可将那样的情感变得经久。可是，那一刻对着镜子使劲看的林菲，突然明白，那些清香在无情的生活面前，其实已经只剩索然无味。陈家声不是也说了，她活得太自以为是，她其实既不懂情趣，人又无趣。

想到这儿，对着镜子的林菲，在这个寂寞的空间里的林菲，心头一酸，眼泪第二次喷涌而出。

都说一个人在大哭和大笑时的表情是一样的。哭着哭着的林菲，突然觉得自己其实是在笑。也是，生活啊，哭和笑究竟有多大的区别！

　　此刻，在迟秦失联的雨夜，林菲就这样一动不动地站在卫生间的镜子前。镜子里的她，在对自己笑，笑肌在脸上来回蹿动，可是，脸依然僵硬，眼里也是冰冰凉凉的陌生。卫生间马桶和浴盆中间半开着的水帘，像一个另类的灵幡，在昏黄的灯光映照下，散发出令人不愉快的压抑气氛。林菲一会儿感到寒冷，一会儿却又觉得心在去往爆裂的路途中还慷慨地给了她一丝丝的温存。

　　生活真像张光盘，光驱读到哪儿，人生的电影便要演到哪儿。可是，也有可能演成林菲此刻的这个样子，光盘扭曲变形，只能扔进垃圾筒。

　　也好，那样便跳出了这个混乱的圈子。林菲这样安慰自己。

　　即使如此，现在的她，也必须面对这已经混乱了的一切。

　　又迷迷糊糊地睡过去，早上醒来时，雨已经完全停了。林菲来到阳台，努力呼吸了一下雨后的新鲜空气。憋闷在心里一天一晚的郁气，似乎就在这样的吐纳中，因为有了饱满氧气的注入，而一下子又重回了人间。

　　林菲跟自己赌气，不再给迟秦打电话了。如果他没有事，自然应该向她报平安。如果他故意不报，那么，林菲在他心里，也不过如此。那万一他摊上了大事，那么，就算林菲打通电话，又如何让对方向自己解释？以什么身份解释？

　　更重要的一点，是她这样心绪难安、悲苦压抑，迟秦知道后肯定会心疼。因为迟秦爱她。

　　早上的林菲和独陷在幻想里的林菲，已经有了迥然差别，那些理智好像在经过近乎二十四小时的逃离之后，又重回她的身体。

　　林菲决定做饭喂饱自己。即使生活一片混乱，她还是应该对自己好一点。心里这样想，脚步还没有移开，搁在床头柜上的电话却突然惊跳起来。

　　啊！是迟秦吗？

　　林菲脚下一晃，人已经冲到了床前，手机被她一下子攥到了手心。

　　唉，不是迟秦！

　　林菲的心就在那一刻又翻江倒海般的疼痛起来。

　　那一刻她确信，不管迟秦到底出了什么事，她对迟秦的感情都会停留在真挚饱满之中。正因如此，迟秦的失联会引发她的疼痛不安、脆弱委屈。这一切都因为，她也爱上了他。

　　这是迟秦失联的第三天上午，林菲简单收拾了一下，决定出门转一圈。

　　想去迟秦带她去过的那座神山。可是，当时的自己是糊里糊涂地坐在副驾驶座上的，虽说眼睛一直直视前方，可是，全部心神却一直在那个手把着方向盘的男人那儿。路到底怎么走的？她似乎已经完全不记得了。

　　又想了想，她决定去报社附近的小公园。那一次，就在那次出差的前一天傍晚，迟秦就是在那片小小的天地里，猛地将她扳转进他的怀里，给了她霸道却又温暖的一吻。她想去那儿，是想去当时的天地里，寻一些当时的温暖来慰藉此时的落寂。

　　迟秦啊迟秦，你怎能这么狠心？你怎能狠心不想向我告知你的状态、你的情境，还有你的平安。难道你就完全不体恤我的心焦，以及思之若狂却又思之不得的无奈？如果你平安归来，你如何来安慰我为你生出的伤悲和不堪，如何看待我这麻痹自己的虚幻之梦？

　　难道，难道你出事了？

　　不要啊，千万不要啊！

　　林菲心里拼命祈祷。如若要她因此放弃对他的爱，才能换回他的平安归来，她也愿意！

　　可是，她这样为迟秦着想，迟秦知道吗？

　　还有，她这样想，她那混乱不堪的生活，允许吗？

| 第 2 章 |

## 被爱情冲昏了头脑

和迟秦好的时候，林菲的女儿米米 9 岁，已经上小学四年级。

这一天午饭后，米米坐在客厅的沙发上看书，林菲则在一旁给米米削苹果。

"妈妈，'金凤玉露一相逢，便胜却人间无数'是什么意思呀？"沉浸在故事里的米米突然抬头问道。

米米话音一落，手上正削着苹果的林菲，刀子一滑，一道深深的血痕便迅速留在了左手食指。只听林菲"啊"了一声后，便将手指含进嘴里，一边吮吸一边去拽茶几上的抽纸。米米将手里的书一扔便扑到了林菲身边，同时嘴里惊慌地大叫道："爸爸，爸爸，妈妈的手割破了。"

正在电脑前玩游戏的陈家声听到米米的叫唤，不急不慢地趿拉着拖鞋来到客厅，看了林菲一眼后便一脸不满地说道："你说你，多大的人了，削个苹果还能把自己的手割破。"

说完，他便又转身折回书房。就在林菲的眼窝里快要沁出眼泪时，陈家声又趿拉着鞋子回到客厅，一边递给林菲一个创可贴一边说道："就知道一天到晚逞强装女汉子了，你以为你真比我强很多？"

米米不满爸爸的态度，冲着陈家声嚷嚷道："爸爸真坏，妈妈都快疼哭了，你还说妈妈？"

"那你妈妈倒做点让我不说的事啊！"陈家声不满女儿的指责，反而高声说道。

陈家声的话音刚落地，米米便"蹭"地站了起来，冲到陈家声的身后，猛地一边将他往书房推去一边说道："爸爸，你玩你的游戏去吧，我和妈妈都不想看到你，讨厌的爸爸。"

米米的话让陈家声一下子接近了暴怒的边缘。可是当着女儿的面，他倒也在拼命忍住，但指责林菲的话还是脱口而出："你看看，你把女儿都教成什么样了？连她老子她都敢说、敢推。这样下去还了得？"

"了得"二字的尾音随着米米"砰"的一声关门声，被强硬关在了书房里。隐隐约约还能听到的，是陈家声骂骂咧咧的摔打声。

"妈妈，你的选择是多么错误啊！"再次坐回林菲身边的米米，一脸心疼的表情。

"那你说妈妈怎么办？"林菲心情不好，可还是顺着米米的话问。

"离婚呗！只有离婚一条路能挽救你的幸福了！"米米一脸笃定的表情。

米米的话把林菲吓了一大跳。米米才9岁啊，她的脑子里一天到晚都在想什么，竟然能说出这样惊世骇俗的话。

林菲将米米的手拉过来，用已经缠好创可贴的左手覆在女儿的手上，一边拍打着一边柔声地问道："米米，告诉妈妈，你为什么觉得妈妈不幸福？"

"很简单，你和爸爸天天吵架，我都快被你们烦死了。我们班迟蔚的爸爸和妈妈也吵架，不过……"说到这儿的米米突然又转口问道，"对了，妈妈，'金凤玉露一相逢，便胜却人间无数'是坏话吗？迟蔚给我的同桌高晨曦写了一封情书，里面就有这句话。高晨曦骂迟蔚是臭流氓，还把信交给了老师。这句话真的是流氓话吗？如果是流氓话，怎么这本书里也有这句话呢？"

米米似乎已经忘掉了刚才的不快，拿起沙发上的书，翻到让她不解的这句话，一脸疑惑的表情看向林菲。

此时的林菲，刚刚想要平复的心再次瞬间惊出波澜，她的脸一红，但还是故作镇定地解释说道："这怎么是流氓话呢？这是诗人写给自己妻子的一句话，意思是他在外地回不了家，但他很想念妻子。如果两个人能够相逢，哪怕时间很短，也是很可贵的，也是能抵过世间许多幸福的。就好比，就好比……"

说到这儿，林菲突然语滞起来，因为她发现自己根本找不到合适的比喻。

就在她支吾着不知如何将话说下去的时候，米米接话："就好比红太狼在家里等灰太狼捉羊回来的心情是吧？因为能吃到羊，所以，就想念灰太狼快点回来。对不对，妈妈？"

"你这个小脑袋都在想什么？"林菲没有肯定也没有否定，只是爱怜地抚了抚女儿的头发，将已经削好的苹果递给女儿，"好了，继续看书吧。"

听了林菲的话，米米不再言语，一边啃着苹果，一边重新沉浸回故事书的精彩之中。

孩子的世界总是这样单纯快乐，哪怕父母刚刚激烈吵了一架，但余声一平息，即使刚刚痛哭流涕，也总能很快转移注意力，重回自我的世界。

可大人们却总难做到这一点。

虽说刚刚没有像往常那样激烈地吵起来，可是，她的心情却半天不能明朗，就像被乌云压了顶一般，窒息而又怅然。

林菲给自己倒了一杯水，迟疑了一下，也倒了一杯递给奋战在电脑游戏前的陈家声。陈家声"嗯"着，头都没有抬。情绪已然因为游戏平静下来的他，也似乎忘掉了刚才的不快。

很多时候，似乎都只是林菲一个人沉浸在悲伤里面。

陈家声常常不解地问林菲："生活已经这样好了，你为什么总还觉得不如意？"

他甚至还一副不知所以的样子："我也开始挣钱了，我挣的钱也有一部分都交给你了，你为什么还总觉得我没有尽到养家的责任？"

包括婆媳关系这方面，陈家声也会常常发声指责："我妈对你算是够大度、够理解的了，你为什么还总觉得公公不疼婆婆不爱？"

种种问题，林菲总觉得头大，不想费力解释。

什么叫生活得好，什么叫男人的责任，什么又叫婆婆的疼爱？

是的，林菲的理解和陈家声的理解着实出入太大。

此时，这个将手割破了的午间，递给丈夫一杯水后的林菲，在看着丈夫又是一副全身心投入在虚拟世界里的专注表情时，她的眼神里便再次掠出了一丝鄙夷。

　　但是，这丝鄙夷也只是在眼里一闪而过，因为此时的她已转过身子，将自己往卧室的方向晃去。她准备睡上一小觉，她不能让刚刚的不快影响到自己的心情，因为晚上她要见迟秦。

　　刚刚割到手，便是因为米米说的那句诗让她突然心惊。之前，她刚给迟秦发过一条短信，为了表明她对这个重逢夜晚的期待，她便敲出了这句话。她还暗暗得意，迟秦看后，心里一定也会瞬间澎湃。因为她相信，他和她一样，都在期盼这次重逢，期盼这次金风玉露般的重逢，让他们的"恋爱"从此进入实质的历程。

　　是的，之前的他们，只限于纸上谈兵。可是，这样的纸上谈兵，却也充满了无限欢愉。这种欢愉，是林菲这么多年婚姻生活缺失的、也是被自己强压于心的憧憬和心动。

　　刘欣说得没错，女人需要找到一个能够唤醒自己的男人，这种唤醒不仅仅是身体上的，还应该包括灵魂。

　　迟秦便应该是唤醒林菲的这个男人。否则，为什么错过了林菲生命里的最美年华，他还是最终执意出现。

　　想到迟秦，林菲的心里便觉得温暖明媚起来。

　　迟秦曾经不止一次感慨地说，人生若只如初见该有多好。郎未娶，妾未嫁，未经沧海桑田，只要长于情，深于情，便可相知相恋天长久远。

　　好一个"人生若只如初见"。所以，才会在错过这么久之后的相遇里，再次渴望一杯清水般清纯透明的幸福，即使这种幸福稍纵即逝，却也想拼命抓住，拼命追寻。

　　可是，人生若只如初见。如果只是停留在初遇的背影里，林菲和陈家声，其实也曾经是完美的一对，情真至深，以为那颗心永远都不会改变吧！

　　34岁的林菲，在江林市晚报社已经工作了整整12年。但是，随着传统纸媒的话语权日渐被全媒体替代，江林晚报的价值便逐渐失去了光芒。记者们最初无冕之王的骄傲，也在这样的衰败和弱势中掉落一地。

　　大学毕业后，怀着满腔新闻理想成为记者的林菲，一度以为，凭借一支犀利的笔，便可除暴安良，为社会和人心谋得朗朗晴天。可是，无论是社会新闻部，还是经济新闻部，以及今日的深度调查部，她所报道过的新闻，似乎都与正义伸张无关，与公信力无关，最多的总是豆腐块般的通稿，或者东家长西家短的琐碎，或是歌功颂德的马屁。

当然，她也不是没有遇到过批判或弘扬正能量的选题，只是，媒体是要做事实的搬运工，而非道德的裁判员。尤其是在广告为王的传媒时代，所谓的事实，便是看似严谨的文字，看似规范的新闻伦理，看似在鞭辟入里，为人广开思路，背后选择的，却是卑微和怯弱，因为要屈从于生存，屈从于利益。

这样的选择，让林菲的真心在很多时候便会被假意侵占。因为她既不能坚持中立去批判，又不想写成春秋笔记，故弄玄虚或是闪烁其词一番。当然，也有一些时候，她的妙笔生花，会因车马费的丰裕程度而权衡取舍。

陈家声特别不屑林菲的工作。在他看来，林菲的文章既不能引领社会主流价值，又不能给个人带来任何私利实惠。为此，两个人争执过许多回。争执的次数多了，林菲也就麻木了。

是的，34 岁的林菲已经变成了一个麻木的人，无论是新闻事业还是家庭生活，她都懒得辩解或挣扎，任由那些躲在文字背后和生活面前的选择，冷眼嘲笑她的麻木，冷眼见证她的消磨，任由曾经的热情和理想万劫不复。

万劫不复的，还有对陈家声所谓的爱情。

陈家声大林菲 4 岁，长着一副不错的皮囊。就是这副皮囊，让情窦初开的林菲异常喜欢，并甘自沉迷。再加上当时的陈家声在企业里做业务，待人接物很有一番气度。与林菲天天看到的文艺男，有着天壤之别。暗暗比较，陈家声便加分颇多。此外，陈家声也算是一个通博古今的人，虽然只是一个专科毕业生，但通晓古今中外，善于交谈，有趣谈资从不间断。只这几点，便让林菲的情感天平有了严重倾斜。于是，便果真应了那句话，说是一个女人婚后流的汗水和泪水，与婚前选丈夫时脑袋的进水量相等。

林菲喜欢的陈家声，全是生活之外的陈家声。和陈家声结婚成家后的林菲，这十年来便过得异常辛苦。用一句话来概括生活里的陈家声，那便是严重的大男子主义，外加让人痛心的生活恶习，比如酗酒抽烟、沉迷游戏、不管家务，更为重要的是 —— 不养家。

可是，只要一说起不养家，陈家声便是委屈加愤怒。他常常脖子青筋直露地质问林菲，他怎么不养家了，他需要怎么做才算养家？

想当年刚结婚的时候，林菲与陈家声原本与公婆一起住在那套三居室。公婆都是工人退休，也没有多少积蓄，所以，体谅老人不易的林菲，便没有提出再买新房的要求。她还天真地以为，自己这么好的脾气，会和公婆相处愉悦。谁知，却与事实背道而驰。

公公陈公仆是个"好好老头"，一辈子都在婆婆胡荣花的淫威下过活。大姑姐陈树玲结婚后不久，便因丈夫出轨而离了婚，从此便在娘家住到现在。

他俩刚结婚时，老老少少五口人住在一起，也还算和睦。时间不长，林菲就发现陈家声这个家伙好吃懒做，每天早上都要被婆婆哄着才能起床，之后还有一番挣扎，这样的丈夫让林菲看不下去。这天早上，她揪着陈家声的耳朵一路推着丈夫去洗手间洗漱。吃过早饭后，她还逼着丈夫必须、立刻、马上出门上班，去挤公交车上班，而不是一直磨蹭到时间来不及了，又打出租车潇洒而去。

林菲的本意是改改丈夫的恶习，这么大的人了，还要当妈的伺候，这是其一。其二，自己作为人家的老婆，管丈夫也是天经地义，她并没有觉得有什么不妥。

谁承想，林菲的好心在婆婆胡荣花看来，不仅仅是挑战丈夫的权威，更是挑战婆婆的权威。虽说当时没有说什么，但晚上便摔了脸子。回到家的林菲发现冷锅冷灶，便赶紧挽袖做饭。饭做好了，婆婆却不上桌，说没有那么好的福气享受儿媳妇的伺候，因为不想也有一天被儿媳妇揪着耳朵怎样怎样的。大姑姐早就知道了前因后果，更是一番火上浇油。

那天晚上，果真一家人都没有吃饭，包括陈家声。

气不过的林菲便赌气回了娘家，心想：自己又没有做错什么，陈家声肯定要好言相劝，还会降低姿态，赶紧上门把自己接回去。这样一来，公婆和大姑姐就会知道自己不是一匹过于温顺的小马，这以后的日子，说不定便能波澜不惊地和平共处下去。

谁知，陈家声不仅愣是没有上门，竟然连电话都没有打一个。等到林菲耐不住性子给陈家声电话时，才知道这个家伙竟然在第二天便找借口出了差，还有好几天才能回来。

　　林菲的母亲蒋玥看不过去，便以一个退休老教师的善良姿态，晓之以理动之以情地将林菲劝了回去。

　　现在想来，林菲当时做的最错的一件事情，便是当初没有等到陈家声及婆婆的道歉，而是自己按捺不住先腿贱心软地回到了婆家。

　　出差归来的陈家声，没有问林菲这些天怎么过的，而是迫不及待地先将林菲一阵猛搞，以满足自己饥渴的兽欲。本来心情不爽的林菲，想要拒绝。可是转念一想，夫妻打架不就是床头打了床尾和吗，再说了，自己还是新婚，丈夫在整个事件过程中，虽然没有维护自己，但也没有非议，就息事宁人就吧，退一步或许便果真海阔天空。

　　谁知，林菲的妥协并未换回应得的尊重。

　　这天晚饭后，婆婆把林菲和陈家声叫住，说是得立几个规矩。一是两个人也结了婚，她的任务也算完成了，所以，不能再白吃白喝住在家里，房租不收了，可这饭钱一分也不能少。二是这家务活，有了媳妇，婆婆便算熬了出来，以后林菲不能对家务装得跟个路人似的，只管自己那一摊子的洗洗涮涮，要把一家子的都承担起来。

　　林菲还没有说什么，陈家声便先说话了，说自己工资就那么一点，这还得攒钱买房子，两个人吃饭能花多少钱啊，都是一家人，老妈不能太见外。

　　谁知，陈家声的话让婆婆一下子愤怒起来，说自己的儿子以前从来不这样，果真是娶了媳妇忘了娘，这都是媳妇教了才能变成这样的。

　　一竿子把林菲打了一个七窍生烟。那一刻，林菲下定决心，一定要赶紧买房从婆婆家搬出去。

　　当天晚上，林菲便和陈家声商量买房的事。陈家声不依，说攒钱买房的事，只是当着他妈的面说说，目的是为了不交生活费。他一个月就这么点钱，先不说交不起首付，每个月再一还房贷，喝西北风去啊！

　　林菲好言相劝，并搬出自己不多的理财理论，说这房价肯定得一天一个样，早买比晚买强。再说了，裤腰带勒紧点，房子首付的钱肯定能攒出来，房贷还款也没有问题。毕竟只要两个人一直都上班，这收入就能跟泉水往外涌似的，源源不断。

　　说到最后，陈家声见林菲主意已定，便当了甩手掌柜：既然林菲想去办，他支持就是了。只是，让他戒烟戒酒是不可能的，因为他是干业务的，这烟酒从来都是业务的敲门砖。再说了，开源节流，是开源在前，节流在后。所以，从小钱上省出来的富翁，都不是真正的富翁。

　　陈家声的话似乎有点道理。林菲也知道，一个人的生活习惯很难轻易改变，便也不再执拗坚持。于是，她便又拉着陈家声说报社近期刚好有一批团购房，价钱也还公道，得早下手为强。

　　可是陈家声却说房子离他妈家太远，又是在开发区，以后上下班都是问题。本来就没有钱买房子，买了房子还得投资一部车子。两个人都还没有驾照，这以后可怎么办？

　　林菲一想也是，便准备圈定市中心方圆三公里的范围，哪怕是二手房，也要赶紧凑钱买下，尽早搬出婆家。

　　想到这儿，她便又和陈家声数落起首付款的事。谁知，陈家声却一脸不情愿，说自己上班这六年来，并没有攒下什么钱。而且结婚也花了不少钱，他手上根本没有多余的钱。

　　"那到底有多少钱？"林菲想要一探实底。

　　说实话，对于两个人财政上的独立，闺蜜兼报社同事刘欣一直持反对意见。当然，她最反对的，还是林菲嫁给陈家声这件事。

　　在她看来，两个生活环境和三观南辕北辙的人，不可能拥有共同的兴趣爱好。不仅如此，她一直认为陈家声的皮囊过于华丽，而现实生活中，这样的华丽通常都是华而不实的。更为重要的，是女人到底应该嫁给爱情，还是应该嫁给生活？

　　可是，现实如刘欣，却拗不过林菲的执着。于是，她眼睁睁地看着林菲被所谓的爱情冲昏了头脑，她一脸的痛心疾首。林菲却对生活满脸的欣喜和憧憬。

　　而刘欣在林菲的女儿米米都已经 9 岁的时候，她还依然待字闺中。等待，不，是仍在寻找最适合她的生活。

| 第 3 章 |

## 新生活很快支离破碎

只是，现实很快便打破了林菲的美梦。

知道大概的刘欣便又苦心婆心地劝林菲，说现在这个社会，已经不是管住男人的胃便能管住男人的心的时代了，而是要管住男人的钱才能管住男人的身。她还说既然木已成舟，只能亡羊补牢，将家中的财政大权紧握手中。

只是，刘欣的话对于林菲而言，也只能听听。因为夫妻二人的相处，自有其道。林菲则认为还是要给彼此足够的空间。虽然最终事实证明，她错得有多么离谱！

就在说起买房的这个晚上，当林菲问陈家声到底有多少钱时，陈家声就像被惊雷突然劈到了一般，一脸错愕，迟疑了半天才说道："大概也就万把块吧。"

陈家声的话让林菲的心凉了半截，"你别打我钱的主意啊！你也知道，我是做业务的，说不准什么时候就要用钱。你总不想看你老公临时有急事掏不出来钱，被人笑话或是在客户面前出丑吧！"

第二天下午，林菲绕道回了一趟娘家，将自己要买房的事情，对母亲蒋玥掏了个底。母亲十分支持，说和婆婆同住，还有一个大姑姐，关系难处是自然的事。而且，成了小家有个自己的房子也是对的。如果需要用钱，她这里有 8 万块，帮不了全部，也只能救急。反正她就这么一个女儿，她不把钱给女儿，难道是要留着烧火熬汤吗？

母亲的话让林菲的心里有了底，算上自己这两年的存款，陈家声的1万块忽略不计，她能拿出手的是12万块。这样，在婆家附近找一套二居室，首付款和办手续的钱，基本上也就够了。装修和家具的钱吗，车到山前必有路。而且，这班还一直上着，钱总不会拐弯绕到别人的卡上。

打定主意，林菲便到处看起了房子。很快，她便选中一处。房子南北通透，小区环境也好，还有配套的幼儿园。小学距此也不过一站路。只是，房子是顶层，夏晒冬凉。但顶楼的价格每平方米要便宜三百块钱，在现有的经济能力承受范围之内，这已经是最合适的选择了。

陈家声比较满意，公婆和大姑姐也一起过来看了看。这件事，自始至终林菲都不想悄悄进行，她觉得此事正大光明，干吗要偷偷摸摸？再说了，是她要买房子，尽到告知义务也算合情合理了。

谁料，关于房本上写谁的名字，婆家竟然自有打算。

看完房子的当天晚上，婆婆便召开了紧急家庭会议。在她看来，自己养儿子这么多年，还没有享儿子的孝顺的福，儿子便娶了媳妇忘了娘。再说了，家里也不是没有房子住，非要出去住，那么，自己是不会帮添一分钱的。更过分的是，她反复强调，虽说是林菲娘家出的首付款，但是，这房子是陈家的，只能写陈家声的名字。

婆婆的话音一落，林菲的脑袋便炸了个底朝天。她突然觉得刘欣反复告诫她的话，便是今天这个现实的巨大嘲讽。真是搞笑呢，自己出钱买房子，婆家不出钱也罢，丈夫不出钱也罢，名字还得写丈夫的，还有没有天理？

只可惜，婆婆的如意算盘没打成，因为就在这个节骨眼上，陈家声和顶头上司酒后起争执，一赌气辞职了。于是，贷款便只能以林菲的名义去办。顺理成章，房产证上的名字，便只能是林菲。陈家声倒觉得无所谓，不管写谁的名字，只要他是林菲的丈夫，这房子就是两个人的共有财产。

再说了，虽然他的生活能力让林菲不满，但两个人的感情基础还是有的。文化人都要面子，不到万不得已，不到忍无可忍，林菲是不会和他离婚的。更何况，林菲已经怀孕，想要插翅飞走，应该也难如愿了。

她没有想到，买一个二手房，看似手续简单，这一趟趟办下来，既不少搭工夫，又不少交钱，契税印花税以及各种费用，一大堆。就连中介费，也是按成交房款的百分比计算的。即使如此，看到大红气派的房产证上写着"林菲"二字，林菲的心里还是美滋滋的，就好像她的生活便可以真正生根发芽，奔向了春天。但却花光了林菲所有的钱，日子有些捉襟见肘。

在各种手续的办理过程中，丝毫指望不上陈家声。他总有各种理由，理由最多的，便是他要去面试。他似乎面试了许多单位，却总无人慧眼识珠。他已经三个月没有收入进项，已经没有积蓄可以支撑，虽然他还没有开口问林菲要钱，但是，林菲知道，这样下去，早晚会有那么一天。

刘欣敏感地觉察到林菲的困境。这天午饭时，刘欣不想在报社食堂吃，便约林菲去外面饭店吃。林菲犹豫了一下，婉言拒绝了，说不大想动弹，就在食堂里随便吃点好了。

"是不是没钱了，买房子买空了？"刘欣递给林菲一个橘子问道。

"哪有啊，家底厚实，再买上两套也还有余粮。"林菲故意说笑。

"得了吧你，跟我还瞒着。我是这个世界上除了你妈以外，最心疼你的人。比那陈家声还心疼你。"刘欣一脸唏嘘的表情说。

刘欣不喜欢陈家声，从来都是直呼其名。陈家声也不喜欢刘欣，觉得这个女人太势利。他还疑惑地问林菲，如林菲这般心思单纯的人，怎么会和刘欣这样的女人成为闺蜜。刘欣却说，正因为林菲心思单纯，才会上了陈家声的贼船。

当天下午，刘欣便往林菲的卡上转了3万块。说别跟她客气，她也没有太多的钱。虽说救急不救穷，但是，林菲这又急又穷的模样，她实在看不下去了。当然，也是看在林菲肚子里孩子的份上。

林菲用这笔钱将房子简单装修了一下，添置了一些家具和家电，便也所剩无几了。幸好这个时候，报社发了一笔2万多块钱的奖金。再加上林菲帮一个企业写了一段时间的软文广告，又赚了8千块，还刘欣的钱基本上凑齐了。

可刘欣却死活不收，说林菲这孩子眼瞅着就要生了，用钱的日子多着呢。再说了，休产假那段时期没有工资可发，一切还都得先垫钱。所以，钱是女人的主心骨，也是安全感。她嘱咐林菲把钱收好了，千万不能让陈家声知道自己还有钱，还没有被掏空。当务之急，是逼陈家声再就业，逼陈家声担起养家的责任。"一个大老爷们，如果连老婆生孩子的钱都掏不出来，他还叫男人吗？"

一转眼，这陈家声便待业整整4个月了，愣是没有找到新单位。他也不是不努力，每周跑人才市场，在网上频繁投递简历，经常去面试，还偶尔去某个企业上几天的班，可是，却总难以一锤定音。

虽说没有工作便没有收入，可陈家声在林菲面前却丝毫没有底气不足。

林菲既心疼丈夫，又有些不能理解，便试图帮他分析原因，甚至想托自己的关系，帮陈家声先找家像样的企业干着。

谁知，林菲的好心，却让她和陈家声之间第一次爆发严重的冲突。

"以后我的事你少管！"陈家声先声夺人。

"怎么了？杨总不是都安排好了，说你直接去上班就可以了。"林菲一脸的不解，小心翼翼地问道。

"那叫上的什么班？手底下一个人也没有，还得听一个女人在那里指手画脚。"陈家声的声音高抬八分，牙齿"咯吱"咬了一下，声音轻微，但还是落入了林菲的耳里。她一下子明白了陈家声找不到工作的根本所在。

"不都得有个过程嘛！"林菲嘴里嘟囔一句，但马上又语气轻快地说道，"看不上咱就不去。我相信我老公不比任何人差，肯定能找到一份好工作。"

陈家声不再接林菲的话茬，反而话音一转："你和那个杨总什么关系？"

"什么什么关系，就是普通的采访关系。"林菲不知陈家声想说什么，但因为心里没有猫腻，所以本能地脱口而出。

"真没什么特别的关系？"陈家声不信一般，再次反问。

"真有意思，难道还有男人对一个大肚子女人感兴趣？"林菲有些不高兴，话语很冲。

"以后你少跟这种男人来往！"陈家声不知到底在杨总那儿受到了怎样的质疑，突然这样说道。

"什么叫来往？你界定的来往底线是什么？难道说正常的工作关系都不行了吗？你是不是觉得我就不应该抛头露面工作。那好，我不工作，你挣钱养活我吧！"

林菲觉得委屈，不禁出声指责。

"你少拿钱说事。你当初跟我时便知道，我陈家声就没有什么钱。再说了，你这一天到晚钱钱钱的，房子是你要买的，家具家电也是你要买的。可不买这个房子你跟我喝西北风了吗？"

陈家声的语气一下子变得冰冷无比，话里的不满支棱着，将林菲整个人戳在了那儿，半天不能言语，动弹不得。

"你的意思，都是我错了？"林菲泪如泉涌，一脸的凄然。

"随你怎么想。如果不是买这个房子，我们的日子不会过得这么拮据。"陈家声毫不示弱。

"也是我拮据，你们都没出过钱，你们的日子拮据，与我有什么关系？"

"真是可笑，你和我结了婚，你挣的钱难道不是家里的钱？"陈家声的狡辩让林菲再次怔在那里。

原来还是林菲自己错得离谱，竟然没有弄明白，从领了结婚证的那一天起，自己挣的每一分钱都应该列在家庭的资产簿上，是夫妻的共同财产，而不是她一个人可以自由支配的私房钱！想想多可笑，房子收拾利落，搬进来的那一天，他们夫妻俩还一起站在客厅环视着各个房间，终于过上了憧憬许久的新生活。可这才短短几天的工夫，新生活便支离破碎成这副模样，让人不忍相看。

赌气没有吃晚饭的林菲，半夜里突然肚子疼了起来。不得已，她只有将陈家声推醒。

一见林菲疼得满头大汗，陈家声吓得四脚发软，全然忘记两个人还刚刚吵过架。

送到医院跑上跑下，为林菲忙前忙后。所幸没有大碍。只是因为林菲最近劳累过度，再加上情绪突然剧烈起伏，动了胎气，静养几天便没事了。不过医生还是嘱咐林菲，虽说孩子的月份日渐大了，从理论上来讲，是安全了。可还是不能掉以轻心。

一直不肯回家休息的陈家声，就一直坐在林菲的病房床头陪着，嘘寒问暖，一副体贴好丈夫的模样。

林菲将脸扭过去，眼泪便无声地流了下来。

　　当初刘欣曾问她，陈家声到底哪儿让她这样着迷，这样让林菲抛下身架。林菲说了好多理由，但只有一点让她最心软：他会在你脆弱的时候，说软软的话。他会让你觉得他也会脆弱，他也需要软软的话。

　　此刻便是，陈家声几句软软的话，便让林菲轻易地原谅了他，愿意与他重归于好，愿意与他迎接来自生活的一切喜怒哀乐。

| 第 4 章 |

## 再大的委屈也得忍着

生了宝宝的林菲，身子极度虚弱。

婆婆大人却因为不是孙子，甩了许久的冷脸给媳妇。看孩子伺候月子这件事，更是想都不要想。心疼女儿的母亲蒋玥身体还硬朗，便每天两头跑。看着母亲劳累极了却强打着精神的样子，林菲便暗暗心生后悔，觉得当初买房子就不应该听陈家声的话，买到离婆家这么近的小区，应该和母亲住在一起才对。

幸好陈家声这边的表现还算让林菲满意。

听母亲讲，医生推开产房的门说恭喜时，陈家声一脸喜不自禁的表情先问出声的是，大人还好吗？听到医生肯定的答复之后，才又问，是男孩还是女孩？当听说是个千金时，他并没觉得任何不妥，一直欣喜若狂。

看着陈家声一副亲不够的模样，将那个粉红的小人儿抱在怀里盯着看时，躺在病床上的林菲，觉得那一刻温馨而又感人，眼泪便又无声地滑落了下来。她很想告诉刘欣，只要是有爱的生活，一切便都可以不去计较！

可是，这样的爱，是可持续的吗？

很快，陈家声的欢喜劲便三分钟的热度，一闪而去。因为还没有出月子的女儿米米生病了，林菲母女俩不得不再次住回医院。

生米米时顺产，花了不到3千块钱。可是，这次生病住院，医生一下子便开了5千块钱的住院押金单。医生说要让家长做好心理准备，婴儿的理性黄疸指数已经到了430，也就是说，这个指标值已经到了要换血的指征。否则，胆红素进入婴儿的大脑，得了胆红素脑病的话，将终身难以治愈。医生还说先保守治疗两天，密切观察，如果不见明显效果，便只能换血。仅此一项费用，最少便要6千块钱。另外，医生还诊断孩子得了肺炎。

母亲蒋玥抱着孩子等在急诊室外面，林菲让陈家声去办住院手续。可是，陈家声一副欲言又止的模样，半天不动弹。

林菲很快明白，陈家声这是没有钱交住院押金。虽说刘欣的劝告就在耳边，可林菲也知道，这是孩子救命的钱，她不能那么自私。

林菲不得不将银行卡交给陈家声，嘱咐他去取现金。陈家声的眼神晶亮一闪，很快便脚步欢快地往医院门前的自动取款机走去。

或许襁褓中的米米知道自己病得多么严重，那几天一直地哭个不停，只有吮吸着母乳的时候，才能有片刻的安静。可是，因为情绪波动比较大，再加上休息和营养都不足，林菲的母乳根本就不够孩子吃。

要从头皮上的血管里扎针输液治病，但十几天的小婴儿，劲儿竟然大到外婆蒋玥根本抱不住。而她头上的血管又极其难找，就算有时候请来护士长，都很难一针扎进去。护士便不满，总是训斥蒋玥，说连这么小的孩子都抱不住。因为孩子总在挣扎，针更不好扎。有一天早上，直到扎到第三针才成功回血。

林菲是不敢去看扎针的情形的，她觉得是因为自己没有将米米照顾好，才让她初来人世，遭受如此大罪。

于是，小小的米米在输液室里哭，林菲便在病床上哭。

因为心疼女儿还没有出月子，蒋玥便担心女儿落下月子病。所以，米米打吊瓶时，都是她一个人全程抱着。有几次，陈家声于心不忍，想把孩子接过来抱一会儿。可是，只要他把孩子一接过去，孩子就会马上鼓针，无一例外。一来二去，谁都不敢再冒此险。

看着母亲硬撑着身子抱着米米，林菲不知为何总会想起"羔羊跪乳图"。她自己是吃着母亲的奶水长大的，还没有去跪哺感谢母亲的哺乳之恩，又害母亲替她承担起原本她该担着的责任。

明明想哭，林菲却不敢当着母亲的面掉眼泪。因为她怕母亲心疼，而女儿米米的情况则更让林菲心疼不已：因为晚上能亲眼看到的情形，远比扎针更让人心痛。

白天的吊瓶，对症的是感冒和肺炎。晚上 10 点到早上 6 点，8 个小时的蓝光照射，则为了缓解黄疸。

所谓蓝光，是一种光照疗法的简称。具体方法就是将孩子脱光衣服，躺在透明的婴儿玻璃罩里，将眼睛遮蔽完好后，在蓝色的荧光灯下照射。紫外光将体内的胆红素，转变成一种更容易通过宝宝的尿液排出体外的东西。

小小的米米已经有了疼痛意识。自己的衣服被脱光，眼睛被蒙上黑色的眼罩时，她便开始号啕大哭，使劲挣扎。林菲是狠不下心将女儿放到那个小小的玻璃箱里的，这样的重任，只能由陈家声去完成。

看到米米在箱子里小腿不停地蹬动，小手想要努力地将头上的眼罩撕开，而且哭声很快由嘹亮转至嘶哑，且浑身大汗淋漓时，林菲总是眼泪止不住地央求陈家声把米米抱出来。

一开始陈家声还知道揽着林菲的肩膀安慰一番，也会听进林菲的央求，果真将米米抱出来。

等反复的次数多了，陈家声便置之不理，将林菲扶到一旁的病床上，命令她睡觉，假装什么也没有听到，什么也没有看到。

林菲便不住地指责陈家声心狠。面对林菲的指责，陈家声实在忍无可忍，厉声反驳："林菲你要是想让米米赶紧好，你就得让她照足这 8 个小时。你总不想米米全身大换血吧？你能想象得到那样的痛苦吧？"

就这样，林菲和米米，一起在医院里受了整整十天的煎熬。

幸运的是，米米定是感知到了母亲更甚自己的痛苦，感冒和肺炎都好了，黄疸指数也顺利降了下来。医生通知林菲，米米已经是一个健康的宝宝，可以办理出院手续了。这一天，米米满月了。

满月回到家的米米，似乎要将在医院受的这些痛苦都发泄出来。于是，日夜颠倒的她，成为一个"夜哭郎"。

这一天，林菲已经抱着米米晃了3个小时，看了看表，已经是夜里2点钟了。她觉得自己有些撑不住了，头疼腰也酸，胳膊更是快要麻木地坏掉一般。她便抱着米米来到卧室，将陈家声推醒，让丈夫起床抱一会儿孩子。睡意正浓的陈家声，一脸厌烦的表情，眼睛半闭着把孩子抱了过去。

她觉得自己像被魔鬼扑倒了一般，完全睁不开眼睛也动弹不得，脑袋一懵，人便昏昏沉沉睡了过去。

睡得正香甜，突然被一声婴儿凄厉的哭声惊醒，隐隐约约落入耳里的，还有一句恶狠狠的话："再哭，再哭，我就捂死你。"

林菲一个鲤鱼打挺坐起来，看到陈家声正歪坐在床头，女儿米米却不在他的怀里。哭声是从被子底下传来的。

陈家声事后向林菲无数次道歉，说他本意不是那样，只是想吓唬吓唬米米，他是爱米米的，是愿意掏心掏肺地爱米米的。可是，林菲始终没有办法原谅自己的丈夫。

林菲一脸痛恨的表情盯着陈家声的眼睛，想要辨出丈夫眼里的真伪。可是思考片刻，她便放弃作罢，因为她突然意识到，这一切毫无意义。不管丈夫爱不爱这个小东西，这个小东西都是自己的全部，生之希望，奋斗之力量。

林菲赶紧将孩子抱进怀里，像逃避瘟神一般，逃离开陈家声，逃离出卧室。

# 第 5 章

# 大包大揽的女人已经无药可救

结婚十年，林菲和陈家声的状态便一直是这样。

陈家声一直像个没长大的孩子，家庭的责任很少尽到，变得会撒谎会掩饰会逃避。林菲气不过，二人就会大吵一架。三天一小吵，五天一大吵。陈家声看到妻子生气了，就会使出必杀技——甜言蜜语。不吃饭、不睡觉。而且，他还会示弱。让林菲无可奈何极了，觉得自己不入火海，谁入火海！

陈家声的工作总难如意，跳槽便如家常便饭。于是，总是重新开始的他，挣回家的钱便屈指可数。不得已，林菲便只能像个拼命三郎一般，屈从于生存，将更多的注意力集中到了利益。

林菲承认，自己很多时候是为了写稿而写稿，为了挣钱而写稿。可是，这有什么问题吗？如果不是这样拼命工作，她能买得起这辆高尔夫小汽车，能将第一套房子的贷款还清，能在开发区按揭上第二套房子，能让米米去上各种各样的兴趣班？

不管她怎么努力，家里的钱似乎总是刚刚好，没有多余的闲钱去装修，没有多余的闲钱去旅游。林菲一直想读 MBA，可是一想着好几万的学费，唏嘘一番后作罢。会给自己找出种种理由，比如自己又不做管理，又不去企业，学了似乎也没有什么用。背后，林菲的心里其实有着太多不甘。

对此，刘欣一针见血地说，这是林菲以为自己太有能耐了，这个家离了她不转了，所以，她便拼了命般地朝前跑。她忘了自己其实是有丈夫的，是应该用脚将丈夫踹到路上的。

刘欣还曾厉声质问："你觉得你这样做值得吗？将自己的男人太当回事值得吗？"

"我没有，我早对陈家声麻木了，早不把他当回事了。"

"如果没有，为什么心甘情愿地为这个家付出？如果没有，为什么不离婚重新选择？"

"离婚了孩子怎么办？"

"离婚了孩子还是你的孩子，还是会叫你妈妈，叫他爸爸，没有任何改变。"

"可是，家就不完整了啊！"

"现在的家是完整着的，可是，有意义吗？你觉得幸福吗？"

林菲的话让刘欣很无语，而最让人气愤的是，陈家声一直坐享其成竟然也在抱怨林菲每天如临大敌般的生活，让他的生活毫无品质可言。

"如果我不这样拼命，现在一家人是喝西北风还是东南风？"

"没有两套房不也一样过？没有汽车不也一样过？没有那么多的兴趣班，米米不也一样成长？"

"那是一个男人没有本事的说辞。凭什么别人都能有车有房，我就不能也那样。凭什么别的孩子都能上兴趣班，学个钢琴或是跳个舞蹈，为什么米米就不能……"

"那是你一厢情愿的想法，我们大家不见得愿意过那样的生活。"

"不想过那样的生活，别穿我给你买的这些名牌衣服，别抽烟从5块钱一包涨到20块一包啊，别手拿名牌手机腰系名牌腰带啊！"

"我从来没有想过穿名牌，是你非要买回逼我穿上。现在哪还有人抽5块钱一包的烟，买都不好买。整个风气就这样。"

"是啊，整个风气就是这样，我林菲就在这样的风气里，你陈家声为什么明明已经五十步了还要笑百步？"

每当这时，陈家声便会摔门而去。

这样的争执频率越来越高，话里的怒气也越来越多。最开始还担心米米受到惊吓，可是，后来这种争执就像吃饭穿衣一般平常和琐碎起来。米米便也成为其中的一员，因为许多争执，也是因她而起。

比如，林菲要在报社加班写稿，已经上了幼儿园的米米便需要陈家声去接。可陈家声偏偏晚上有应酬，却让林菲自己给他妈打电话，让婆婆帮着接孩子。林菲不乐意，如果要给婆婆打电话央求她老人家帮忙，还是陈家声自己打。

两人就为此争执起来。以此为口角的序幕，两个人便能从 A 说到 B，从 B 说到 C，越扯越远，怒气也就越说越盛，直到其中一方怒而离去。

再比如，米米半夜里突然发起了高烧，吃了药也不见好，林菲便十分着急，央求陈家声一起带孩子去医院。此时的陈家声总是迷瞪着眼，一脸的不情愿："你怎么搞的，又把孩子弄病了。"如此一来，林菲便宁愿半夜自己带孩子去挂急诊，也不愿意惊了陈家声的睡眠，更不愿让陈家声看出自己的无助。

孩子上了小学，需要开家长会，林菲知道陈家声不会有时间，也不会麻烦他去承担本该丈夫也要承担的责任。因此，陈家声从来说不出来米米的班级，以及班主任和同桌的名字，或是，她最喜欢哪个同学，最喜欢哪个老师。

陈家声说不出来的事情还有很多，比如他说不出来女儿米米喜欢的颜色，喜欢的水果，爱吃的菜……他几乎从来记不住林菲的生日。

林菲知道，她和陈家声之间真是出了问题，不仅仅是生活习惯、价值取向的问题，还有沟通的问题，对责任二字的理解问题。

刘欣一边往自己的指甲上涂着艳红的指甲油，一边问林菲："你有多久没有去做过美容了？你有多久没有正儿八经地逛过街了？你有多久没有和朋友们聚会了？你有多久没有给自己添新衣裳了……你知不知道，假如说一个男人让自己的女人变得很坚强，那么，这个男人基本上就可以滚蛋了。你为什么要为这么不值当的婚姻牺牲自己的一切，哪个将生活大包大揽的女人有好的结局了？"

"理是这个理，可生活哪有这么简单，说断就能断的。"林菲知道刘欣是为自己好。可是，生活根本就没有道理可言，她已经被困其中，能有什么办法去挣脱。

"当断不断，必受其乱。你看你现在的这个样子。唉，不是我说你，和当年我认识的你，简直判若两人。有一句特别经典的话不知你有没有听说过，说是有时候女人需要一个男人，就像逃机者需要降落伞，如果此时此刻他不在，那么以后他也不必在了。女人可以很需要这个男人，那这个男人就是一切；她也可以再也不需要这个男人，那这个男人就什么都不是了！你明白吗？你们家陈家声便是什么都不是的人。别瞪我，瞪我我也要说，你说你跟着他，得到了什么？没错，有一个美丽可爱的女儿叫米米。问题是，这个世界上的男人这么多，难道离了陈家声，你生不出孩子？嗐，脑子进水严重，已经到了无可救药的地步。"

每次刘欣这么一敲警钟，林菲便会反思自己的婚姻。可只是当时反思而已，因为生活总是很快将她扯入各种各样的忙碌之中，做不完的家务，辅导不完的功课，写不完的稿件，开不完的选题会……

这一次的林菲，反思到的道理是，婚前的种种甜蜜和美好，一旦落入生活的尘埃，便真的什么也不是了。

婚姻的残酷之处，正在于此。而两个人的付出不对等，前进的步伐不对等，对生活的态度不对等，等等，导致的恶果便会更加严重。

还有一点更为重要，都说"要为夫妇"，便要"永同鸾帐"，那是才子佳人式的人生目标。在林菲这里，她之所以对陈家声日渐麻木，便是因为他们夫妻这么多年来始终分床而睡。当一个女人对一个男人的身体提不起兴致，甚至不愿意用身体亲近时，他们之间便真出了问题。

最初几年，两个人还是有夫妻生活的。如果一直这样，两个人也能相安无事，也算是有了约定俗成的规则。凡事在规则里面，生活便跑不偏。可是，米米3岁那年，林菲意外怀孕了。这个结果让她情绪恶劣，直到上了手术台，她的心里还在痛骂着陈家声。等到陈家声知道结果时，孩子已经打掉了。

"你连流产这种事情都能一个人去做，你说你还要男人干什么？"刘欣眼睛瞪得大大的，一脸不可思议的表情。

"告诉他管什么用？既闹心，还帮不上忙。"林菲觉得无所谓。

"至少可以照顾你啊！"但她马上又将话锋一转，"也对，他什么时候照顾过你。"

流产之后,林菲便有些厌恶这件事。当陈家声再舔着脸凑上来时,林菲便以各种各样的理由委婉拒绝,比如来例假了,比如孩子还没有睡熟,比如实在太累了,比如正在危险期,万一怀孕了怎么办?一来二去,陈家声也觉得无趣,来找林菲的次数便少了许多。但还是会来找,一年会有那么几次。林菲糊弄不过去,便一副上刑场的心情,任由陈家声一个人忙活半天。

"你说我是不是性冷淡啊?"林菲问刘欣。

"亲爱的,你那不叫性冷淡,而是性压抑。你没有遇到将你身体唤醒的男人,陈家声根本就不是对的那个男人。"

"那我怎么办?"

"找那个能唤醒你的男人。亲爱的你应该享受性爱,应该在最美的年华享受最美的事情。正所谓'侍儿扶起娇无力,始是新承恩泽时。云鬓花颜金步摇,芙蓉帐暖度春宵'。"

"你个小丫头片子,还没把自己嫁出去呢,说起不着调的话来,是一套一套的。你是不是还想说,'老绾专定神仙洞,劣儿只喜攀玉峰。各取所需连床混,笑煞京都八旬翁'。"林菲故意取笑刘欣。

谁知,林菲的话音刚落,刘欣突然一惊一乍地说道:"嗳,我说你总让陈家声吃不饱,他会不会嘴上一馋,便跑到外面找野食吃去?"

"不可能,陈家声不是那样的人。"林菲本能地为丈夫辩护。

"亲爱的,这男人可都是下半身动物,他正当壮年,需求自然旺盛。你不给他吃,难道还不能让他自己找食把自己喂饱。"

"行了行了,你别这么庸俗好不好?就算他想那样去做,现在这年头,干什么不都得花钱?他一个月就挣那么一点钱,工资的一部分还被我强制要来了,没有钱哪来的英雄胆?"

"此言差矣。当年你看上陈家声,是因为他有钱吗?还不是图一副臭皮囊。再说了,现在年轻的小姑娘多疯狂啊,看上了哥,图的就是哥的这个动物本能!"

"越说越离谱!我说你还能不能嫁出去,到底什么样的男人才能将你收了?我真是无比期待和憧憬!"林菲赶紧转移话题。

　　刘欣哪儿都好，就是嘴巴太犀利了，和她做了十几年闺蜜，有时候都觉得情难以堪。但是，刘欣每次说出的话，还是会让林菲警醒和反思一番。

　　林菲想了半天，还是认定陈家声绝对不会那样做。因为她相信尽管陈家声有种种缺点，两个人生活有种种不如意，但是，在背叛这件事情上，陈家声是绝对做不出来的。

　　林菲之所以这么笃定，是因为陈家声沉迷游戏，每天晚上回到家的第一件事，一定是打开电脑联网，与他的几个狐朋狗友打上几局。一个沉迷游戏的男人，所有的精力都在虚拟世界里，让他在现实世界里劳心劳力地折腾一番，他是心懒身也懒。

| 第 6 章 |

## 醉酒的男人是个疯子

这一天，林菲和陈家声又起了争执。醉酒后的陈家声像疯了一般，说了许多林菲从来没有听过的话。

林菲刚和米米午睡醒来时，听到门被"咚咚"的砸响，米米赶紧跑去开门。只听她先是大叫着："妈妈，爸爸回来了！"但语气很惊慌，"妈妈，快来快来，爸爸好像喝醉了。"

林菲赶紧来到客厅，试图去扶一把陈家声。谁知，陈家声一把将林菲的胳膊甩开，同时吐字不清地说道："你谁呀！不用你管！"那张已经完全不见本来颜色的脸上瞪过来一记斜眼，随着整个人"扑通"摔倒在地上。

"米米，搭把手，我们把爸爸弄床上去。"

虽说气不打一处来，但看着陈家声这副模样，林菲又不能不管，母女俩将陈家声一点点往卧室的方向挪。

"妈妈，爸爸好沉啊，我弄不动他。妈妈，爸爸怎么又喝成这个样子了？我们班迟蔚的爸爸也喝酒，可是，迟蔚说他爸爸从来没有喝醉过。哎哟，爸爸太沉了，我没有力气了……"

　　小脸憋得通红的米米，干脆一屁股坐到了地上。即使如此，她嘴里的这通长篇大论也还没有停歇，落到林菲耳里的声音，便像是声带被压扁压厚了一般，与稚嫩的童声相去甚远。

　　本来还气极的林菲，在米米的感慨里笑出了声，脸上挤出一丝温暖的笑容："好了好了，我的小祖宗，你就歇会儿你的小嘴吧。来，站起来，我们一起将爸爸这尊大神给拖过去。一二三，很好，再加把劲。"

　　费了九牛二虎之力，终于将陈家声拖进了卧室。一屁股坐到床上喘着粗气的母女俩，相视而笑，伸出右掌"欧耶"了一下，算是对旗开得胜的奖励。

　　就在这时，林菲突然"呀"了一声，米米讶异地问道："妈妈，怎么了？"

　　"米米，你看见爸爸的包了吗？"

　　"包？没注意，会不会在客厅？"

　　可是，环视一圈，客厅什么也没有。她们将陈家声的所有口袋都掏了一个底朝天，也没有找到。不仅如此，钱包和手机也没有了。也就是说，陈家声几乎是净身回的家，连钥匙也不见了。

　　"妈妈，爸爸不会是被人偷了吧？"米米禁不住猜测问道。

　　"把爸爸摇醒，问问他。"

　　林菲心一慌，本能的反应便是要问个究竟。东西丢得这么彻底，或许并没有丢，而是被落在了什么地方。她记得很清楚，早上出门的陈家声是斜挎着包走的。

　　"陈家声，陈家声，你醒醒，快醒醒！"林菲用手拍打着丈夫的脸，试图叫醒他。

　　"谁呀？干什么？别碰我，滚开。"陈家声仍然处在醉酒状态里。

　　"你的包呢？还有，手机放哪里了？"林菲柔声问道。

　　"包？手机？我怎么知道。别来烦我，我要睡觉，滚开。"他的身子翻到侧面，瞬间打起了如雷的鼾声。

　　"妈妈，爸爸醉得太厉害了。要不，等他醒了再问吧。"

　　米米有些担忧，拽过毯子轻轻地搭在陈家声的腰际。

　　"不行，得问明白了。要是被偷了，卡和身份证什么的都得赶紧挂失。也不知你爸包里还有什么。"

　　林菲端了一杯温水过来，"哗"地一下便泼到了陈家声的脸上。随着米米那声“啊”的惊呼出口，陈家声却只是本能地拿手抹了一下脸，嘴里又嘟囔着骂了一句，眼睛都没有睁，仍处在醉后沉睡的状态，根本没有如林菲想的那样醒来。

“米米，给妈妈拧一个湿毛巾过来。”林菲试图将陈家声扶起坐直。

湿毛巾很快拿来，米米半跪在床上，将整个湿毛巾捂在陈家声的脸上，而林菲则在后面推着陈家声的后背，试图让他恢复到清醒状态。

这招管用，陈家声使劲拨楞了半天脑袋后，一把将毛巾从自己的脸上拽了下来，眼睛努力睁了半天，才看清是女儿米米使坏。只见他用充满血丝的红眼睛瞪了一眼米米后说道：“米米，你搞什么？爸爸喝多了，爸爸要睡觉，一边玩去，别来烦我。”

见陈家声醒来，本来在后背支撑着陈家声重心的林菲，将胳膊一抽，陈家声整个人便“叭唧”摔到了床上。

这一摔，让陈家声的酒醒了不少。他一个打挺坐直身子后说道：“谁，谁摔的我？”边说边扭脸去找，于是，他看到了怒气冲天的林菲。

“你神经病啊，你摔我干什么？”

“我问你，你的包和手机呢？”林菲不接话碴，厉声问道。

“不知道。”陈家声竟然像没事人似的，又将自己放倒在床上，继续睡去。

见此，林菲的火“噌”地蹿了上来，她一把拽着陈家声的肩头将他再次拉起来：“你不会把什么都丢干净了吧？你怎么不把自己一起丢了！”

林菲的话音一落，陈家声的火也蹿了上来：“你这小娘们还有完没完，我再给你讲一遍，我不知道，我不知道。有本事你自己找去！”

陈家声的邪火终于将林菲真正激怒，她使劲一推，毫无防备的陈家声便从床上滚了一个身，趴倒在了床边。林菲厉声说道：“陈家声，你，你气死我了！”

“你别给脸不要脸，你再动我一下试试？”陈家声的酒接近半醒，从床边一滚，站到地上说道。

“爸爸，妈妈，你们都少说两句吧，你们怎么又吵起来了？”心里害怕的米米，嘴巴一噘，眼睛一眨，声音带着哭腔。

“米米，别怕，妈妈在。妈妈不和爸爸吵了。”

听到女儿的哭声，林菲赶紧将女儿揽进怀里，一边柔声安慰着，一边带着女儿移步往客厅方向走去。林菲是见不得女儿哭的，刚才实在太着急，太想知道包去了哪里了。而她以为醉着的陈家声，无非像一坨烂泥扶不起来而已，却没想到，陈家声会突然怒气爆发，这实在出乎她的意料。以往陈家声也醉酒，也乱发脾气，但是，都还在林菲能控制的范围之内。林菲就像能掌控那个阀门的人一样，只要她想关闭，阀门便绝对能关死，不会有一滴水跑出来。

现如今，情形似乎不算乐观。而且，女儿又在场。虽然是自己引起了火，但此刻，揽着女儿的此刻，林菲决定离开陈家声的视线，先息事宁人。

"臭娘们，你给我站住。"

谁知，身后的陈家声却不依，一声怒吼的同时，快速移步上前，将林菲的后襟一下子抓进了手里。

"爸爸，你要干什么？"反应过来的米米，一见爸爸狰狞的样子，禁不住哭嚎尖叫。

"我不就丢个包，丢个手机吗？你至于当着孩子的面这么说我吗？我告诉你，我包就丢了，手机也丢了。你能怎么着？"陈家声的酒劲突然蹿了上来，就像那捆干燥了许久的烈柴，被林菲的这点火星激发成了燎原之势。

"好了好了，我错了，我向你道歉。"

整个后背都被抓得紧紧的，扭不过身子的林菲，只好一边将女儿往客厅推去，一边嘴里赶紧示弱讨好。林菲知道，在她和陈家声两个人的十年对弈中，自始至终都是她占理居上风为多，她很少在关键时刻妥协，从来都是步步紧逼。可今天跟一个醉酒的人是说不出个一二三的，她决定先将陈家声的情绪平复安稳下来，等他酒醒以后再跟他秋后算账。

谁知，陈家声不为所动，也不打算就此罢休。他手腕一抖，毫无防备的林菲脚下一滑，便被重重摔到了地上。此时的陈家声，脚腕又一抖一踢，林菲便从卧室门口一溜烟滑到了米米脚下。

"爸爸,你干什么？"一见妈妈被爸爸摔到地上，米米一边试图将林菲扶起来，一边嘴里高声叫嚷着。

"干什么？让你妈长点记性，别一天到晚在家里作威作福，理都在她那边，我做什么都不对。就是因为你妈不高看我，在外边也没有人高看我。今天上午好好的一个业务，就黄成了那样。是，我是喝了点酒，但我没喝多。林菲，我告诉你，你欺负我也就罢了，谁让你是我老婆，我认了，我好男不跟女斗，反正我也斗不过你。可那外边的人凭什么也这么对我？凭什么？我对他们哪儿不好了，还翘我的墙脚，把我跟了几个月的客户给翘走了。凭什么？他们凭什么？"

陈家声的情绪剧烈起伏着，站在那儿，像个可怜的小丑一般，絮叨地说着自己的委屈和不甘。说着说着，他干脆身子往下一滑，整个人坐到了地上，眼泪和鼻涕就那样涌了满脸，嘴里还不停歇："林菲，我对你不够好吗？是，我是没有钱，也没有多少本事，人也懒点，脾气也一般，对米米也没有你那么尽心，对你妈也就那样。可是，我就一点优点都没有吗？从我想和你好的那一天起，就没有想过和你分开，就没有想过不和你过日子。不管你怎么想的，我是爱你的。你呢？你还爱我吗？或者说，你眼里还有我吗？你以为我不知道，从我们分床的那天起，你就在预谋和我离婚，你就想叛逃。哼，你以为我不知道。"

说到这儿的陈家声，像抓到了林菲的短处而找回一些底气一般，将眼泪一抹，又继续控诉："上午的这个单子对我有多重要你知道吗？我一直在想，做一单大业务，彻底翻身，将数不清的钱砸到你脸上，告诉你林菲，我陈家声不是一个吃软饭的人。可是，可是……"

此时的陈家声，将手猛地擂到地上，边擂边呜咽着说道："可是，我花了那么多钱做工作，原本以来十拿九稳的，今天中午这顿酒还是我请的，花了我2千多块。大中午的，他们还找小姐陪着。可是，他们竟然说合同以后再说，因为有更合适的选择。他们走了，我就把桌上的菜全吃光了，把酒也全喝光了。结果怎么样，饭店非说账还没结清，说那些王八蛋走时又拿了一条中华烟。我钱包里的钱全掏出来也不够，那个破饭店还不能刷卡，我就把我包和身份证全押那儿了。我就想坐出租车回家，我头疼，我想睡觉。出租车司机竟然嫌我不付车钱，把我从车上一脚踹了下来，还把我手机抢走了。林菲，你看你老公是不是非常非常的狼狈，非常非常的窝囊，你就非常非常的畅快？我也知道自己不中用，白长了一张人的皮囊。可我能怎么办，我也想挺起胸膛，我也想很努力地出去赚钱。可是，我总是低你一等，我总是不如你……"

林菲听到此处，终于知道了陈家声这怨火的出处。可是，她不想听下去了，认为这样的倾听毫无意义。人生是平衡的，付出与收获总会有一些联系。想想陈家声年轻时比别人付出的努力要少，人近四十，想要同等的收获，自然便要多付出太多。商场如战场，陈家声又不是三岁的小孩，如果连这点都看不透看不穿的话，真是白活了这么大把年纪。

想到这儿，林菲便自己从地上站了起来，顺势用手拍打了一下屁股后看了米米一眼，用手指了指鞋架，意思是，我们不在这儿听你爸爸诉苦，我们出去，让他一个人冷静冷静。

可是，林菲的动作全都落入了陈家声的眼里，他突然厉声大哭起来，快速挨到了林菲面前，嘴里哀求着："老婆，老婆，你别走，你别扔下我不管。你要走了，我可怎么办啊？"

他又转身面向米米说道："米米啊，快替爸爸说话，说爸爸知道自己错了，让你妈别走，让她别不理我。你和你妈都走了，爸爸可还怎么过啊！"

"妈妈，爸爸好可怜，咱们别走啊！"

"唉！"看到米米的眼泪，仰面看向天花板的林菲，在那一刻努力想让已经在眼眶里打起了转的眼泪不要流下来，但还是像突然决堤的洪水，滚落满脸。

用手抹了一把眼泪，林菲转过身子对陈家声柔声说道："你睡一会儿吧，我不走，真的不走。"

终于哄着将陈家声安抚上床，林菲留了一张纸条，说自己带米米回娘家住几天，让陈家声醒后去把包和身份证赎回来。既然陈家声话都说开了，所以，这几天两个人就都好好冷静冷静。

门在身后被关上的那一刹那，林菲突然一阵轻松，好像即将要摆脱一直紧随自己的乌云一般，脚步轻快地拉着女儿的小手一起下楼而去。

"妈妈，我们真要去外婆家住好几天吗？爸爸都喝成那样了，我们不管他行吗？"米米一脸的担忧。

"放心吧，你爸不是三岁小孩子，他会照顾好自己的。"林菲安慰米米说道。

"妈妈，其实我觉得吧，你和爸爸不是很合适？"米米突然这样说道。

"噢？怎么不合适？"听了女儿的话，林菲转过脸去，饶有兴趣地问道。

"你看你们，总在吵架。原来吵还避着我，可现在也不管不顾了，可能把我当大孩子看了吧？"米米解释说道。

"傻孩子，哪有夫妻不吵架的呀！别说两个没有血缘关系的人了，就像咱们俩，你是我亲生的宝贝，有时候，我批评你几句时，你不是也挺不高兴的，还想和我顶嘴吗？"

"哪里一样。就算妈妈再怎么批评我，你还是我亲妈，我还是很爱很爱你。可是，夫妻就不一样了，吵得太凶了，便没有力气再爱了。到头来，便只能离婚了。"

米米长长地"叹"了一口气，但她又突然一脸紧张的表情说道："妈妈，你和爸爸不会早就离婚了吧？"

"哪儿有，我很多时候生你爸爸的气，可是，妈妈没有离开爸爸呀！"林菲解释说道。

"你们没有离婚，为什么不在一张床上睡？夫妻不应该睡在一起的吗？"

米米的小眉头紧紧皱着，似乎想要在妈妈这儿知道正确的答案。可说到这儿，她又不待林菲回答，接着又说道："我告诉过您，我们班迟蔚的爸爸妈妈也经常吵架，但我听迟蔚讲，他们一吵架，他爸爸便不回家，躲出去，等他妈妈气消了的时候，他爸爸再回来。不过，从去年起，他爸爸有时候要在外面住上几十天，甚至几个月才回来。他也是一直跟着爷爷奶奶一起住。他便怀疑，说不定他们两个人早就离婚了。可是问他们，却谁都不承认。"

"你们同学在一起一天到晚都在聊什么啊？这个个懂得还挺多。"林菲没有指责女儿，反而爱抚地摸了摸米米的头发。

"电视上教的呗！老师给我们布置的课外书里，也有关于这些事情的描写。看得多了，我们便懂了。"米米一脸自得的表情回应说道。

"好好，什么都懂的米米同学，说吧，晚上想吃点啥？妈妈请你吃大餐。"

此时的林菲，情绪已经完全从和陈家声吵架的阴云中跳离了出来。刘欣不止一次地告诉过她，说女人一定要对自己好一点，凭什么吵了架便要自暴自弃，偏不，就要吃好的玩好的，还要疯狂地为自己Shopping。所以，这一切的前提便是，女人的经济一定要独立，还要掌握整个家庭的财政大权。

| 第 7 章 |

# 人生若只如初见

　　此刻的林菲心情大好，准备带米米潇洒一番。一瞬间，她将自己的脑袋做了彻底的清空，将陈家声的酒后抑郁和痛不欲生统统抛到了一边。

　　米米还是个孩子，受了林菲的鼓舞，也很快忘掉了刚刚的悲痛，一脸兴奋的表情说道："妈妈，我想去吃牛排。"

　　"好，咱们今天就去吃牛排。"

　　林菲俯身亲了一下米米额头，脚步轻快地往小区的停车场走去。但意外的是，车子竟然怎么也打不着火了。

　　"米米，有没有兴趣和妈妈一起竞走啊？"林菲决定弃车而行。

　　"竞走？什么叫竞走？"

　　"就是低碳出行，感受行走的力量。"林菲解释，"我们尝试一直走到牛排馆如何？这中间大概需要行走 10 公里，走两个小时。"

　　"10 公里？万里长征红军叔叔都不怕,这区区 10 公里也难不倒我米米。老妈，开走吧！"

　　"那就开走吧！"米菲拍拍米米的肩膀，朗声回应。

母女二人很快迈开大步，一脸意气风发的表情，朝着位于步行街的牛排馆走去。

大概走了3公里左右，林菲见米米已经是满头的大汗，便提议在绿化带的长椅上小憩一会儿。同时嘱咐米米坐好别乱走，她到旁边的小超市买瓶水，再买两个冰激凌。

米米爽快地答应，一屁股坐到长椅上，小脚丫马上悬在空中并不停地晃悠踢打起来。看着米米这孩子气的模样，林菲脸上笑笑，快步向小超市走去。

就在母女二人一人捧一个冰激凌吃得不亦乐乎的时候，一辆疾驶过去的白色丰田越野车，停在前方一百米辅道的绿化带处。

有一个和米米差不多年龄的小男孩从车上冲了出来，冲着林菲母女的方向大声喊道："陈米同学，陈米同学。"

"哎呀，迟蔚？喂，迟蔚，我在这里，你慢点跑。"米米眼睛一亮，认出了自己的同学迟蔚，也是一脸兴奋的表情大声叫唤着。

与米米的声音同时响在林菲耳边的，是一个中年男人的叫喊声，他也在冲着迟蔚的背影大声喊道："慢点跑，别摔着。"同时，快步向林菲她们的方向走来。

很快，相向而行的两拨人便汇合到了一起。

"陈米同学，你们这是要干什么去呀？"男孩率先开口问道。

"我和我妈要去吃牛排。"陈米答道。

"阿姨好。"听了陈米的回答，迟蔚向着林菲深鞠一躬。

"真巧，竟然碰到了你，暑假以来，你可是我遇到的第一个同学呢。"陈米仍沉浸在同学相逢的喜悦里，兴奋地说道。

"是啊，所以我刚才一眼认出了你后，便让我爸赶紧停车，可还是开出去这么远。"迟蔚见自己的老爸已经走了过来，便介绍说道，"陈米，这是我爸，叫他迟秦就好了。"

"叔叔好。"陈米哪敢造次，也像迟蔚一样，冲着迟秦深鞠一躬问候道。

"您好。"

林菲看了看自己手上已经融化到不成样子的冰激凌，又一眼瞥见女儿米米的嘴唇周边沾满了黑色的巧克力印痕，但她来不及找餐巾纸出来擦，只是赶紧本能地用手抹了一下嘴唇，然后一脸尴尬的神情开口向这个叫迟秦的男人问候道。

"您好。"

迟秦回应林菲一个宽厚的笑容，也发声问候。

此时的迟蔚，已经又开始发问了："怎么，你们不会要走着去吧？"

"是啊，我妈说，我们是在竞走，是在感受行走的力量。要走 10 公里呢。你肯定还没有一下子走过这么远吧？"

"真羡慕你。"

"你别光羡慕了，要不，你和我们一起走？"

"也对噢。"听了陈米的提议，迟蔚马上将脸转向迟秦央求说道，"爸爸，我们请阿姨和陈米同学吃牛排吧？我们和她们一起竞走吧？"

"你这个孩子。"迟秦怜宠地摸了摸儿子的脑袋后，一脸歉意的表情对着林菲说道："不好意思，这孩子被惯坏了，想风就是雨。"

"哪儿有，挺好的。"林菲还在想着自己嘴上的黑印子，客气地说道。

"爸爸，我们也一起走着去吧，我还有好多话想和陈米同学说呢！"迟蔚见老爸没有爽快答应，便又央求说道。

"这么热的天，我们为什么不请你的同学和她的妈妈，一起坐咱的车去呢？"迟秦的脸上又现出温和的一笑，语气轻快地对儿子说道。

"好耶。陈米同学，阿姨，能请你们坐我们的车，一起去吃牛排吗？"

迟蔚的话音落定，林菲将一脸探询的表情投向了迟秦。她觉得，有些过于唐突，可是，孩子的盛情又不好违拗。

"可是，我和妈妈说好了要走着去的，10 公里呢，我想挑战我自己。"此时的陈米开口说道。

"那，那……"迟蔚犹豫了一下，又看向迟秦，"爸爸，两个方案，要么你和我们一起走着去；要么，你先走，我吃过饭就自己打车回去。不过，你要给我钱，我要请陈米同学和阿姨吃牛排。"

迟蔚小大人般的话把陈米也逗乐了，她笑着说："哎呀迟蔚同学，你就别客气了。我妈妈有钱，叔叔要是不去，我们请你。"她转过身子又看向林菲，"对吧，妈妈？"

"那是肯定的。"林菲爽快响应。

"哪里能让女同学破费,传出去会被人笑话的。"林菲话音一落,迟秦便开口说,"我现在就找地方把车子停好,我们四个人一起走着去,我们一起挑战 10 公里。"

迟秦似乎很想给儿子一个面子,他的话让迟蔚和陈米两个小同学的脸上欢快一笑,同时右手出击:"欧耶。"俩人欢呼着,便率先从绿化带的石板上"咚咚"往前跑去。

"这俩孩子。"林菲刚刚尴尬的感觉又回来了,因为两个孩子跑出去后,便剩下了她和这个俊朗陌生的中年男人并排走在了一起。

"孩子们比我们有趣多了。"这个男人突然开口说道。

林菲想接话感慨点什么,可又马上转念打住,脸上一笑,脚上加快速度朝女儿的方向追去。

很快,将车子停好的迟秦便与林菲三人汇合到了一起。林菲冲他笑笑,他回应同样的笑容,同时伸手递给林菲一包湿巾。

林菲脸一红,她刚刚那样在意的巧克力印子,此刻竟然还一直扎眼地留在原处。可是,她这一会儿竟然已经将这件事忘得干干净净的了。

林菲一脸不好意思,接过湿巾,背转身去将嘴唇周边使劲抹了几圈。之后,她叫住米米,也试图将米米的嘴唇擦得干干净净。可是,这印子时间太长了,都已经干枯在了嘴唇周边,用了好大的劲才将米米的嘴巴擦干净。

林菲回转身来,再次冲迟秦不好意思地笑笑。谁知,迟秦却将手伸了过来,示意林菲将湿巾递回给他。只见他轻轻抽出一张后,便开口对林菲说道:"你站着别动。"

说完,也不管定住身子的林菲会作何反应,他竟然将纸巾轻轻地覆在了林菲的嘴巴右上角,手上轻轻一转,然后一抹满意的笑容便绽放在了这个男人的脸上。

林菲呆立在那儿,半天不敢动弹,直到迟秦开口说"好了"时,才试图活动一下因为紧张而瞬间僵硬到了极点的身子,脸上的红晕一下子浓厚到要将整个人淹没似的。

"谢谢你。"林菲半天才嘟囔出这样一句话。

"举手之劳,何足挂齿。"迟秦脸上又一笑,丝毫没有因为刚刚的冒犯而生出歉意，竟然大言不惭地说道。

"你经常这样体贴地帮女人吗？"

不知为何，这句话突然便如不受控制一般，从林菲的胸腔"蹭蹭"地一路蹿到口腔，从口腔争着又往外蹿了出来。话一出口，林菲吓了一大跳，刚刚消退下去的红晕瞬间又重新回到了脸上。

"只帮想帮的女人。"迟秦没有计较林菲的唐突。

迟秦的话让林菲的心一阵莫名的慌乱。她悄悄地调整呼吸，暗自决定一路禁言，想让目光追随在前面蹦蹦跳跳走着的两个孩子身上。

可是，她不开口说话，并不意味着迟秦也会禁言："你经常这样带孩子竟走吗？"

林菲愣了一下，便想到了下午和陈家声的不快，过了半天才声音低缓地说道："也没有，今天是个例外，因为发生了一些不愉快的事情，便想走走舒缓舒缓心情。"

不知为什么，在这个陌生的男人面前，林菲竟然没有设防地、坦诚地说出了自己的真实心情。

"噢？"迟秦已经敏感捕捉到林菲情绪和语气的变化，眉头一挑。

"也没什么，女人嘛，就是情绪的动物。高兴也是一阵，发脾气也是一阵。一首歌能让情绪跌落低谷，一瓶冰爽的水也能让情绪瞬间变得阳光。"林菲扭头冲迟秦笑笑。

"怎么称呼您？"林菲的笑容还没有散尽，迟秦没有接话，突然开口。

"啊？我姓林，单名一个菲字，草在非上飞的菲。"林菲回答。

"我猜林小姐的工作，一定与文字有关吧？"迟秦一脸温和的笑容浮现在林菲面前。

"何以见得？"林菲脸上不动声色，开口问道。

"直觉。不仅仅你们女人有直觉，男人的直觉也是很准的。"迟秦说道。

"那算您猜对了，这是不是又一次给您的直觉加分了？"林菲莞尔一笑。

"咱别'您您'的好不好？太生分了，感觉我们中间隔着十万八千里似的。"迟秦的话让林菲脸上的笑意更浓，她马上俏皮地说道："那就听你的。"

"好，那就听我的。那你在哪里上班？"迟秦似乎想要打破砂锅问到底，又抛出了新的问题。

"我在报社。你呢？"林菲不甘一直这么被问。

"果真如我猜想，无冕之王，失敬失敬。"迟秦一番吹捧，全然没有回答林菲的问题。

"喂，你还没有说你在哪里上班呢。"林菲不依，再次追问。

"你们当记者的是不是都喜欢得理不饶人啊？我服输，我坦白，我在东风集团上班。你知道这个企业吗？"迟秦嘴巴上丝毫不输于林菲。

"噢，东风集团？当然知道，那可是一个实力雄厚的大企业。"林菲由衷地说道。

"在你们记者眼里评价的大企业，那一定便是好企业吧！"迟秦响应说。

林菲突然脚下一个趔趄，眼疾手快的迟秦一把拽住，胳膊上的劲一使，她的半边身子便撞进了迟秦的怀里。

两人之间的空气突然便停滞不通，不仅仅是因为撞进了怀里，而是林菲的手扭在自己的前胸时，触到了迟秦衬衣前襟的纽扣。林菲一下子惊跳出来，脸上已是绯红。

"喂，爸爸。"

"喂，妈妈。"

"你们两个人怎么走得这么慢啊！"

始终走在前面的米米和迟蔚，语气里似是不满又似是嘲笑。

林菲赶紧答应着，脚步一急，便走到了迟秦的前面。迟秦没有说什么，只是脸上一笑，脚下发力，始终保持着与林菲并排而行。

不知为什么，与这个男人一起走着，林菲的心竟然"嗵嗵"地跳个不停。她有些疑惑，虽不是第一次初见陌生男人，可是，迟秦给她的感觉，却是如此迫切，希望就这样一直走下去。

一个半小时之后，近乎大汗淋漓的四个人终于到达了牛排馆。

一杯冰镇的柠檬水下肚，心里瞬间升腾而起的凉爽，终于让林菲神情松懈。而两个孩子已经头碰头肩并肩地对着让人眼花缭乱的菜单研究起来。

迟秦一脸不动声色，一会儿看看自己眼前的这个女人，一会儿又将目光停留在两个孩子的身上。

"走累了吧？"林菲没话找话说，想要缓解这一刻四目相对时的尴尬。

"还行。你上学时体育课一定还不错吧？"迟秦又转移了话题，开口讲出他的直觉。

"我体育课哪里好啊？初三那年考 800 米长跑，我是连补两次都没有过关。最后体育老师一看我这棵朽木也雕不成材了，干脆放弃。所以，第三次补考，他眼睛一闭，我就过关了。"林菲自嘲地说道。

"那你比我强，大学时有门游泳课，补考最多的就是我。"迟秦顺着林菲的话，也自报了一下自己的糗事。

"啊？不是吧？你可不像是会补考的人。"

"我怎么就不像？"迟秦好奇地问道。

"因为像你这种身材修长身体硬朗的男生，都应该是学校的风云人物。这'风云'的内容便包括在篮球场上打篮球，掀起 T 恤下摆等风来时，若隐若现的六块腹肌，将那些在操场边上看了一下午的小姑娘们迷成七荤八素。"林菲一口气说道。

"看来你深有体会啊！"迟秦笑意盈盈地评价道。

还没等林菲出口反驳，米米和迟蔚就说他们已经拿定了主意，选好了美味，就等着大吃一顿了。两个孩子的话，让迟秦和林菲的脸上都现出了慈爱的笑容。

这顿饭吃得极其愉快，也或许是运动过后，孩子们的胃口明显大增，竟然又加了一份牛排。最后，也是迟秦坚持买的单。林菲觉得不好意思，迟秦便开口说，如果觉得不好意思，下次再请回来，还是这家店。

迟秦顺理成章地问道："那林小姐给我留一个电话吧，以后无论是孩子们的友谊，还是工作上的联络，我想，我都方便找到您。"

犹豫了一下，林菲还是说出了自己的手机号码。话音一落，迟秦的电话便打了过来，说让林菲存上，免得再打电话来，以为是陌生人拒接一通，可就太没面子了。

欢声笑语中，林菲说她得和米米去外婆家，因为和停车的方向不同，所以，只能就此告别。于是，说再见的时候，迟秦伸出了手，林菲稍有迟疑，也将手伸出。双手交叠，本不太炎炎的夏日，林菲却有如火炉般的炽热。

可是，握住自己的那只大手，却始终紧紧地握着，似乎还想在这样的炽热里多待一会儿。

| 第 8 章 |

## 她原来也有当泼妇的潜质

站在路边等出租车的时候，林菲的手机响了，一看是婆婆胡荣花打来的，林菲眉头一皱，还是赶紧接了起来。

婆婆那边就像炸了锅般。

"你在哪里？为什么不在家？"

"我和米米在外面吃了顿饭，准备回我妈家住几天。怎么了？"林菲老老实实地回答。

"怎么了？有你这么当人家老婆的吗？把自己的男人一个人扔在家里不管不顾，还出去吃饭，还准备回娘家住几天？我告诉你，我儿子要是有个好歹，我跟你没完。"婆婆的话像机关枪一样"突突"地扫射过来，速度急剧，立志要将林菲瞬间射成筛眼。

"妈，怎么了？家声不是在家里睡觉吗？他不是好好的吗？"林菲待婆婆喘息的功夫，赶紧辩解说道。

米米在一旁一直竖着耳朵听着，眉头已经紧紧地皱到了一起。正如林菲不喜欢婆婆大人一样，米米也是一直对奶奶敬而远之，不仅亲近不起来，甚至还有些畏惧。

她猜想电话那端的奶奶又在指责妈妈了。她也在庆幸，幸好只是电话指责，要是像以前那样在家里面对面，妈妈即使委屈到眼泪拼命打转，却也只能好言相说，妈长妈短地叫着。

"废话少说，你赶紧给我回来。你看你这老婆当的，这要是搁在旧社会，都够了休妻的份儿了。"说完，婆婆胡荣花便先挂断了电话。

"妈妈，怎么了？"米米轻声地问道。

"没事，奶奶让我们回家呢。好吧，我们就过几天去看外婆，我们现在先打车回家。"林菲强忍着心中的不快，语气假装轻松地对米米说道。

一进家门，林菲就看见怒气冲天的婆婆胡荣花和大姑姐陈家玲，客厅的三人沙发上，陈家声胡乱地躺着。

林菲赶紧打招呼。米米把鞋子换上后，便按林菲路上叮嘱的，一溜烟先闪回了她和妈妈的卧室。

"你还知道回来，还管不管我弟弟的死活了？"出言指责的是大姑姐陈家玲。

"妈，您喝茶还是喝白开水？"林菲假装没有听到大姑姐的指责，反而转问婆婆。

"不用麻烦，我消受不起。你能把我家儿子照顾好，我就感恩戴德烧了高香了。"婆婆不接招，依然按她的套路出着牌。

林菲无奈地笑笑，冲着陈家声的方向说道："家声，妈和姐都来了，你还准备一直就那样躺着吗？"

可陈家声不吱声，依然半闭着眼睛躺在那儿。应该是被林菲这话题的突然转移惊了一下，林菲看见他的腿往里移了移，身子也轻轻地往沙发背里缩了一下。

看着陈家声这坨软泥的模样，林菲一下子怒火中烧，她决定挑战一把这两个老女人的权威，而不是像以前那样逆来顺受，近乎骂不还口打不还手。再说了，陈家声下午把话都说那么开了，他都委屈成那个样子了，那就让他的委屈再次照进现实吧。

"陈家声，你给我起来，你这像什么样子？别人不知道的，还以为我给你灌了安眠药，要谋杀你这个亲夫呢！"

　　林菲几步走到陈家声身前，一把攥住陈家声的手腕使劲一拉。一直装"死"的陈家声竟然如顺从的小羊羔一样，在林菲的节奏下，坐起了身子。他假装没有人一样揉着眼睛说："咦，怎么了？我这一觉怎么睡这么久啊？我怎么在沙发上？老婆，你回来了？妈，姐，你们也在呢？"

　　陈家声的假装无辜让林菲心里蹿出一丝鄙视，她厉声问道："陈家声，你告诉妈和姐，我是不给你吃不给你喝，还是打你骂你虐待你了？你自己在这儿做你的千秋美梦，却把我推出去挨刀剐遭雷劈，你的良心呢？"

　　林菲话里话外不仅将陈家声数落了一番，也捎带着将婆婆和大姑姐比喻成了没长眼的东西。

　　林菲话音一落，陈家声便嘴巴一撇，嘟囔着说道："我又没让她们来。"

　　"那你不会告诉妈和姐怎么回事？你是怎么大下午就躺在床上不起，我和米米又为什么要出去的？"林菲语气凌厉。

　　"这日子还有法过吗？陈家声，你怎么说也是七尺男儿，你老婆这么指着鼻子说你，你就让她把你当小孩一样训来训去？林菲，我告诉你，我弟弟让着你，我可不会当作什么事都没发生，对你还高看一眼。"

　　陈家玲插话进来，还对着婆婆煽风点火："妈，你看看，你管管啊，她无法无天，有个老婆和儿媳妇的样子吗？"

　　"你给我闭嘴，我和陈家声的家务事还轮不到你发言。你算老几，我们之间就算打破头吵破天，与你有一毛钱的关系吗？"林菲不容胡荣花开口，将矛头对准大姑姐，厉声说道。

　　她的话一出口，大姑姐竟然眼睛眨了眨，半天言语不得。十年来，她该是第一次看到林菲也有泼妇的这一面吧。一向气盛的胡荣花，也没有想到从来都乖巧到可以任由她蹂躏的儿媳妇会突然间剧烈爆发。她一时反应不过来，嘴巴动弹半天，竟然一句完整的反驳或指责也说不出来。

　　"行了行了，妈，姐，你们赶紧回家吧。今天这事，你们别掺和。林菲她没有错，是我自己做错了事情，她气我不争气，才不管我，将我一个人丢在家里的。"

　　看似在劝架的陈家声，弦外之音还是在说林菲没有管他。

　　"我还有法儿管你吗？我这么管你，你都敢把包和身份证押出去当酒钱，就连手机都能被人抢走！"

　　林菲决定不再给陈家声留情面，既然他无情，她也只能无义。当看着眼前这三个人同仇敌忾般的嘴脸时，她突然对这个男人，以及他背后的家庭厌恶到了极点，她决定从此以后再也不忍气吞声地过日子，以前用冷战来缓和的矛盾，以后就亮亮堂堂地呈于眼前，不谈公道与是非，就是要图一个随心所欲、痛快地过日子。

　　林菲的话如晴天霹雳，一下子将在场的三个人炸了个人仰马翻。陈家声一定没有想到，女人翻脸的速度让他措手不及，也难以应对。一向在婆家人面前温软如玉的女人林菲，那个软弱任欺的历史看来已经彻底结束了。

　　听了林菲的话，婆婆胡荣花一脸惊慌的表情看向陈家声，忙不迭地问道："儿子，你把包和身份证都押出去了？手机也被人抢走了？他们没打你吧，你没受伤吧？"

　　婆婆爱儿的情真意切让林菲鼻子里甩出一丝冷笑。还是大姑姐冷静，只见她的手一抬便拧到了陈家声耳朵上，同时尖利着嗓音骂道："好你个陈家声，你现在还真长本事了。你怎么不把自己押出去啊？你竟然有胆子做出这样的事情？"

　　姐姐指责的话和手上的动作让陈家声一下暴怒起来，那些隐藏着的坏脾气终于瞬间暴露无遗。只见他身子一扭，陈家玲便被自己的弟弟急剧地摆脱晃了一下，整个人差点栽到了沙发上。

　　陈家声将茶几上的包塞到两人怀里，一边往外推搡一边以不容置疑的口吻说道："你们赶紧走，赶紧走，别给我添乱。再不走，别怪我连你们一块翻脸不认。"

　　刚将两个女人推出门，陈家声便"砰"地关上了门。看了林菲一眼后，他什么话也没有说，便转身走进了自己的卧室，将林菲一个人关在了突然静寂无比也空荡无比的客厅。

　　林菲的嘴巴往上一撇，一串眼泪无声地流了下来。她原来也可以做一个如此气盛的女人，在丈夫的家人面前。她原来也可以做一个如此不堪的女人，在丈夫的短处面前。

　　感受到世界安静下来的米米，悄悄溜回客厅。可她一见林菲僵硬地站在那儿泪流满面的样子，一下子便扑进了林菲的怀里，一边号啕大哭，一边含糊不清地说着："妈妈，妈妈，你别哭，米米保护你，米米不让任何人欺负你。"

　　女儿的稚言在林菲的心里翻江倒海般搅起波澜。结婚十年，现在想来，这段婚姻馈赠给她的，除了女儿米米，或许便无其他。正如陈家声指责的那样，她林菲一直在预谋离婚。即使如此，即使道理都懂大义也知，在琐碎的生活面前，她林菲却一直在做一个弱者。现如今，她不想做弱者了，可是，为何心底反倒比以前更多疲惫？更让她痛苦不堪的是，小小年纪的米米，却因为这一切，要承受原本不该她这个年纪该承受的恐惧和不安，还有或许会影响到她一生的悲伤。

　　林菲决定自己舔食伤口，不回娘家躲避，以免母亲蒋玥追问，她说出实情，让母亲因此蒙上一层不安和伤悲。她也不打算找刘欣倾诉，将淋淋伤口呈于同情面前，同情的背后其实更多指责。她也不打算和陈家声和好，她准备就这么一直冷战下去，冷到不能再冷时，或许物极必反，她便会走入新生活。

　　想到这儿，林菲将眼泪擦干，强挤出一丝笑容后对米米说道："米米，妈妈没事。对不起啊，妈妈让你伤心害怕了。"

　　"妈妈，你再坚持坚持，你等着，米米很快就能长大，长大的米米保护妈妈，不让妈妈再受一丁点的委屈。"

　　梦里的林菲，被一片混沌困往，挣扎不得，动弹不得，耳边还时不时响起凄厉的叫喊声。终于，她鼓起了勇气，想要冲破这片混沌。脚似乎能迈开了，可是，跑了许久还是在原地转圈。身边一片混沌，还升出了雾气，眼睛被灰色蒙住，什么也看不见。林菲不敢停下脚步，不敢不往前跑，虽然看不清前方是坦途还是深渊，她似乎只有不停地跑，才有可能逃离这片混沌。她已经跑得上气不接下气，已经跑得快要肝肠寸断，可是，为什么总是看不到出处，看不到方向，看不到光亮……

　　林菲早上醒来，浑身疲乏，头也是痛得要命。米米似乎已经醒了许久，只是一直缩在床上没敢动弹，她怕把妈妈吵醒，她想让妈妈多睡一会儿。

　　林菲看到一旁小心翼翼的米米，心里升腾出感动和温暖，一把将女儿揽入怀里，将响亮的一吻印到了女儿软软的头发之上。这头发是继承了爸爸的基因，又黄又软，一点不像林菲的硬挺黑亮。

　　不仅仅是头发，米米的五官基本上也是陈家声的翻版，几乎没有地方像林菲。幸好没有随林菲，所以，小小的米米便长就了美女的胚子，让林菲收获了无数的赞誉。

　　林菲突然又想，如果她和陈家声真离婚了，米米肯定会跟她。可是，这血浓于水的一切，能根本改变吗？

　　不能，小小的人儿，心一定会被撕裂成两瓣，理智是跟妈妈，情感上肯定也不舍爸爸。不管爸爸好与不好，毕竟是爸爸，所以，会无条件地爱他。

　　就当母女俩相依相偎的情绪正温暖如春的时候，陈家声推门进来，一脸笑意盈盈的样子说道："老婆，米米，快起床吃饭了，我买了你们最爱吃的驴肉火烧，还有米米最爱的五谷杂粮豆浆。对了，米米，市场上今天有卖甜瓜的，白皮个大，还顶着绿叶，看着就水灵新鲜。我给你买了6个，够你吃两天的了。快点起床了，一会儿饭可就凉了。"

　　陈家声自顾自地说着，假装全然没有看到林菲和米米二人脸上的惊诧神色，假装他们一家三口其实一直情真意切，没有任何纷争一般。

　　陈家声一大早上的表现让米米欢呼一声便从床上蹦了起来，她一边往身上套着T恤一边拍着爸爸的马屁："妈妈，你看爸爸多棒，真是我的好爸爸。"

　　她扭脸看向陈家声，用手在嘴巴上一摁，飞出一吻后又说道："这才是我的好爸爸。爸爸，我爱你。"

　　林菲也只得起床，她知道什么叫见好就收。就是这种见好就收，让她感觉少有幸福的婚姻，一直维持到了现在。

　　性格决定命运，奈何不得。

　　吃罢早饭，陈家声说要出门办事，还问米米有没有想要的礼物，作为即将成为四年级小同学的鼓励，他一定满足宝贝闺女的心愿。米米自然欢欣雀跃，一口气说了一大串。可陈家声说米米太贪心了，只可选择一样。最后，父女二人便嘻嘻哈哈着一阵筛选。

　　这温馨的一幕让一直冷眼看着却凝神听着的林菲，心底又刮起了飓风。如果重新选择，会比现在的这一刻感觉要好吗？重新选择的，或许是自己的幸福。可是，葬送的，会不会便是女儿的幸福？

| 第 9 章 |

## 被闺蜜"抢"去的幸福

陈家声出门后，米米嚷着还是想去外婆家，说好几天没有看到外婆了。林菲正好也想下楼试车能不能打着火，实在不行，就得赶紧去修理。周一还有一个重要采访，去开发区的采访，没有车可着实不方便。

刚下楼，林菲的手机便提示有短信过来。

"你好，林小姐，今天有没有草在非上飞？"竟然是迟秦！

"又不是草长莺飞的二月天，明明炎炎夏日，怎可动春的心思！"思忖片刻，林菲怕迟秦见不回短信而将电话回打过来，所以，看似插科打诨般的回复，却在明明白白告诉迟秦，不可造次。

谁知，迟秦的短信很快又发了过来："相逢何必曾相识。"

看到这条短信，林菲不禁嘴上哼笑出声，这有点钱有点权的男人，真是花花心思数不胜数，见到一个女人便想上演征服的好戏。兔子还不吃窝边草呢！对着同学的家长下手，也不怕坏了名声。真是人不可貌相，这迟秦明明长了一副相貌堂堂的正人君子模样，可手段却如此低劣。

想到这儿，林菲昨天对迟秦涌出来的那一丝丝好感消失殆尽。

可说来也怪，昨天明明怎么也打不着火的车子，今天钥匙插上一拧，便"嗡"一声发出了欢快的声音。林菲心里奇怪，脚上却踩下油门，带着米米往母亲小区的方向驶去。

刚到母亲家，林菲便接到了刘欣打来的电话，说有朋友约着一起吃午饭，让林菲务必排除万难赶过去。

林菲不想去，说带着米米回了母亲家，母亲正准备包水饺，再好的山珍海味也不如母亲牌的水饺好吃。她还劝刘欣推了这个饭局，一起过来吃水饺。

刘欣不依，坚持林菲务必过来，说这关系到她的终身大事，务必要林菲到场做个见证，否则，她的幸福便有了缺憾。

无奈，林菲便问清了地点，重新坐回车里，驱车往刘欣说的"幸福"赶过去。

出乎意料，刘欣竟然站在饭店门前等着林菲。而更把林菲吓了一大跳的，是刘欣的装扮。这家伙平时不是最烦喜红穿绿的吗？怎么今天穿了一身大红的连衣裙。脖子里闪闪发光的，竟然是坠着硕大钻石的白金项链。当然，唯一不变的是如平常一样的妆容，精致艳丽。

"怎么，打劫了，弄了这么一身，还把那点存款都装饰到脖子上了？"林菲故意取笑。

"还不错吧？是不是眼前一亮，觉得我刘欣也有百变女郎的潜质？"刘欣一边挎着林菲的胳膊往包间方向走去，一边自我吹捧。

"别老在'女郎'上面混了，还是某某太太动听一些，我的刘欣大小姐？"

"所以，今天就如你所愿，让你亲眼见证我刘欣的人生幸福盛大揭幕。"

"啊？可这幸福怎么就你一人？独角戏可唱不出幸福的旋律啊！"

一头雾水的林菲环顾四周，觉得不像是摆喜酒的样子。再说了，这刘欣一直单身，也没听她漏出口风，说谈恋爱啊！更别谈嫁出去了！

"你这演得哪一出？我怎么觉得这么诡异。"林菲再次发声询问。

"这不是诡异，是惊喜，是 Surprise！"刘欣笑着回答。

说话之间，她们便已移步到了二楼。刘欣用手指指二楼尽头的包间："亲爱的，我的幸福就在那扇门的背后了。你要做好心理准备，真的是一个好大的 Surprise。不过，说好了，你要祝福我。"

"好好，**Surprise**，我会祝福你的，只要不是惊吓就行。"林菲一脸揶揄。

临近包间时，林菲的耳里突然传来一首她极其熟悉的英文歌曲。对，是那首非常经典的 *I love you*，有一阵子林菲和刘欣两个人将这首歌设成了手机彩铃。

大热天西装革履热情迎上来的男人，竟然是大华实业的老板朱奋起。

只见他先和刘欣做了一个亲密的贴脸动作后，径直走到了林菲面前，同时说道："林记者，你是刘欣最好的朋友，也是我朱奋起曾经喜欢过的女人，欢迎你今天能来见证我和刘欣的幸福！"

"你，刘欣，你们？"

林菲心下当时百转千回，可是千头万绪，一团乱麻，一时半会儿理不出一个所以然。

"林菲，挨着我坐。算起来，你也算是我和奋起的媒人。所以，你不来，我和奋起的幸福便不完整。"

刘欣连拽带拉地将林菲拖到了紧挨着她的座位上坐下。

"好好，那我先祝你们幸福美满到永远。"林菲决定既来之则安之，顺势拉过刘欣的手，送上真心的祝福。

"亲爱的，谢谢你，得到你的祝福，我和奋起会幸福到永远。对吧，奋起？"

昔日那个犀利的刘欣，此时竟然一副小女人的语态，那神情，那动作，哎呀，怎一个矫情了得。刘欣的保密工作做得可真是够到位的，就连她这个最好的朋友都瞒得纹丝不透。

说起这朱奋起，和林菲也算是有着极深的渊源。

前几年，因为一次采访报道，林菲和朱奋起建立起了正常的业务关系，朱奋起还给了林菲一次广告支持，让林菲拿到了不少广告提成。这事，可没少让刘欣羡慕。她愤愤不平地说，她算是在教育新闻里混不出来了，好歹遇到过几个民办高校的有钱老板，可人家还不愿意投大钱到晚报上，顶多发一些招生信息，豆腐块大小而已，她都不屑和广告部的那帮"烂人"去争。

刘欣将许多人都视作"烂人"，包括朱奋起。因为朱奋起竟然不管不顾对林菲发起了猛烈的追求攻击。当然，她只是这么评价，她还是认为林菲可以尝试与

"烂人"接触一下。

朱奋起对林菲所谓真心的追求简直可笑到了极点。这事曾经传遍了整个江林晚报社，甚至江林媒体圈都哄传了许久。说是一个私企老板，仗着一身的土豪金味，想要用钱和所谓的浪漫抱得别人的媳妇回家……幸好陈家声和林菲不是一个圈子的，否则，林菲真是有嘴也说不清了。

先不说林菲有婚姻在身，就算单身，她也不会对一个离过婚、张口闭口满嘴只有钱的男人感兴趣。更何况，这个男人长得实在也太歪瓜裂枣了。

"你不要拿你们家陈家声的皮囊跟别人比。事实证明，皮囊不当饭吃，也换不来车子房子和票子。这个年头，不流行'装'，流行'拿下'，流行'扑倒'。"刘欣一脸不屑的表情痛斥着林菲。

"我这不叫装，我这叫婚姻在身、本分做人。"林菲辩驳说道。

"别提你那婚姻，你那婚姻除了让你老成黄脸婆，还让你得到了什么？"

"话不能偏激。我觉得挺好的啊，至少我老了以后，有一个闺女会忙前忙后地围着我转。你呢，准备孤老一生吗？"

"我怎么会孤老一生？我老了没闺女伺候，就不能有保姆有佣人在跟前转悠啊？所以说，什么时候，有钱都是硬道理。你明白我想说什么了吧，我的意思是，骑着陈家声这头驴，趁现在还年轻，还有点风姿，得赶紧找匹好马。这朱奋起长得不咋地，也离过婚，也没多少文化，可人家有钱啊！一白还遮三丑呢，这有钱能使鬼推磨你不知道啊！"

"好，我不装，我也抛开有婚姻在身这个事实。那我们想象一下，半夜把灯打开，那样的一张脸出现在你面前，你不觉得跟见了鬼似的可怕啊？"林菲边说边夸张地表演着。

"庸俗，简直是太庸俗了，朱老板怎么会看上你这么不解风情的一块木头。"刘欣撇撇嘴，果断地结束谈话。

事情远远没有结束，一见砸钱和浪漫都不管用，朱奋起便上演起了悲情戏。这一天，他给林菲打电话，说自己病了，快要病死了，林菲能不能去看看他？

林菲说自己有些忙，实在走不开，他可以请朋友或员工帮忙照顾。

谁知，听了此话的朱奋起突然在电话那头"呜呜"地哭了起来，林菲在这边安慰了半天，不起作用。电话那端的朱奋起却不接话，哭得更加变本加厉，直到把林菲哭得心烦意乱。可是林菲也知道，她不能给朱奋起任何幻想，否则，后患无穷。

正在烦乱不堪的时候，刘欣刚巧来到了林菲的格子间。一见林菲的表情如临大敌一般，她一脸坏笑，似乎意料到了什么，干脆拉了一把凳子坐过来，侧过脑袋想要听点名堂出来。见此，林菲干脆将手机摁成免提。果真如林菲设想，刘欣一听朱奋起在电话那端直哭的声音，差一点就喷笑出声。

林菲赶紧在纸上写出"他说他病了"几个字。捂着快要笑痛的肚子，刘欣在纸上写"答应他，我帮你去收拾他"。

看了刘欣的纸条，林菲犹豫了一下，摇摇头，刘欣却重重地点点头。于是，林菲便对着电话说道："好了好了，你别哭了，你在哪家医院，我去看你。"

一听林菲答应来看他，朱奋起竟然马上止住了哭声，赶紧说了医院的科室和床号，还说他会一直等着林菲。

边听边记的林菲不禁抬眼去看刘欣，原来真是生病了。挂了电话，刘欣便嘲笑说道："小姐，你真是道行太嫩了，我看当记者反而是将你当傻了。这是在演苦肉计，所以，就得演真点啊！要不，岂不是搬石头砸了自己的脚，还坏了一场名声？"

"你得陪我去啊！"林菲不接话，反而极其紧张。

"放心，我刘欣会陪你上刀山下火海，为你两肋插刀。"

看着刘欣一脸凛然的样子，林菲不禁说道："好了好了，哪有那么严重。我们看一眼就走，不磨蹭，也不给他留念想。"

两个人驱车来到朱奋起说的医院。路上，刘欣执意要买一束捧花，说病了的人一见这鲜花怒放的模样，心情就会好。心情一好，病就会好。

"你不是说他那是苦肉计，没有真得病，是演的吗？"

"小姐这你就不懂了吧？这叫他不仁咱不能不义，他要是仁义了，咱也送个顺水人情显出咱的素质不是？"

"就你理由多。这到底什么样的男人才能收了你，让你服服帖帖地当人家的小女人。"

"我也想那个男人早点出现啊！可是遍观全球，唉，姑奶奶我偏偏活成了一枝独秀。爱人难，被人爱上也难，美满婚姻难上加难。"

两人看到朱奋起时有些意外，他果真是一脸憔悴的模样，是急性阑尾炎，刚做了手术，竟然不是装病。

更让人意外的是，朱奋起这么大的老板，偌大的单人病房里竟然没有亲人朋友来看望的痕迹，别说一束鲜花了，就连一个果篮都没有。

"朱老板，我给你介绍一下，这是我的同事刘欣，在晚报的文化新闻部。"

"刘记者不好意思，我这坐不起来，怠慢了。"朱奋起竟然还讲究了一下礼数。

"您甭坐起来，您是病人。"刘欣环顾了一下病房四周突然问道，"朱老板，您这么一个大企业的老板，怎么生病了也没有人来照顾您啊！"

刘欣的话让林菲觉得有些尴尬，可能人家是有一些难言之隐或是别的原因，这样打探人家的隐私，着实不是太妥。

谁知，朱奋起竟然坦白回答说道："不是没有人来照顾我，是我拒绝了所有人的照顾，包括司机都让我赶走了，我就想等着林记者来看我。不瞒您说，我就喜欢林记者。浪漫和钱她都不喜欢，我就想，我都虚弱成这个样子了，她总得给我点怜悯和同情吧。"

林菲没有言语，朱奋起小心投过来的、可怜巴巴的眼神她也装作没有看见。见此，刘欣赶紧接话说道："我当怎么回事呢，心里还嘀咕您朱老板的为人太差，都说这病了病了才能见到周围人的真心，您身边怎么连一个人都没有呢。还好，原来是这样。您此刻一定很开心吧，因为林菲和我一起来看您了。"

刘欣话音一落，朱奋起的脸上果真浮出一抹志得意满的表情，可林菲却极其不满地扯了一下刘欣的衣服。谁知，刘欣却像故意似的，竟然上前两步，干脆坐到了朱奋起的床头后又说道："朱老板，您好好养病，等我和林菲不忙的时候，再来看您如何？我再不赶紧走啊，估计这林菲就得把我灭口了。您也看到了，这林菲别看一副温文尔雅的样子，其实是十足的女汉子。所以，趁还没有发飙，我得赶紧闪人。"

刘欣的话将朱奋起逗出了笑声："会笑，病便要好了，我祝您身体健康，财源广进。"

这刘欣一番不着调的话，把林菲膘得不轻快。可也无奈，她也不是第一天才认识刘欣。幸好刘欣提出了"闪人"，要是再继续待下去，她估计自己真会疯掉的，太丢人了。

正想到这儿的林菲，见刘欣和朱奋起共同给自己端起了一杯酒，说如果不是因为林菲的引见，他们不会认识，更不会喜结良缘。今天这个场合，只是将他们的关系公开，不算是答谢宴，人情要后补，但这杯真心实意的感谢酒，还是希望林菲能一饮而尽。

在座的十几个人便一齐起哄说道："谢媒酒得一口干，一滴不能剩。"

"好，这杯酒我一定喝，我真心祝你们幸福。"林菲说着，便接过酒，仰脖喝尽。

但是，两个人坐在那儿，真是活生生的一幅美女与野兽的现实版写真，太抢人眼球了。不过转念一想，也真是难为刘欣了，怎么着也是三十多岁的人了，如果朱奋起是真心爱她，想要娶她回家，刘欣也算是终于修成正果了。

回到母亲家，林菲便绘声绘色地将午宴的情形描绘给母亲蒋玥听，然后，一脸被人欺骗了的不甘神情说道："妈，你说刘欣怎么能这么过分呢，她怎么能瞒我瞒得死死的呢？我又不会跳出来反对，或是指责她的。"

蒋玥倒是开明，听了女儿的抱怨后宽慰说道："菲菲，反正你也从来没有喜欢过朱奋起，那个人的追求，死缠烂打的追求，对你而言，其实是一种负担。或许说严重点，是一种被糟蹋的耻辱，因为你是有夫之妇。如果说刘欣真心喜欢那个人，那个人也是真心对待她，就是一件两全其美的事情了。"

"妈，道理我都懂，只是觉得心里扭不过这根筋，觉得刘欣不该欺骗我们的友谊。"

"刘欣可能也是觉得，因为你不待见朱老板，怕你看扁了她，也看扁了她或许真心的感情。这件事啊，其实说简单也简单，说复杂也复杂。只要刘欣觉得幸福就万事大吉了。"

"不管怎么说，我以后不把刘欣当闺蜜了，她太不把我们的友谊当回事了。"

"又说小孩子话不是，不管怎么说，我觉得刘欣这么做肯定有她的考虑。所以，别想那么多了，友谊还是要继续，你的小家你也要赶紧回。你把饺子打包拿回去，晚上热热给米米爸爸吃。这做业务的，其实不容易，你要对人家好一点。夫妻百年才能修得同船渡，本来就是缘分。是缘分就得珍惜，不能凭一时性起，做出让自己后悔的事情。"

"妈，您说什么呢？米米跟您说什么了吧？"

母亲的话让林菲心里一惊，她本能地以为是米米告了小黑状。好哇，这孩子竟然说妈妈的不是了？看我回家还搂不搂你睡觉！林菲愤愤地想。

"米米哪里说什么？她一个小孩子家的，知道什么啊！我是看你脸色不大对，眼睛也肿着，便想肯定又是两个人拌嘴了。其实米米爸爸这个人本心不坏，虽说有时脾气差了一点，可是，只要你一服软，他那边便马上能磕头如捣蒜。"

母亲的这个形容让林菲没有绷住笑，干脆便咧嘴笑出声来，只听母亲又说道："再说了，这钱挣多少才是一个头啊。有能力的就多挣点，能力差的就少挣点，只要两个人都努力，把劲往一起使就足够了。这日子到底该怎么过，虽说家家都有本难念的经，只要两个人的心在一块，便没有什么大问题。"

母亲的这些话让林菲陷入了沉思。在等红绿灯的时候，她竟然走了神，绿灯亮时，被米米催了半天才想起赶紧拉开手刹。稳稳心神，林菲赶紧定睛直视前方，小心朝着家的方向驶去。

| 第 10 章 |

# 我的肩膀可以借给你承受重量

第二天一大早，林菲便来到了报社，她想将与上午采访有关的背景资料再熟悉一遍。就在这时，部门主任林大千从格子间的玻璃门前晃过去，但很快又折返回来，径直走到林菲面前说道："小林，你到我办公室来一趟。"

林菲满脑门子疑惑，跟在林大千的后面来到了主任室。

"小林，今天来得挺早啊！"林大千客套地说道。

"早起的鸟儿有虫吃，这不是主任您经常教导我们的嘛！"

"很好，我就喜欢你这个机灵劲儿。那我就开门见山地说了，最近报社可能会有一些调整和变动，听说了吗？"

"啊？不清楚啊！我最近有点忙，几乎天天都在外面采访，还真没怎么听说。"林菲本能地不喜欢这些是非，赶紧出言撇清。

"嗯，也不怕给你露点口风。咱报社这两年的效益一直不太好，社长有些着急，报社党委会开了一个会，想把编辑部的人分流一部分到广告部。你也知道，有时候记者出身的人比直接做经营的人，更容易搞出名堂。一是见多识广，记者的身份能让人放松警惕；二是采访中也结下了不少人脉；三是写起软文也更能得心应手。所以，社里这次下决心，是要……"林大千做了一个将手作刀砍的动作。

"主任，您的意思是，我要被分流吗？"林菲不解，话却没绕弯子，直接问道。

"编辑部最后留下的，肯定是精兵强将。你林菲的写稿能力我们是有目共睹，也都是清楚的。只是……"林大千吞吞吐吐话未说明。

"只是什么？"林菲却追问到。

"咱们部门也要分流几个人出去，我这百般纠结，手心手背都是肉，不好……"林大千故作愁容惨淡的样子说道。

"主任，从您到深度调查部，我就跟您干。我是什么样的水平，您是最清楚的。"林菲的意思很明白，那就是希望林大千能从个人能力的角度出发，高抬贵手。

"嗯，你的意思我明白了。这样，晚上要是没有什么特别的事情，咱们找个地方坐坐，一起好好聊聊这件事。"林大千突然话锋一转说道。

"啊？"林菲控制不住讶然出声。

"哈哈，你是怕我？嘻，你白天不是要采访写报道嘛，今天正好是周一，咱们的版签的时间早。这样，咱们聊完了也不耽误你回家相夫教子。"林大千此地无银三百两地解释说道。

从主任室出来，林菲的心情一下子变得十分低沉。很明显，这林大千是想借此分流的机会，满足个人的私欲。只是不知他对林菲的私欲里面，是关乎情还是在意钱。如果是钱便好说许多，无非是狠狠心送上点厚礼。这要是关乎情，林菲是打死也不能从的。可是，如果因此而下了岗，这每月雷打不动的房贷，车子一转便要烧的油钱，还有这一家子的吃喝拉撒，便没有了着落。陈家声自然是指望不上的，他每月上交的那点钱，也只够塞塞牙缝。也别怪林菲高瞧不上陈家声，这么多年以来，他的经济收入一直都不稳定，整个家庭收入的金字塔中，陈家声充其量只占了一小部分。刘欣说得没错，这一白遮三丑，只要有钱，便可掩盖一切瑕疵。

林菲已经没有办法继续再在办公室里待下去，她将资料匆匆装到挎包里后，便驾车往开发区驶去。

今天这个采访选题，还是有点意思的。说是在开发区的边缘地带，发现了一处汉朝的贵族墓室，是江林市考古发现的、据今年代最远的一处古墓。在陆续的挖掘和清理中，发现了不少有价值的文物。这是一则值得关注的新闻，林菲第一时间做了相关深度报道。今天她之所以"二进宫"，是因为她无意中听说在清理过程中，发现了一个陶制的球形坛，里面竟然装的是酒？如果一切属实，这一坛子酒能让时光倒流2000多年。

可是，采访并不顺利。

林菲先去了市文物考古研究所，想先找他们所长了解一些情况，然后再一起去墓地现场看看，最好是能拍到这酒坛子的相片。

可是，原本在电话里约好的采访，却被所长放了鸽子，说他临时出了公差，短时间内回不来；还说不过是一坛子酒，也没有啥新闻价值。劝林记者应该将目光投到更需用关注的新闻上面。

林菲不甘心，觉得这是一件很有意思的事情，她不想放弃。

从研究所出来，林菲决定直接去开发区，想通过当地的村委会了解一些具体的情况。有时候，这来自民间的话语更具有新闻的可读性和震撼力。

可是，村民似乎也不是很清楚，只说是有一坛酒，但已经被考古所的人带走了。至于酒的模样，他们没有一个人能说得清，但给林菲提了一个醒，说开发区管委会的王主任对此感兴趣，在整个墓穴的清理过程中，经常过来蹲点查看。那坛子酒挖出来时，他还拍照了。

林菲又一口气跑到开发区管委会，想找村民提到的那位王主任好好聊一聊。谁知，竟然又碰了一个闭门羹，说管委会有纪律，不能私自接受媒体采访，何况，还是与本职工作无关的采访。软磨了半天的林菲，见难以说服这位王主任，便准备先回报社再想办法。

刚从电梯出来，因为闷头想事情，林菲差点撞到了一个男人的怀里。她赶紧抬头说道："噢，对不起。"

谁知，话音刚落，一阵朗朗的笑声便传进了耳里。定睛一看，竟然是前天刚刚一起吃过牛排大餐的迟秦。

"真巧啊！"迟秦率先感叹道。

"是啊，你好。"林菲伸出手，与迟秦已经横在半空的右手交叠，算是见面的问候。

"你到管委会有事吗？"迟秦做了一个请的动作，将林菲引到管委会一楼大厅的休息区。

"有个采访。"林菲老实说道。

"看样子不是很顺利？"迟秦敏感地捕捉到了林菲的表情。

"嗯，的确不顺利。不过没关系，再想办法。"林菲依然老实回答。

"说来听听，看我能帮得上忙不？"

"也没什么大事，我自己会想办法搞定的。不耽误你时间了，你赶紧忙去吧。"林菲不想从头叙述采访的前因后果，一是她认为没有必要，二是她认为迟秦无非是想找话题将谈话继续。两个人就像井水和河水，根本不可能搭界，也没有必要搭界。

谁知，迟秦不愿就此罢休，再次追问："你说到管委会找谁，只要是处级以上的干部，我都认识，都能替你说得上话！"

迟秦的热情和自信终于对林菲产生了一点点的感染力。她便简要说了说采访的大概。话音刚落，迟秦便拽过了她的胳膊，语气笃定地说道："这事我帮你搞定，你跟我来。"

被拽在身后的林菲，不知为何，竟然不挣扎、不询问，就那么被迟秦拖着进了电梯。直到电梯门关上，她才意识到自己的胳膊还一直在迟秦的手里拽着。她脸一红，便小声说道："那个，那个，我跟你走了，可以放开我了吧？"

迟秦再次爽朗地笑出声来，手一松，林菲的胳膊便自然滑到了她身体的右侧，安安静静地垂立回原处。可是，不知为何，和没被拽到的胳膊相比，这只胳膊却多了一丝意犹未尽的怅然。

见刚刚离去的晚报记者又折返而回，还有堂堂的东风集团的副总迟秦陪着，王主任赶紧沏茶让座，一番客气。

林菲总能感觉到迟秦灼灼的目光一直盯随着自己。可当她扭头去捕捉时，看到的却是迟秦要么摆弄茶杯要么四处乱看的表情。

从管委会出来，林菲向迟秦道谢，说多亏了他的周旋，才得以顺利地将采访完成。迟秦故作不满道："这就是你们记者感谢人的方式？这也到了中午了，也不知有没有人会请吃一顿简单的午饭？"

见迟秦故作姿态，林菲终于绷不住"哈哈"大笑起来。见林菲一直笑个不停，迟秦抚着脸，疑惑地问："怎么，我脸上有东西？"但马上反应过来的他接口说道，"再笑，再笑我可就翻脸了，我好心帮你，你竟然还……"

"好好，我请你吃顿简单的午餐，说吧，想吃什么？是在这附近还是回市区？如果在这附近，我可是一点也不熟，凡事得你拿主意。"转念一想，林菲决定成人之美，毕竟迟秦的确帮了自己一个大忙。

林菲的话似乎让迟秦抓到了小小的把柄，他脸上坏笑着说道："你说的，凡事都是我拿主意。好吧，我决定搭乘你的便车，带你去附近一处农家乐。你别说你今天下午还很忙，我们做企业的都不忙了，你这当记者的，还能很忙吗？"

迟秦的话又将林菲逗乐了，她平复一下气息说道："好吧，到了贵地，悉听尊便。先说好，车技一般，别到时吓得五脏六腑不在原位而大声抱怨。"

"你真够幽默的，笑起来也好看。嗯，跟着爱笑的人在一起，心情便会好。好吧，司机小姐，听我的指挥，咱们出发吧。"

听从迟秦的指挥，车子很快便驶向了一条村级公路。林菲知道迟秦想带自己去一个特色的地方，也不多问，只是在迟秦"左右左右"的调度中，将车子开到最稳。

"你怎么不问我们要去什么地方？"迟秦绷不住了，开口问道。

"我问了就会不去吗？何必徒劳！我不是说过了，到了贵地，悉听尊便。"

"你真够特别的。"迟秦突然如此感慨。

"你也够特别的，如此热情过度。"林菲出言相讽。

"你都是这么对待帮助过你的人吗？"迟秦似乎不满，脸上换上了一副不恭的笑容。

"很少求别人帮助，所以，也不知道应该怎么对待帮助的人。"林菲打了一个嘴官司。

"果真伶牙俐齿，记者就是记者。"

说话间，两个人便驱车来到离开发区近十公里的一处农家乐。如果不是迟秦带路，林菲会以为是平常的农家，无显眼的霓虹招牌，像所有普通的农家房子一样，坐北朝南，院有正室偏房，门有瓦檐木坎，院落外围种满了蔬菜花卉。

迟秦带林菲刚走进院子，便有农家女人从屋里热情地迎了出来，满脸堆笑地招呼说道："迟总，好久没见了，最近一切还挺好吧？"

"托您的福，一切都好。今天带报社的林记者过来尝尝您的手艺，您可得好好拾掇拾掇一桌子拿手菜呀！"

"这您尽管放心。那就按老规矩？"

"好，老规矩。我们就等着了。"

迟秦带林菲去了院子里的水井处，拿起一个葫芦做成的水瓢，从旁边的陶制水缸里舀了一些水，倒进压水井后，便上下来回不停压动。很快，便有不断的地下水流了出来。

林菲惊喜地大叫一声，手便伸到了井嘴前，畅快地说道："哇，好清凉的水啊！"

"尝尝，感觉会更清凉。"迟秦见此鼓励说道。

听了迟秦的建议，林菲便将双掌捧成一个半圆弧形，轻轻接到井嘴前。很快，半圆里面清凉而又干净的水便满漾出来。林菲将头探过去，一吮一吞，"咕咚"一声，甘甜清冽的水进了肚。林菲心满意足，将手上的水珠甩到脸上，不禁再次感慨出声："好甜的井水，像山里的泉水，比农夫山泉还要甜。"

此时的林菲，就那样一脸欣喜的模样站在正午的阳光底下。正如每个女人都喜欢阳光一般，似乎每个男人都会喜欢阳光底下的女人。

林菲的半长马尾正随意地从肩头滑到前胸的锁骨处，脸上堆满了笑，所有的注意力都在水井嘴里流出的水中。只见她不时地拿手去撩拨一番，像是要在那样的肆意流淌里，在那样随手便可捕获的甘甜清凉里，找到属于自己纯粹的快乐。

很快，两人便坐到了桌前。林菲还未来得及对满桌子绿色可人、红色清脆、酱色流油的菜品大加赞赏，迟秦却开口问道："是不是很久没有坐在这样的小板凳上吃过饭了？当然，吃烧烤时坐的马扎不算。"

"那这样一说，还真是很久了。当年我爸还在的时候，我们年年回农村老家探亲，堂爷爷还有堂伯伯他们家，就有这样的木头方桌和木头小凳。后来我爸没了，我工作又忙，我和我妈便很少回去了。"

"我喜欢这样坐着吃饭，感觉就像自己的泥腿子在土里扎了根一般，说不出来的踏实。"

"泥腿子还好，只要不是狗腿子就好。"林菲脸上坏笑一显，突然接口说道。

"你很喜欢这样讽刺取笑人吗？"迟秦没有生气，反而笑着追问道。

"也不是，分对象。喜欢的人呢，我就多说几句，好的坏的全说。不喜欢的呢，正眼都不想瞧。"林菲也没有多想，脱口而出。

"那我可不可以理解为，我是你喜欢的人？"迟秦突然这样问道。

"哎呀，这样就很没劲了，含蓄比直白更有趣。好了好了，咱们再斗嘴官司，这菜就快凉了，那样就可惜了大姐的手艺。吃不言睡不语，赶紧闭嘴吃饭。"

林菲没有意识到，她朋友较少，并不是因为性格不开朗不外向，而是因为她既没有时间在外面交际，又不愿意与陌生的人从头讲起自己，在互相的坦诚和信任里建立坚固的友谊。除却工作时间，林菲一直将自己宅在家的世界里。和迟秦这样的人交往，绝属异数。

林菲对迟秦这天中午看似无意却是精心促成的"老规矩"很兴奋，每个菜都是她极为喜欢的。她吃得满头大汗，一边大快朵颐一边点评，那样子毫无淑女可言。

"慢点吃，没有人跟你抢。"迟秦不怀好意地取笑着。

"没办法，一辈子馋猫吃相。这样的人，有福。我妈说的。"林菲毫不在意。

"你看你一点都不像有那么大孩子的妈，还像一个女学生，一脸的稚嫩和青春。"

"少贫我，损人不带这么说话不带刺的。我长得什么模样，心里很清楚。"

"你看看你这个人，真是不能夸，一夸你就自动防御，不分好歹，一通乱箭。"

"没办法，这世界太复杂了，又没有肩膀可以依靠，只能自我防御，否则，活不到现在。"

林菲的话让迟秦愣了一下，他半天后才迟疑地问道："怎么，你现在是单身？"他又怕唐突了似的，赶紧又补充说道，"别介意啊，只是把你当朋友，想要关心一下。"

"没关系，有肩膀在一旁的，不见得是可以依靠的肩膀。我这个人张牙舞爪惯了，一般肩膀承受不住我的重量。所以，跟没有差不多。"

林菲并没有觉得迟秦的问话有何不妥，但她这么一通解释让迟秦明白了一个大概。他端起面前的茶水杯后说道："林小姐，我以茶代酒，与你喝上这么一杯，希望从今以后，我们能成为朋友。如果很累的时候，我的肩膀可以借给你承受一下重量。"

　　本来一直打趣说笑着的林菲，在迟秦端起这杯茶水时，脸上的神情突然悲滞了一下。但马上又恢复了刚刚的爽朗，她语气轻快地说道："没问题。"

　　可是，林菲脸上片刻的晴转阴、阴转晴却落进了迟秦的眼里。他突然便变得一本正经起来，不再打趣或是说一些没有边际的话，而是不停地劝林菲多吃菜，说这是真正的农家有机菜，在城市里面是吃不到。林菲也不推脱，大口大口地吃着，间或与迟秦聊上几句。整个饭桌上空，已经弥漫起一种无来由的暧昧。

　　午饭吃得极其愉悦，林菲将迟秦又送到管委会大楼时，才突然想起来问道："哎呀，是不是耽误你的事了？"

　　"我那点小事，不劳挂心，下午再办也一样。"迟秦笑笑，宽慰林菲说道。

　　"噢，那我就放心了。这样，我们就在这儿再见吧。我得回报社写稿去了。"

　　林菲说着，便将手伸到半空，轻轻一摆，意思是与迟秦道别。谁知，迟秦却不依，反而走前一步，又凭空伸出了右手。林菲脸上笑笑，也将自己的右手再次交叠过去。像第一次握手一样，迟秦的手久久不想松开，似乎想让林菲的小手在他手心里的温暖、在被掌控的安全感里，再多待一会儿，就待一会儿。

　　刚回到报社，迟秦的短信便到了："所谓佳人，在水一方。"

　　真是够拙劣的调情手段。林菲不禁笑出声，手指轻动，发过去一个笑脸符号："在水一方的佳人多了去了，恐怕你分不出甲乙丙丁了。"

　　迟秦的回复很快："弱水三千，只取一瓢饮。"

　　林菲反问："不怕肚子疼？"

　　"粉身碎骨，在所不辞。"

　　迟秦的短信终于让林菲刚刚喝进嘴里的一口水全喷了出来。逢场作戏谁不会，难的是一辈子做戏。可是，即使这样，聪明如林菲，不知为何，这一次却没有对这样的"调情"生出厌恶。

　　林菲没有意识到，只是两次相逢，她的心却像是桌上的烛光，多了跳动和闪烁，虽然找不到方向。

　　未来，谁知道呢！

　　那一刻，林菲相信迟秦说的没错，相逢何必曾相识，哪怕尘已满面，鬓已如霜。

| 第 11 章 |

# 女人的直觉

这天下午，和迟秦结束了愉快的午餐，林菲回到报社，正在闷头写稿，被刘欣堵了一个正着。

"别那么拼死拼活地写稿，钱也不多拿几个，何必把自己给累到花容惨淡。"

"我哪有你那么潇洒，你是一个人吃饱了全家不饿，我呢？"

"你就不打算问问我和朱奋起怎么回事？"

刘欣将一颗话梅丢进嘴里，见林菲一副忙碌到没空搭理自己的样子，心有不甘的她，直言相问。

"你又不是撬了我的墙角，我需要追着你讨个说法，问出个所以然来。你们两个，你情我愿，作为朋友，我只需要祝福，并期待结婚这场大戏的高潮上演。你的心就放肚子里吧。单身这么多年，好不容易有个人愿意让你公开，我觉得，好事，天大的好事，只有祝福。"

林菲一见刘欣这架势，知道自己不说个一二三，刘欣绝对不会甘心闪人，所以，干脆停止敲击键盘，顺手将桌上已经放凉的咖啡端起来，边喝边说道。

"我就知道你会这样，真没劲，我多想与你分享我的感受啊！"刘欣眉头一皱，依然心有不甘。

"小姐，你也得看看时间啊，我这都忙成什么样了？容我把稿写完如何？到时，我自带咖啡去对面找你聊个天昏地暗。"

"还是等你哪天不忙了，我带你去朱奋起的会所里聊天吧。对了，我跟你说啊，朱奋起的会所真是让我开了眼了。我也算见多识广的，可到了那儿，才明白什么叫真正的土豪金，才真正理解暴发户的真品位。那些奢侈品，那些名牌，海了去了，被当作垃圾一样，胡乱地堆成一堆，不管不顾，任其自生自灭。你知道吧，朱奋起家里厕所的抽纸，都恨不得是国外进口的。"

"典型的外国的月亮比中国圆是吧？这搁以前，你肯定一脸的不屑。可现如今，你即将成为其中一员，便觉得生活就应该那样过，对不对？小姐，我要写稿，拜托，一会儿再聊如何？"林菲决定就此打住话题。

"好吧。"

虽说刘欣此时倾诉的欲望很强烈，可看到林菲着实有些忙乱，便一脸不情不愿地准备顺从林菲的意志。可是，就在她准备转身离去时，却一眼瞥见了林菲桌上的那两盆绿植——已经有些蔫头蔫脑的绿植，整个人又回来了。

"林菲，我给你说过多少回了，你是火命，不适合养花，花都被你烤死了。你看你，又谋害了两盆花的生命了吧！"

林菲眉头一皱，辩解说道："我没有养花，这是绿植呀，活得还行吧。一会儿我给它们浇点水，一晚上就能缓过来。"

"就算命贱或命懒的绿植，也需要精心呵护。你啊你，就是空有一颗想要赏心悦目的心，心在春天，却身在寒冬。"

她最后撂下的这句话，让林菲莫名地打了一个寒战："什么叫心在春天，却身在寒冬？"

为此消耗了足足十秒钟脑细胞的林菲，觉得自己的头一下子便爆炸了，"嗡嗡"地乱响一通。她赶紧晃晃脑袋，试图将注意力重新集中到稿件中来。可是，被刘欣这么一打岔，刚刚顺畅的思路一下子混乱了许多，她需要再重头捋明白，捋清楚。

将稿交给编辑，已是下午6点钟。

今天这个考古发现了酒香的报道，林菲没有按以往的思路去写，而是大胆地设想了一下酒的前世今生。她觉得写得还挺过瘾的，编辑那儿也提前沟通过，也觉得这样写很有创意，可读性也强。只是不知到了签版的编委会这儿，是否会给打板子。林菲其实很在意自己每一篇稿件的结果的。说俗点，会与收入紧密挂钩；说高尚点，是身为记者的一种能力和价值的被认可。

关上电脑，刚从抽屉里将饭卡拿出来的林菲，便听到了手机短信的提示音。

竟然又是迟秦！

"真不好意思，我好像有东西落你车上了，方便我去找你拿吗？"

迟秦这通说了人话的短信，却让林菲疑惑半天。落了东西？想到这里，她便回复："落什么东西了，我现在就去车上找找。"

"你在哪儿，我现在过去找你吧。"迟秦没有回答，反而这样问道。

"我在报社。这样，我先去找找。如果找到，就短信告诉你。"

回完短信，林菲便直奔地下停车场而去。可是，白天迟秦坐过的副驾驶位置上，什么东西也没有啊！这个迟秦，肯定又是找借口。刚这样猜想着的林菲，顺手已经打开了后车门，在后排座椅脚垫处看到了一个男士手包。

她掏出手机，迅速回复说道："是有一个手包，可它怎么会落到我车上的？"

短信刚发过去，迟秦的短信便到了："你在报社对吧？我十分钟之内赶到，你等我一下好吧？不过，我肚子饿了，能再请我吃顿晚饭吗？"

迟秦的短信回复得太快了，就好像早就编辑好了，只等着林菲确认东西的确存在之后，便以光的速度，飞奔而至。

心中气愤却也无可奈何的林菲，只得回复一个"好"字。谁让此时她的手上拿着人家的手包呢？她总不能避而不见人家，然后不让手包物归原主吧？

至于请吃饭这个事情，林菲的头一下子便大了。她不是舍不得花这个钱，而是觉得实在没有必要，因为她不想和女儿同学的爸爸有过多交往，不想和陈家声之外的男人有过多交往，她绝对做不到刘欣耳提面命交代的"骑驴找马"。用现在时髦的话来说，就是找备胎。再说了，她晚上还有事呢！

边往报社一楼大厅走去的林菲，边紧紧皱眉思索着。就在这样的恍惚中，同部门的一名男同事与她擦肩而过，同时脱口问了一句："林姐，想什么呢，那么专注。"林菲应酬着笑笑，说："没想什么。"话音一落，她的脑袋便灵光一闪，对对，江大千约了她"找个地方坐坐"。即使心中不情不愿，不知江大千的真实意图何在，可是，用这个借口来敷衍走迟秦，还是相当冠冕堂皇的。

想到这儿，林菲脚下的步子便不禁轻快了许多。

等了不一小会儿，迟秦便一路小跑着来到了林菲的面前。不待林菲开口，他便说道："等急了吧？不好意思，真是不好意思，车坏半道上了，我是跑着过来的。"

"跑着？"

林菲眉头一挑，一脸不可置信的表情。这车子要是坏半道上了，这江林市怎么说也是一个地级市，半道得有多远？起码也得四五公里吧。如果是从开发区那儿过来，少不了也得七八公里。这迟秦，说谎都不打底稿。

"你不信？"见林菲的怀疑神情，迟秦接着又说，"你看我的鞋子，是不是全是灰尘啊，这可不是故意洒上去的吧？"他竟然还真想要弯腰去挽裤腿。

"我信我信。这是你的手包，还给你。你也赶紧忙去吧，我还有事呢！"

林菲一边将手包递给迟秦，一边赶紧说道。

"啊？这样就完了？"迟秦突然一副可怜的样子问道。

"什么完了？不是完了，是有事要再见了。"林菲语气淡淡地解释。

"那我还没有吃晚饭呢？"

"我也没有吃晚饭啊！"

"那正好，我们一起吃晚饭。"

"不行，我还有事。"

"吃快餐，速战速决，十分钟搞定。行不行？"

迟秦突然换上了一副央求的表情，同时用眼睛直直地盯着林菲，好像不这样盯着，林菲便会突然从他的眼前遁形了。

"那……"林菲犹豫着不知是该同意还是拒绝。

"别那什么了，就吃快餐，我知道你们报社附近就有一家。不过，我车坏了，你得载我一程。"迟秦替林菲做了决定。

"既然附近，还开什么车，走着去吧！"

"好，感受行走的力量。"迟秦一脸计谋得逞的喜色，爽快地答道。而这句话，正是林菲带米米竟走时，林菲说过的那句。

那一刻，林菲突然意识到一个问题，一直以来，她都是一个在社交状态里将自己保护得纹丝不露的人。现如今，才见面不过几次的迟秦，竟然每一次都能引得她的思维跟着他逆转，不知不觉地发生逆转。

因为市区的马路绿化带也兼有自行车道的重任，所以，并肩前行的两个人，为了避免被身后急驰而来的车子碰到，便一直紧紧靠着绿化带的里边走着。这样一来，两个人的肩膀便离得很近，很多时候便会擦碰到一起。夏天衣服又极薄，林菲还穿着一件无袖连衣裙，皮肤碰到迟秦质地较好的棉布衣袖，感觉舒服极了。可是，这样的舒服却让林菲的心莫名而又慌乱地跳了个不停。

正是晚饭高峰期，快餐店人满为患，在吧台排队买票的时候，林菲不自觉皱了一下眉。她的神情被迟秦迅速捕捉到，只见他将身子侧过来小心翼翼地问道："等轮到我们时，菜肯定都凉了。要不，咱们换个地？就在旁边有一家粤菜馆。要不，咱去那里？"

林菲本想横迟秦一眼，可她踮脚往餐盒方向瞅了一眼，只见所有的菜品都已经进入了青黄不接的状态，等到轮上他们时，估计便只有剩菜残羹的份了。想到这里，林菲心想反正搭上了工夫一起吃饭，何不吃得舒服一些？

再走不过 50 米，果真便有一家门脸装潢得还不错的粤菜馆。林菲没有来过，以前也没有注意过，应该是新开的。果真，一切都是崭新气派的样子，只往那儿一坐，一种悠然享受餐食的感觉便油然而生。

"这地方感觉不错，只是不知道菜品怎么样？"林菲将菜单拿到手里后，一边翻看着一边开口说道。

"我带你来的地方，肯定是值得推荐的。所以，尽管放心。"迟秦笃定地回答。

迟秦的话让林菲从菜单上抬起眼睛看了他一眼，林菲再次将头低下，觉得自己又陷入迟秦预先的计谋里。只是，自己还蒙在鼓里，而对方看到的自己，却已经近乎赤裸裸。

菜品果真还不错，上菜的速度和服务的质量也值得一夸。不知不觉中，原本说好 10 分钟的晚餐，竟然变成了 2 个多小时。

"你是不是对我有想法？"

等待上菜的间隙，见迟秦一直一副若有所思的表情盯着自己看，林菲突然直接问道。

"噢？何以见得？"迟秦可能没有想到林菲会如此直接，愣了一下。

"直觉，女人的直觉。"林菲肯定回答。

"不承认也不否认，这个答案如何？"迟秦脸上一笑，轻声回应。

"你该知道，我的女儿和你的儿子，是一个班里的同学。如果我们这种关系要是传到孩子们的耳里，你我当大人的，可还有脸面？"林菲开始摆事实讲道理。

"说得有道理。可那怎么办呢？我还真挺愿意见到你的，也愿意和你成为朋友。只是，我对你的想法，暂时只限于此。如果说这样的友谊是不被孩子们接受的，甚至还要被世俗指责的话，我想，林小姐，你所说的'关系'和我所说的'关系'，不是一种关系。"迟秦狡黠地说道。

迟秦的话音一落，本来还挺伶牙俐齿的林菲突然语滞，不知该如何辩驳。正好第一道菜在此时端到了桌前，只见她拿起筷子横了迟秦一眼说道："俩字——服气。再俩字——吃饭。"

"听你的，吃饭。你尝尝，这道东江盐焗鸡我吃过一次，你看它色如琥珀，仅从颜色便可认定它一定味香浓郁，皮爽肉滑。你别说，你还挺会点菜的。来，尝尝。"迟秦一脸殷勤的模样用公筷给林菲夹了一大块过去。

"好好，我自己来，你也吃。"林菲有些不好意思，客气地说道。

陆续又有海棠冬菇、护国菜、潮式肠粉、麒麟鲈鱼等几道粤系招牌菜端了上来。

只见迟秦指着那道"护国菜"开言说道："刚才你点这个菜的时候，我便心里大赞，因为这道菜还有一个历史故事。想不想听听？"

迟秦或许是怕自顾自说话让林菲不快，便征询林菲的意见。很明显，这样反而更吊足了林菲好奇的胃口。

见林菲放下筷子一脸倾听的表情，迟秦接着说道："说是南宋末年，末代小皇帝昺逃难到潮汕一带，给潮汕子民留下了诸如无尾螺、宋茶、珍珠粥、凤凰天池四脚鱼、南澳宋井、潮阳海门莲花峰试剑石等等无尽的忆念。在那段饥不择食的时期，也给后人留下了一道润如碧玉，香滑可口的名菜，就是这道护国菜。说是这一天傍晚，少帝昺，也就是赵昺，逃难到了潮州城郊一破荒山的破寺里。此时太阳即将落山，可后面的追兵还一直穷追不舍。饥慌交迫的当口，小皇帝决定先填饱肚子，决不做饿死鬼。可是，吃什么啊？昔日的珍膳玉食，只能流流口水想想罢了。而这个寺里的老和尚纵有一片忠心侍驾，可也无奈这是净土梵界，哪里能做出什么豪华御膳出来。这当口，老和尚急中生智，让小和尚从寺院的园子里，薅了一撮地瓜叶，用滚水烫过后，撒了一些盐便直接端给了小皇帝。没承想，这赵昺吃了之后，赞不绝口，问老和尚，这是什么菜呀，味道如此之好。这老和尚也实在是聪明，张口便答道'护国菜'。众多追随逃命的臣子一听，也是和皇帝一样大加赞许。于是，皆大欢喜。"

迟秦这边绘声绘色地讲着，林菲那边凝神认真倾听着。待迟秦故事一讲完，林菲的心里已然乐开了花道："故事是精彩，不过，编造的痕迹着实过重。这历史上的赵昺，不过活了8年，6岁登基，在位2年。试问一个8岁的儿童，能制造多少让后人念想的历史？"

"你看你，要是本着做学问的态度，那这世间便没有传说可以流芳千秋万代了。"迟秦似乎不满林菲的立场，看似开口辩驳。

"不过我知道，这赵昺小皇帝的确就在广州的地界上驾崩的。对，就是他的丞相为了免去皇帝被掳后的耻辱，背着赵昺跳海而亡的，于是，其他追随的十万军民也相继投水殉国，宋王朝便就此灭亡了。"

"没想到林大记者不仅人长得漂亮，这博闻强记的本领也是让人刮目相看，只剩佩服的份儿。"

"拍马屁不带上税的？省省吧，你又没有什么有求于我？"林菲嘴巴一撇说道。

"谁说我没有事情有求于你？"迟秦突然接话响应。

"啊？还真有？我一个小记者有什么能帮上你的。"林菲顺着迟秦的话说道。

"其实我关注你写的报道很久了。这事不带蒙人的，真的。从你两年前那篇林凤集团上市公司关联交易黑幕的报道算起，我便在想，这林菲是何方神圣，这老虎的屁股也敢摸？"

听迟秦提起旧事，林菲不禁长长叹了一口气，算是附和了迟秦的感慨。

那篇报道其实不仅给林菲惹来了不少麻烦，也给江林晚报社惹出了不少麻烦，更让总编江淮恩因此被调离晚报。

　　说实话，从报社的公信力来讲，这样的报道如果属实，报纸便应该及时报道出来，告之公众事件的真相。这样的重磅炸弹，是能给报纸带来声誉的。可是，正因为是重磅炸弹，方方面面的关系便想要控制它，不让它爆炸。因为爆炸的威力一定会猛到将许多关联的企业和个人炸到岩浆四翻，体无完肤。

　　幸好，在江淮恩的坚持下，这篇报道最终得以面世。可就在当天，江淮恩便被叫到了市委宣传部谈话。说收到企业的状子，举报该报道为虚假不实新闻，涉嫌损害该公司的商业信誉，要求报社发表声明公开道歉，同时给予相应损失赔偿，还要问责当事记者。否则，他们将追究晚报和当事记者的法律责任。

　　新闻见报前，因为选题重大，江淮恩责令江大千与林菲等人一起做了大量工作，他坚信这是一次正常的新闻报道，报社记者掌握的是一手的、翔实的材料。他甚至拍着胸脯说，他不仅不会处分相应的记者，还会大大嘉奖这种新闻精神。

　　这件事情足足闹了两个多月，直至证监会最终介入展开调查，认定新闻报道的一切均为事实，既无诽谤又无诬陷。根据调查最终结果对该企业进行了处罚之后，此事才算最终散去硝烟。

　　在林菲十余年的记者生涯里，像这样的报道少之又少，平生也就仅此一次了。

　　可是，总编江淮恩最终还是被调离。这一点，让林菲心里久久过意不去，觉得是她的一时逞强好胜害了一个好总编的大好前程。

　　江大千是一个心思缜密的人，他后来曾说过，只要他再当深度调查部的主任一天，就不会再允许类似事件的发生。因为不管是记者还是企业，都是在这个社会上讨饭吃的，都有自己的行业规则。所以，各吃各饭，互不相干，整个世界便能美好太平。

　　林菲并不认同江大千的理论，报社许多记者也不认同。可是，在这样的体制下，他们又能如何？别说枪打出头鸟了，仅仅是一个处分，便能让一个记者全年的奖金泡汤。那绝对是字字血汗、把把辛酸。所以，在个人的利益面前，大多数人便会选择阳关大道。包括林菲，也是在追求盛世的主观心愿里，当着一天记者便写着一天的通稿。


　　迟秦提到这个新闻报道，林菲便将当时的情形作了一个简要叙述。她看到迟秦的眼睛瞪得大大的，一副不可置信的表情。

"那你有没有受到过恐吓或是威胁？"

"这毕竟还是一个法制的社会，我心坦然。不过，这事还是给个人带来了好处的，因为报社因此放了我一个月的带薪假，说是让我放松，我知道，其实是让我避难。"

见迟秦又"啊"了一声，她便又说："不过那两个月，不仅我们总编江淮恩遭了不少罪，我们部主任江大千也是替我挡了不少利箭。"

刚提到江大千，林菲赶忙把手机从包里拿出来。天呢，她什么时候把手机铃声设成了静音？就在她和迟秦吃饭的这会儿工夫，江大千已经给她打过4通电话了。

正在这样疑惑和不安的时候，江大千的电话又打了过来："小林，你去哪儿了？怎么不在报社。回家了吗？不是说好晚上我们要好好聊一聊的吗？"

"哎呀主任，真是不好意思，我这手机静音了，我这才发现您一直在给我打电话。"

"你现在在哪里？"江大千的话里带出了一些怒气。

"主任很抱歉，我这突然来了一个朋友，外地来的，我和另外一个朋友刚从机场把他接上，正准备找地方吃饭呢！"林菲冲着迟秦眼睛一眨，脸上稍微泛起一点红晕，扯了个大谎言。

"噢，这样啊！那行，你忙吧。我们改天再说这事。不过小林我告诉你，这事挺急的。你别拖到最后才告诉我你到底怎么想的。到时候木已成舟，我便帮不上你了。"

"谢谢主任厚爱，谢谢主任体谅，我小林感激不尽。这两天我一定当面向您请教，还希望您帮我规划这未来的职业生涯。那主任，我就把电话挂了？"

"行吧。"听了林菲的回答，江大千率先摁死了电话。

迟秦取笑她说道："我什么时候从外地过来的？还机场呢？怎么，你们主任骚扰你了？"

"说话别那么轻佻好不好？还不是岗位调整的事？"

"调整？岗位？怎么，你要下岗？你们主任要以此为要挟，想让你屈从于他？"

　　"你想哪里去了。他就是想和我谈谈，想知道我的真实想法。我得老死在新闻部，不能去广告部混下半生啊。"林菲解释说道。

　　"好，有志气，干新闻就得有这股劲儿。"迟秦情不自禁地表扬说道。

　　这么一打岔，林菲便全然忘记了迟秦前面讲过的、有求于她的事。迟秦或许巴不得她忘了，那或许只是一个随口说说的理由而已。

　　出了粤菜馆，林菲说两个人就此别过吧，迟秦不依，说他车坏了，怎么着也得林菲开车把他送回家啊。林菲眉毛一挑反问道："怎么，你想让我现在回报社被主任抓个正着？"

　　"那倒也是。也好，我们各回各家各找各妈吧。"迟秦幽默了一下，也将林菲逗笑了。

| 第 12 章 |

# 为什么要发展感情

和迟秦分开的林菲，刚坐上出租车，刘欣打来电话张口便问林菲在哪里，说她一个人在家空虚寂寞时光难熬，此刻非常需要一个红颜知己贴身陪伴。

林菲取笑她说："你都有了土豪金了，怎么还老挂念着我这黄脸婆？"

林菲知道，刘欣这是要将白天没有说完的话，吐槽干净，否则，以她的性格，她会茶饭不思一晚上的。

一进门，刘欣便一把把林菲抱住了，同时嘴里大声咋呼着："好姐姐，好姐姐，你说我该怎么办啊？"

"什么怎么办啊？你小日子不是正热火朝天甜蜜着的吗？别在我这儿秀幸福啊，这不明摆着饱汉子不知饿汉子饥嘛！"林菲一脸不解却语带戏谑地说道。

"哎呀，不是的不是的。"刘欣一脸着急的表情解释说道。

"既然不是，那就把'是'讲一讲嘛。"林菲既来之则安之，极其温柔地问道。

两个人在沙发上坐定，刘欣递给林菲一杯已经冲泡好的咖啡后说道："我现在是百般纠结。一边是爱情，一边是事业。现在看来，不能两全其美。"

"难道朱奋起让你辞职给他当全职太太，然后在最短的时间里，把你熬成黄脸婆？你不天天说我是前车之鉴吗？"

"朱奋起是有此意，他觉得我这么花枝招展的人，太容易让男人浮想联翩了。所以，他不想让我抛头露面，想让我在家相夫教子。"

"呵呵，他这什么时候变成了文化人，这一出口就是四个成语。是你总结的还是他说的？"林菲出声嘲讽。

"哎呀，你怎么变得这么刻薄了？"刘欣不依，一副恋爱中小女人的娇气样子，以前的那些张扬和犀利好像一下子全不见了。

"好，我温柔，我倾听，说吧，我耳朵洗好了。"说不刻薄，林菲语中还是不依不饶。

"你就不关心我和朱奋起是怎么好上的？"

"都已经好上了，你只要觉着幸福，我便替你觉着幸福。"林菲肯定回复。

"那我就直入主题了。你知道咱们报社要调整的事吧？"刘欣突然这样说道。

林菲心里一惊，看来自己是消息太闭塞了，原来竟是人尽皆知的新闻，自己今天早上还忐忑不安成那个样子。看来，今天晚上没有见江大千是对的。万一情报理解失误，因为一乱分寸，让他计谋得逞，那最终结果绝对是得不偿失。

"今天早上听说的，只知道要对现在采编人员进行分流，具体什么方案还不清楚。怎么，你这里有内幕消息？"

林菲将刚才软塌塌地倚在沙发靠背上的身子，换成了后背绷紧的姿势。

"也不能算太内幕，基本上哪些人留哪些人走，领导们那儿已经有了一个大致名单。但到底都是谁，我还没有打探出来。只是，让我郁闷的是，我可能在走的那波人中。"

"啊？你？不会吧？"

林菲一脸不可置信的表情。虽说刘欣在工作上始终不是那么积极主动，但也从来没有犯过漏报或是错报新闻的错误，不过是履行记者职责时按部就班、波澜不惊而已。不像林菲，曾经因一时的新闻理想，给报社惹下过那么大的麻烦。不仅如此，刘欣极会做人，花钱又舍得，报社受她小恩小惠的人不在少数，她对部门主任更是。这样一来，即使刘欣平时待人接物有些犀利说话有些尖酸，一般的人事调整也不会动到她的筋骨啊！

林菲却不一样了，心情好时多说几句，心情不好时看都不看对方一眼。在报社这么多同事中，除了刘欣，她基本上没有真心交往过朋友，她将自己封闭和保护得极为严实。许多人与林菲只是普通的点头之交。大概没有几个人会喜欢空有一腹清高的文人，这是林菲的想法，估计也是大多数人的想法。

"其实分流倒没什么，干广告也挺好，虽说一时面子上抹不过去。我只是觉得，我这刚刚和朱奋起好上，他是凭着对文人的膜拜心理觉得我高高在上，现在我主动投怀送抱他便受宠若惊。可是，如果我干广告去了，他心里肯定不能接受。这男人们，不就图个面子和虚荣。"

"也不能这么说，你要坚信，朱奋起对你是真心的。"林菲说道。

"这年头真心早就不是硬通货了。他要是对我是真心的，那前一秒，他还对你念念不忘死缠烂打的呀！我只不过是用了一些女人的小手段，投了一下他的所好，才顺利让他在我的石榴裙下拜倒的。不过这一次，我是真心想把心定下来了。虽说他各方面离我的要求还有些差距，可是，他有钱啊！只要他真心想跟我过日子，我便能跟他把日子过好。"

"那你到底担心什么？"

"你说我辞职好不好？我先把报社炒了？然后告诉朱奋起，从今以后我就做他的女人，他肯定得感激涕零，然后便加倍地对我好！"

"可是，你这和朱奋起虽说是关系公开了，也应该是往结婚的方向发展的。只是，他还没有把你娶回去，这一切便还有变数。呸呸呸，我不是在咒你们不好，我只是就事说理。"

"我明白我明白，你继续。"刘欣对林菲的杞人忧天语出宽慰。

"这万一你们没成，你工作也因此辞了，有点两头落空。再说了，凡事没有成定论之前，你凭小道消息便断定结果。可万一结果不是呢？你还能在文化新闻部好好待着？"

"说得有道理。那你说我该怎么办？"

"你自己一向有主意，还用问我？"

"可我这不是被感情冲昏了头脑，脑袋秀逗，一点辙也没有了吗？"

"嗳，你告诉我，你和朱奋起进展到哪一步了？"林菲突然一脸八卦的表情问道。

"穷尽你想象，能想到怎样，便已经怎样。"刘欣的智慧一下子就回来了，把林菲给绕了一下。

"你们之间的事，我才不关心呢。其实我还挺担心我自己的，我也不知道自己会不会被分流。你好歹有个朱奋起在那儿垫背，我还不知道怎么样呢？"林菲突然叹气说道。

"你肯定没问题啊。论人品，论文品，论勤奋，你在报社怎么着也得排名前几啊。不过……"

说到这儿的刘欣突然语气一顿，林菲急慌慌地问道："不过什么？"

"不过你这些年太清高了，又不好交际，得罪了不少人，尤其是前几年的那个报道，就怕有人借事说事。"

"我也这样想的。所以，隐隐觉得有些不安。"

"你就不打算提前活动活动，到各路神仙那里去拜一拜？"

"我拿什么拜？用字字泣血赚回来的血汗钱，还是用这近乎半老徐娘的身子？就算是人到中年残花待败，就算只剩下枯枝败叶，我也得视若珍宝，非礼勿视，因礼也请勿动！"

"所以说你清高嘛。哎，你知道吗？咱们报社好几个女记者和高层都那个着呢。"

"哪个着？"

"别明知故问，就是男女之间的事嘛。当然，我也没有见到过，只是听说。"

"别以讹传讹，赶紧路过飘过。"一边说着，林菲一边做了一个手在空中飘游的姿势。

"总得想办法解决这个问题。我的问题是，要在被报社咔嚓之前，把报社咔嚓了。在报社这件事情咔嚓之前，我得把朱奋起先彻底咔嚓了。"

"瞧你说话别这么江湖，什么咔嚓不咔嚓的，文化人，注意言语。"

"我挺注意言语的呀。不过，大白话总不受待见。好吧，说句正经话，我觉得你的问题，就是保住现有的位置，还得洁身自好，没有损失。"刘欣终于回到正常说话的状态。

"我啊，你就别操心了。我妈说，胡思乱想不中用，所以，我就一颗平常心，听天由命吧！"

"别那么悲观，你不知道这柳暗花明又一村的道理吗？说不定因此你的命运会彻底出现转机呢。"

"或许吧。对了，我告诉你一件事，你知道就拉倒了，不许和别人八卦。"

"亏了你我闺蜜十多年，我是那样的人吗？"刘欣一脸被轻视了的表情说道。

"我信你，所以想给你说说，我也没有能说这件事的人。"林菲解释说道。

"什么事？别卖关子了，快说快说。"刘欣一脸兴奋的表情，急不可耐地追问起来。

"你觉得我们主任江大千怎么样？我是说，你觉得他人品怎么样？"

"我靠！他不会看上你了吧，还是说，你看上了他？"这么爆炸性的开头，刘欣禁不住爆了一句粗口。

"什么跟什么啊？别打岔。快说，你觉得他人品怎么样？"

"和他接触得不是很多，但多多少少知道一些，觉得他为人谨慎，做事滴水不漏。而且，特别喜欢端着主任的架子，一天到晚板着个脸，就跟狐假虎威的那只假猫似的。"

"怎么又成了假猫了？好好，不争论这个。那你觉得这次岗位调整，他会为我说话吗？"

"什么意思？你准备抱他大腿？"

"不是不是，哎呀，你这个人真是没有办法聊天。"林菲故作生气地板起了脸。

"我是本能的反应，谁让你铺垫这么多？"刘欣也委屈地噘起了嘴巴。

"今天早上，他一见我在办公室，就把我叫了过去，说晚上和他聊聊这调岗的事。这事就是他告诉我的。"

"结果呢？"

"结果就是，晚上我和一个朋友吃饭，把他找我这事给忘了个干干净净。他打到第5通电话的时候，我才接到。然后我就骗他说我外地来了一个朋友，刚从机场接上，准备找地吃饭。他就说改天再谈。我呢，为了怕被他抓个现行，把车子停在报社车库，都没敢回去开。"

"好你个林菲，可以啊，你完全有步我后尘的潜质。来，碰一个。"

刘欣听了林菲的讲述，一脸的兴奋。

"跑题了跑题了，吁，回来回来。"刘欣又不正经聊天了。只见假装受到欺侮的刘欣，立马冲了过来，压到林菲身上便是一阵猛挠，直至林菲开口求饶她才作罢。

待这热闹的气息平复，林菲又说道："刘欣，你说我怎么办？江大千会不会借此要挟我什么？还有，他的部主任位置稳不稳啊，不会这次连他一起调整了吧？毕竟那年那次报道，他和我一样，也是得罪了不少人。"

"杞人忧天！他被调整了对你有什么损失？我觉得，从我本能的意识来分析，他啊，这是典型的想要混水摸鱼。你说要是纯粹地谈工作，在办公室里就可以谈啊。如果说是套近乎，比如说，摆明了想因此收点礼，他也会直接告诉你，让你没事到家里坐坐。这便一切解决了嘛。他这样说了，你难道还不得买点东西去看看他的老婆孩子？关键在于，他想把你约出来。为什么？因为他要借夜色这个暧昧的东西，和你发展感情。为什么要发展感情？因为你们都是文人，赤裸裸地谈一场交易，他知道肯定拿不下你，他心里也会把自己等同于畜生。"

见林菲一脸专注倾听的表情，并没有因为自己越说越粗野而打断自己，所以，刘欣顿了一下语气又说道："所以，我觉得，你完全没必要把这件事当回事儿。该采访就采访，该写稿就写稿。再在报社见到他，就跟没事人似的，别一脸的拘谨和不好意思，就好像你真欠了他一夜情似的。这事怎么办？静观其变，听天由命。为什么这么说？一是因为你的性格，你天生就做不出来'跑官'这样的事；二是因为你的积累，这些年你的敬业谁都看在眼里，哪儿像我，一天到晚吊儿郎当的，不把上班当回事儿。在任何一个地方，都需要干活的人。何况报社这种地方，更是需要能写、会琢磨、能写好的人。所以，我觉得你就把这件事忘了吧，就安静等待定局。如果最终的结果出乎意料了，我们再想辙。你现在的心一慌一乱，保不准便会做出让你后悔终生的事情。病急乱投医，小鬼说什么，你都能把它当成神仙来崇拜，那还能不出乱子！"

刘欣的话让林菲边听边点头，听刘欣说完，她便声音轻快地说道："听你这么一说，我这心里轻松了许多。爱谁谁，老子我绝不委身伺候。"

谁知，林菲的话刚说完，刘欣突然又一拍大腿说道："你还真得委身一小下。我这里正好有朱奋起送的几套高级化妆品，他不知道我喜欢哪个牌子，所以，各个牌子买了一套。我哪用得着那么多，你拿两套，一套自己用，一套明天拿办公室去，送给江大千。吃人的嘴短，拿人的手软。江大千将礼收下了，他就理亏了，也就不好意思再对你下狠手了。你明白我的意思了吧？"

"这怎么好意思，这么贵重的东西。"

"你还跟我客气，瞧你那一脸的虚伪和酸溜劲。是不是后悔把朱奋起白白送给我了啊？"

一看刘欣又没正经起来，林菲脸一红说道："真是没法聊天。行了，不说了，我回去了。"

"喂，你别走啊，我这还有话没说完呢。"

"还要说什么啊？"

林菲抬头看了看表，这都晚上十点钟了，虽说米米不在家，可陈家声要是回去了她还没有回，不管两个人现在关系怎么样，她总还是觉得不是很妥当。

"就两个问题，你回答完我之后，我便放你回家。"

"好吧，你速问，我速答。"林菲重新坐回沙发，摆出一副甘为鱼肉的样子。

"第一个问题，你和陈家声的关系最近怎么样？昨天中午我看你脸色不大好。"

"老样子，小吵怡情，未及离弃。"

"你活得真不值当，为那么一个男人，把自己的整个人生都废了。"

"赶紧问第二个问题，不要引申论述或评论。"

"好吧，服气你了。第二个问题，晚上和谁吃的饭？男的女的？是谁？干什么的？"

"你真够八卦的，我说是女的，你肯定不信。是个男的，我女儿同学的爸爸，今天上午的采访不顺利，我找他帮了一个忙，然后晚上就答谢了一下。"

"啊？只是这样啊！"

"你以为是怎样啊？行了吧，我是不是可以和您道声晚安闪人了？"

"走吧走吧，晚上早点睡，别整晚看书熬夜了。女人是靠睡出来的，不是靠读出来的。**Do you understand**？"

刘欣甩出的这句英文让林菲"会心"一笑，一边嘀咕着一边提着刘欣塞到她手里的化妆品礼盒匆匆下楼而去。

| 第 13 章 |

## 他果然先背叛了

　　说起这化妆品，这些年来，林菲还真没怎么用过什么大牌子。一是觉得花那么多钱不值当，二是一直自信自己底子还不错。不过，这两年，明显感觉不如从前了。有时候，她也会狠狠心买瓶名牌的精华液。

　　陈家声一直不喜欢林菲打扮，尤其不喜欢刘欣那样的打扮风格。他不屑地说，一个女人，染着各色指甲，穿着夸张而又花哨的衣服，还化着浓妆，烫了红头发，别说没有记者的样子，只要是稍微正常一点的男人，都会敬而远之。所以，她一直嫁不出去，是咎由自取。

　　陈家声的评价让林菲心里不舒服。正如初见陈家声时刘欣对陈家声的评价也不高，也让她不舒服一样。

　　第一次见陈家声，刘欣便说他和林菲不是一路人。所以，她便首次提出了"皮囊无用说"，说是长得好看的男人，通通不可靠，更无法依靠。

　　刘欣问林菲："你到底看中了那个笨蛋哪一点？这男人跟女人不一样，女人长得好可以嫁得好，反正鲜花都是要插到牛粪上的，插哪堆都一样。可是，男人长得好看，能当饭吃吗？不管你服气不服气，并不是每个长得好看的男人都可以大占便宜，飞黄腾达，都可以比别人少奋斗数十年。你们陈家声，我把话放这儿，也就那么一回事吧！"

她甚至脑筋一转出了一个馊主意："以我多年行乐江湖的经验，信不信，我三天就能将陈家声吊上床！"

林菲怕了似的急急摆手道："你可千万别胡来，我信你的魅力。可是，你可别拿他开刀！"

"好，不对你们家陈家声乱来，我保证，对天发誓。主要是我实在瞧不上他。当然，你选你的男人，你过你想过的人生，我们这些旁观者只能祝福。不过，我还是要给你提个醒。"

刘欣见林菲当了真，玩笑便不开了，而是一本正经地说道："这男人啊，没有不偷腥的。偷腥的原因有很多种，比如说，本身欲望就强，在家里吃不饱，那便只能打点野食度饥荒。或者说，在家里吃饱了，但在不影响家庭的情况下，猎点奇，寻点欢，找点生理或心理上的刺激。当然，你得明白，男人偷腥并不见得是他的人品或是本质有问题，只能说明他的自我管控能力不强。就算你极其聪明，虽不至于风情万种，但床上那点事，还是要尽心尽力地去做，就算是心理抗拒，也要装成身心陶醉的样子。"

为此，刘欣还专门买了几套颜色艳丽、款式大胆的睡裙送给林菲。见林菲一副手脚不知怎么放的娇羞模样，刘欣一边一脸满意的神情欣赏着自己捯饬出来的作品，一边肉麻兮兮地说了一通让林菲脸红不已的话："美人啊，你的那位爷一天晚上得要你几回才算完事啊？"

听到此话的林菲，一拳擂向刘欣，装作十分生气的样子指责说道："刘欣，你还没结婚呢！这没遮没拦的话说个没完，看什么样的男人敢娶你！"

"谁指望靠男人生活啊！我秉承的两个基本原则是，两个人的婚是不结的，一个人的床是不睡的！"

事实也证明，刘欣是对的。结婚最初，每次事后，林菲侧身看着陈家声心满意足睡去的样子时，总会忍不住感叹，果真，没有哪个男人会放着娇艳欲滴不要，而是宠幸清汤挂面。

当然，最初的林菲还曾阴暗地揣测过，陈家声会不会有过趴在别的女人胸脯的时候？可是，现如今，如果真有女人被他趴，她一定会拱手相让并祝他们幸福。这便是婚姻带给人的本质变化。

其实林菲也知道，不管刘欣如何不待见陈家声，她为林菲做的一切，还是希望林菲能幸福。只是，从一开始，刘欣对林菲的婚姻便是祝福与忧愁同在。好像在那样的忧愁里，她看到了日后林菲的辛酸，看到了林菲被求婚感动时乱涌的珠泪，还未来得及收回，便在无情的岁月里，再次纷飞。

回到家，已近晚上 11 点，陈家声竟然没有回来！

想了想，林菲还是打了陈家声的电话。电话响了两声倒是接了，说是在外面有应酬，让林菲不用等他。可还没等林菲再说什么，他那边电话竟然已经挂了。

将手机贴在耳朵上的林菲，被电话里传来的"嘟嘟"声吓了一跳。那时她才反应过来，陈家声那边怎么这么安静？不像嘈杂的餐厅或是热闹的酒局，更没有 KTV 的喧嚣，隐隐约约的，好像有"哗哗"的水声，还有被调到很小的电视机的声音。

刚想到这儿，林菲便赶紧命令自己打断，脸上同时泛出一丝嘲笑，为自己近乎离谱的过度想象。不管怎么说，陈家声应该不会是那样的人。

将手机充上电，林菲又像往常临睡前那样，坐在床头翻看起了闲书。

手上拿的这本，是凤凰卫视著名女记者闾丘露薇的新书《行走中的玫瑰》。

先不说同为记者，自然便要惺惺相惜。而是林菲一直觉得，自己和闾丘露薇的性格在某些程度上非常相像，比如朴素、低调、敏锐、善感，也都喜欢在经历中积淀沉稳与厚重，以及对人生的沉思。

这本书中，闾丘露薇便用相隔 7 年的两个视角，对每一个人生命题作了一番流年的对照，清晰地写出了她的成长轨迹。而这样的轨迹，也非常值得林菲自己参照，她也在思考、学习，试图通过这种阅读获得与世界相处的能力。

只是，林菲远远没有闾丘露薇那般勇敢，仅仅是婚姻这个命题，她便断然做不出如她那般的决定。虽然她也一直知道，成人的世界背后，总是有着残缺，而人应该执着于自己的原则。

闾丘露薇在书中说，或许是当记者的缘故，需要在很多的事情上果断地下决定，而这种风格被自己带进了生活，过了一段时间发现，原来生活当中，不管是决定到哪里吃饭，还是家里是不是应该换一块地毯，都变成了需要她来决定的事情。她想，婚姻生活也许就是这个样子吧。直到有一天，她撞到八年没有见面的大学同班同学，她曾经最好的朋友。他看着她说，这是你吗？大学里面那个开朗、自信、快乐的闾丘呢？那个追求爱情，追求自己幸福的闾丘呢？她那已经变得死气沉沉的心开始不安定起来。她开始反思自己的生活，开始想一个她一直不愿意去触及的问题。

闾丘露薇的爱情观和林菲也是极其相像，大抵每一个女人也都是这样想的，爱情应该让人变得美丽生动，变得充满灵感。而美满的婚姻，两个人应该不单单是情人，更应该是心灵的知己。应该有讲不完的话题，有无数共同分享的东西。至少，大家应该有相近的价值观和世界观。

但是，生活是不断变化着的，而生活中的两个人也一定是不断变化着的，因为大家生活的环境、面临的选择、对人生的看法是在不断变化着的。如果两个人不能够及时地看到这一点，不能够及时停下来沟通、解决，那么，便一定会有冲突，当然也会有妥协。

和许多普通的婚姻一样，闾丘露薇和她的前夫之间也存在这样的冲突。当她反省并意识到这样的婚姻错了时，她挣扎两年，她苦苦纠结于是不是应该结束这段婚姻，或是为了孩子慎重一些。但最后，她还是勇敢地做出了自己的决定。她觉得，如果一段婚姻没有爱情，是对婚姻的不尊重。而如果一段不快乐的婚姻，不单单两个人不快乐，孩子也不会快乐。

合上书时，林菲还沉浸在将故事与自己的生活对照的思潮涌动当中。

是啊，一段好的婚姻，一定是让两个人一起更好地成长。可是，这世间偏偏少的，便是这样的成长，一段婚姻的维持总是要付出代价。一个人不可能获得所有的东西，却又希望什么都不付出。正因如此，人才会痛苦，才会需要选择。虽说时间一定会慢慢地把当时的痛苦一点一点地冲淡。可是，并不是每一个人都能做出最勇敢的决定，并能坦然面对那样的选择而带来的痛苦。

见此，她赶紧关上电视，迅速躺回床上，同时命令自己要努力睡个好觉。

此时已是这个北方小城的夏末，炎热好像已经被即将来临的秋意驱散了，无须再开空调或风扇，薄薄的毯子搭在腰间，带着淡淡花香的风便透过窗帘挤进卧室，在屋子里面回旋一圈后，很快又折回窗外，可却已经将这样的清香若有若无地拂过了林菲，让林菲的内心瞬间进入恬静，因而很快沉沉进入梦乡。

噩梦是从半夜开始的。

不知几点钟，林菲迷迷糊糊地醒来，上了趟厕所，拐到餐厅喝了一杯水。在回卧室的途中，她的脚步突然顿了一下，借着厕所的余光，她推开了小卧室的门。一惊，床上的毯子依然整整齐齐地堆在那儿，陈家声竟然没有回家！

按照他们夫妻俩的约定，林菲从不刻意地去等，但是，晚归与否，他们还是会做一些必要的告知。即使吵架之后还没有完全和好的情况下，陈家声有应酬需要很晚回来，也会告诉林菲。这样的晚归都有一个底线，不能超过晚上 12 点。如果非要更晚，陈家声也一定会再次告诉林菲。

天哪，已经凌晨 4 点了。11 点打通电话时，陈家声只说自己有应酬，让林菲不用等他，可也没说彻夜不归啊！

想到这儿，林菲不禁打了一个寒战：陈家声不会出事了吧？

拉了拉快要从肩头滑下去的睡衣，赶紧拔下正在充电的手机，手指不听使唤似的，按了三遍，才打开了手机键盘锁。

"对不起，您拨打的用户已经关机，请稍后再拨！"

林菲的心被这句职业的解释弄得更慌乱了，她不相信似的，再次按下了陈家声号码的快捷键。

"对不起，您拨打的用户已经关机，请稍后再拨！"

手机里传来的声音，平静中不带一丝感情色彩，让林菲紧握手机的手渗出了一层细密的汗。她放下手机，将两只手交叠在一起使劲搓了一下，手却更加湿漉漉了。

林菲突然烦躁起来，涌到心头的，全是对陈家声安全的担忧。

可是，她除了担忧，除了等待，她无力去做任何事情。

陈家声彻夜未归的二室二厅就这样沉默在林菲的面前，愈发让孤立躺在床上的林菲恍若置身在一片凄凉冷寂之中似的。正梦见陈家声在前面拼命跑，自己在后面披头散发地追着的时候，门铃突然"铃铃"地响了起来。

林菲猛地从床上坐起来，第一反应是陈家声回来了。

她条件反射似的抬头看了看表，已是早上 9 点钟，外面不知从什么时候下起了雨，"噼里啪啦"的声音在此刻听来节奏感是那样强。

等她急急地从床上跳下来，将睡衣系好，跑到门口从猫眼望出去的时候，一个穿着快递公司工作服的小伙子正站在门口。

在那一刻林菲的内心很失望。

关上门，林菲看着快件上陌生的字体和地址，不记得最近有谁要给自己寄快件。可是，收件人那一栏里，却明明白白地写着"林菲"两个字，就连手机号码也是对的。

坐在沙发上，林菲撕开了快件，还没等到她往快件信封里面张望，一张足有 8 寸的彩色相片便从里面迫不及待地跑了出来。

林菲的血"嗡"地一下就涌上了头，因为相片中的男人是陈家声。

只见陈家声从背后拦腰抱住了一个只穿着三点式的女人，两个人的脸和身子紧紧地贴在一起，笑得花枝乱颤，就跟迎着太阳怒放的花朵似的。

看情形，他们应该是刚刚在海里游完泳，头发还是湿漉漉的。即使是这样，相片中的女人，也是化了浓浓的妆。

林菲不敢相信似的，将信封倒了个底朝天，再没有东西了。可就是这样的翻腾，却让她清晰地看到了相片背后的那行话——

红红宝宝，想着你的出现，呼吸也乱了频率；

想着你的微笑，云端也成了彩色；

当你的手托着我的手，空气也浮着玫瑰香气，真想就这样与你一直约会下去！

没错，是陈家声的字。

林菲不会认错。

林菲将这行话连着读了三遍，像不过瘾似的，又声情并茂地大声朗诵了一遍。直到声音平息，一切都归于寂静，林菲这才意识到，她是想将相片里的混蛋陈家声撕扯出来，嘲笑并嚼个稀巴烂，以解自己的受辱之恨。

林菲拿着那张相片在屋里转着圈，半天才想到自己要干什么。

对，继续给那个混蛋王八蛋打电话，问问他到底什么意思？

知道了真相，林菲突然发现，自己其实并没有想象中的那样崩溃。可能是因为太久不爱了，只是在维系，也可能是觉得快要看到结局了。

可是，陈家声的电话依然和半夜一样，关机！

林菲的火又冒了上来，她再一次发现自己的确是有当"泼妇"的潜质的。

"陈家声，你这个王八蛋，你这干的是人事吗？你和别的女人好了，好就好，老娘又不是不给你们让位置！你寄个相片来算是怎么回事？有本事，把你们像畜生一样搞在一起的画面也录下来呀，最好传到网上，就保准你臭名远扬！"

林菲将满腔的怒火都化成了谩骂，那些自己以往从来不会说出口的脏话，此刻就像鱼泡泡一样，一个个从心底冒了出来，在这个见证着她全部喜怒哀乐的房间里翻滚、蔓延。

"你寄相片来，不就是想让我高抬贵手吗？然后你们俩就有活路了！到底是谁给谁活路？世上还有比你们更混蛋的吗？"

骂着骂着，林菲终于还是接近了崩溃。她没有想到，她已经视作肋骨的男人和婚姻，竟然没有任何预见地背叛了她一直以来的容忍和善良。

骂累了，林菲把自己摔到了床上。她在心里暗暗发誓，永远不会原谅这个男人，在她的生命中，也将永远不会再有他的影子。

"陈家声，你死去吧！"

林菲咒出最狠的一句话。

可能是急火攻心，也可能是昨晚躺在沙发上看电视着了凉，再加上半夜着急陈家声电话关机的事。等到刘欣急慌慌赶来的时候，林菲已经进入了高烧的状态。她一见到刘欣，腿一软扑进了刘欣的怀里。

"刘欣，你高兴吗？你说准了，陈家声这个男人就是那么回事，他上别人的床了！"

说着，林菲便从枕头底下掏出那张沾满泪痕已经快被揉搓烂了的相片继续说道："你看，你看，他们也太甜蜜了吧。还呼吸也乱了频率，云端也成了彩色……去他的……他以为就他会上别人的床吗？老娘我也会。那个，那个社会新闻部的小陈，那个我原来采访的林老板，他们都不止一次地给过我暗示，一个说是不介意我结过婚，一个是只要我答应和他上床，他便能给我荣华富贵。可我不是一直规规矩矩、恪尽妇德地围着陈家声这个王八蛋一个人转吗？虽然我不爱他了，可是，我没有对不起他啊，他凭什么啊！"

说到这儿的林菲开始号啕大哭，憋闷在心里近十个小时的委屈此刻全都通过声音和眼泪发泄了出来。

刘欣一脸同情地看着林菲，她知道林菲这个时候最需要的便是同情和鼓励。她将林菲的脸扳过来对着自己："林菲，这个时候你要坚强一些，好男人多得是。这是我要告诉你的第一点。第二点，不管什么时候，你都不能委屈了自己，要对自己比对别人好！懂了吗？那个王八蛋不值得你为他再做任何事情，包括糟蹋自己的身子。所以，乖了，咱们一起去医院！当务之急，是要让你的烧先退下来！"

林菲记得自己的最后一个意识，是在刘欣的摆弄中，换上出门的衣服。刘欣还不忘拿梳子给她梳了梳头，边梳边愤愤地说："这女人不管到了什么时候，都不能让别人小瞧了自己，要活得有模有样。"

| 第 14 章 |

## 战斗的最后结局

　　从医院出来时，已是下午一点半。林菲突然想起自己中午约好的采访，她急慌慌地去找自己的手机，可是出来的急，刘欣也没有给她顺手拿上。

　　林菲借了刘欣的手机，先是给江大千打电话说了一声自己生病的事，又给编辑打电话说今天交不了稿子。之后便一脸愁容地说道："怎么办呢？我很少放人家鸽子的。我们都约好了今天中午要见面采访的。"

　　"你这不是病了吗？给人家解释解释，应该不会责怪的。不过我真得说你，这都到了什么时候了，还一心只想着工作。铁打的营盘流水的兵，哪有把自己当铁人使唤的呀！"

　　在刘欣的宽慰中，林菲苦笑了一下，也算是对刘欣的建议表示了认可和接纳。

　　一进家门，林菲先看到的，便是陈家声的一双单皮鞋，左一只，右一只，胡乱地甩在门厅。刘欣也马上意识到，那个王八蛋陈家声回来了。

　　果真，还没来得及发飙，仰面躺在床上的陈家声吓了林菲和刘欣一大跳。

　　"你怎么了？怎么成了这副鬼样子？"

林菲一个箭步冲到床前，使劲地摇晃着陈家声，想将似乎正在沉睡中的丈夫摇醒。

"老婆，你回来了。我好疼啊！"陈家声突然将林菲的手拉到了自己手臂的伤口上，"呜呜"地哭出声来。

此时，林菲和刘欣看到陈家声浑身伤痕累累。

"你到底怎么了，你快说啊？"林菲着急地再次追问道。

"我，我被人打了。"陈家声似乎百般委屈，话里全是哭腔。

"谁打的？为什么打你？"林菲急急地追问。

"老婆，我对不起你。"陈家声突然一下子从床上滑了下来，同时双膝着地，面对林菲便"扑通"一声跪了下去。

"你急死我了，到底怎么回事？"

林菲尽量在克制自己的声调，可是，不自觉中，声音已然变得尖利。

一旁的刘欣缩缩肩膀，悄声退出房门。她知道，陈家声这个样子，一定与早上林菲收到的相片有关。这是人家夫妻的家务事，即使她再不待见陈家声，这种事情，还是要躲远一点好。不是说关键时刻她不站在朋友身旁，而是任何友谊都有一个底线不能触碰。正如此刻，林菲要自尊、陈家声要面子。刘欣知道，林菲是一个话语矜持的人，如果林菲表示需要她时，到时候她再过来安慰也不迟。

刘欣刚刚出了林菲家门，陈家声便开始前言不搭后语将整个过程断断续续地讲了个大概。


原来，去年下半年，陈家声在一次业务洽谈中，结识了客户公司的前台接待梁红，一个年仅22岁的西北女孩。本来也没有什么，只不过有一次应酬的时候，陈家声喝得有点多，梁红也在场。后来又去唱歌的时候，她便借口一起跳舞，两个人搂抱在了一起，明目张胆地亲热了一番。后来那天整晚上梁红都有意无意地蹭在陈家声的身边。这一来二去，两个人便互相产生了好感。

后来熟识，是因为梁红和她男朋友打架，不知怎么的，就拽陈家声去救场示威。陈家声虽然觉得不妥，可他也没有拒绝，而且心里还美滋滋的，有一种被女人需要的感觉，觉得自己挺像一个男子汉的。

那件事情之后，两个人算是好上了。这种好，无非就是一起唱唱歌吃吃饭，借着出公差的时候旅游过几次。当然，也包括在梁红住的地方，发生过几次关系。

说实话，虽然陈家声很喜欢和梁红在一起那种轻松和年轻的感觉，可是，他的心里一直都不踏实。一是觉得对不住林菲，纸里包不住火，早晚得知道；二是梁红她男朋友一直还在纠缠梁红，他觉得陈家声就是一个大骗子，还偷偷调查他。便果真查出了陈家声已经结婚的真相，他一直在说服梁红一起要挟陈家声。让陈家声不能接受的是，梁红突然间就翻了脸，和她男朋友一起，要求陈家声赔偿她的青春损失费，起码要赔 20 万，否则，她会让陈家声的整个人生都鸡飞狗跳不得安宁。

"说实话，我没觉得梁红是心眼挺多的女孩，我们在一起时，她也没怎么让我花过钱，顶多是买件衣服，吃顿饭，挺懂事的一个女孩。可是，现如今，她竟然和她男朋友合起伙来，要我赔她损失费。我肯定不答应，他们便要来找你。我不同意，谈判了一个晚上。于是，我就被他们揍成这样了。他们竟然把我的所有钱拿走后，把我扔到了郊区。要不是搭乘一个进城卖菜的农家车，我现在还不知道在哪里呢！"

说到这儿的陈家声，突然一脸紧张的表情问林菲："他们还没有找上门来为难你吧？"

"没为难我，只是快递了一张相片而已。"

说到这儿的林菲突然觉得胃里的恶心再也抑制不住，她挣脱一直被陈家声紧紧攥着的胳膊，快步冲进卫生间，"哇哇"地吐了起来。

似乎将五脏六腑都吐干净了，长吁一口气的林菲，一起身，却发现陈家声又跪到了卫生间的门前，将一米见宽的门堵了一个严严实实。

一见林菲起身并转过脸来，陈家声便迅速扑到了林菲的膝前，一把将林菲的两条腿都抱进怀里，哀求着说道："老婆，我知道你肯定嫌我不争气，嫌我脏。可是，我对天发誓，我和你结婚这十年来，我从来没有过二心，从来没有过不想和你好好过日子。这一次，我真是鬼迷心窍，一时被欲望冲昏了头脑。我求你原谅我，求你原谅我。你不用说话，只要点头就好了。我以后会加倍对你和米米好，我会努力弥补我犯下的这个错。我求你了，你可以打我骂我，可是，我求你点点头，别那么冷眼地看着我。我求你了。"

林菲此刻的心情竟然一下子变得有些神清气爽，或许是胃里的东西都吐干净了，身体便变得轻松起来。也或许，只是因为陈家声主动从她的困局里挣脱出来，还有可能弃局，让她产生了一丝丝的神经松弛。

这一刻，因为真相大白而似乎突然顿悟了的林菲，便有些笑话起自己早上的歇斯底里。的确，何必把自己搞得那么狼狈，不仅对事情的解决毫无益处，还徒增了自己的伤悲。好像这个完全可以忽略掉的男人，还对自己的生命意义重大似的。

"起来吧，我陪你去医院。"林菲的脸上毫无表情，语气也是淡淡的。

"你原谅我了，你原谅我了对不对？"陈家声忙不迭地连声问道。

"去医院吧，先消炎，别让你这皮囊破了相。要是那样，你妈不得拿刀把我劈了。快起来吧。"

林菲厌恶地看着跪在自己脚下的陈家声，语气波澜不惊。

等待陈家声消炎包扎的空隙，林菲没退尽的烧又升了起来。如果不是坐在长凳上，她觉得自己的意志已经不足以支撑她的身体了，整个人就像要虚脱似的，坐不稳当，只想不管不顾地摔到地上。此时，嗓子也像着了火，火苗呼呼地往外蹿着，想要将她的意志和身体都烧成灰烬，似乎只有这样，林菲便可以远离这混乱了的一切。

趁自己还清醒，还没有彻底心软准备接受陈家声的道歉，林菲掏出电话，打通了婆婆胡荣花的手机。

"妈，是我，米米妈。"

林菲的声音虚弱，似乎用了许多力气才将潜意识里不想叫出口的这个"妈"字逼出声。

"有事吗？"婆婆的声音和以往一样，冰冷，没有丝毫热乎气。

"您能和我爸来我们家一趟吗？我和家声现在在医院，一会儿就回家。"林菲说。

"在医院？为什么在医院？家声他怎么了吗？你又和他吵架了吗？"

一听到儿子和医院这个名词并排在一起出现，胡荣花的语气一下子变得焦灼起来。

"没有，你们现在就过去吧，我们一会儿就回了。"

林菲草草地将电话收线，不想做过多无畏的解释。她觉得自己没有力气将整个事件从头到尾讲述一遍，还是让他们眼见为实吧！

推开家门，陈家声的样子便把老两口吓得一下子从沙发上惊跳起来，而父母的突然出现，也把陈家声吓了一个跟跄，差点直接摔到门厅的地上。

"家声，你这是怎么了？怎么成这个样子了？"

胡荣花一个箭步便冲了过来，一边搀住自己的儿子，一边语带哭腔地问道。

"家声，快坐下，给爸爸说说怎么了？"公公陈公仆也是一脸心疼地看着儿子。

陈家声抬眼去找林菲，林菲正不慌不忙地换拖鞋，顺手将陈家声脱下的鞋子放到了鞋架上，一脸的云淡风轻，看不出内心丁点的起伏波动。

见陈家声被自己的父母架到沙发上躺下，林菲去餐厅给自己倒了一杯水后，再次回到客厅，一脸平静的表情说道："爸，妈，家声在外面搞外遇，被人家男朋友揍了，还让家声赔人家 20 万的青春损失费。"

林菲的话一出口，便在小小的客厅掀起了滔天巨浪。公公和婆婆一脸错愕的表情看看陈家声又看看林菲。

陈家声则将恨恨的目光直直地投向林菲，一脸的匪夷所思和悲愤交替互融。他以为林菲肯陪他去医院，便是原谅他的表现之一。他知道林菲的弱点在哪里，所以，将自己没有底线地示弱，弱到尘埃里，林菲的保护欲便会涌起。此时的陈家声并没有意识到，他竟然还有脸为自己设置底线。他悲愤便是因为林菲跨越了这样的底线。

于林菲，她好像只能通过这种方式来发泄自己心里的恶气。她觉得自己活得太窝囊了，她凭什么替这个王八蛋收拾烂摊子。既然梁红他们能将相片寄给她，能把陈家声揍成这副模样，这事情便不会这么快结束。她不想一个人承担，不想等到一切不可收拾的时候，再去告之公婆。那个时候，不仅她会落下埋怨，还有可能再引起新一轮的纷争。

"家声，米米妈说的都是真的吗？"婆婆晃着陈家声的肩膀急急地问着。

"快给你妈说实话，米米妈说的是真的假的？"公公也是一脸焦急的表情看着自己的儿子。

"爸，妈，我错了，求你们原谅我。"陈家声大哭出声，好像自己委屈到了极点似的。

陈家声的号啕大哭让林菲的脸上现出一丝鄙夷的冷笑。她转身进了餐厅，她肚子很饿，她想吃东西，只有将食物填进肚子，才有力气继续与陈家声战斗。战斗的最坏结局无非是鱼死网破。可是，不战斗的结局只有一个，她林菲气竭而亡。

那一刻的林菲，心里升出一些快感。

隐隐约约传来婆婆的号啕哭声，还伴着她的嚎叫："家声啊，我的儿子啊，你怎么能这样，你要气死你爸你妈呢，你对得起谁啊！"

她一边说着，还一边似乎用手捶向自己的儿子。于是，陈家声的哀号声也隐隐约约传进耳里。一见陈家声哀号，胡荣花马上便止住了哭腔，声音紧张地连声问道："儿子，你哪儿疼，你告诉妈，告诉妈呀！"

林菲听不到公公的叹气声，这个在婆婆淫威下生活了一辈子的男人，遇事只会选择叹息，只会自动站到横蛮霸道的女人背后，任由女人在前面耀武扬威。那一刻，林菲对公公生出同情，是因为公公平时对自己还算仁义，从未像婆婆那样刻薄地指责过自己一次。

脸上越来越烫了，可是，自己烧成了这副样子，公公和婆婆，以及陈家声竟然无一人发现。林菲仅仅残存的最后一点意识告诉她，烧吧烧吧，最好就把自己烧死在这些人面前，让他们也知道，林菲并没有他们看到的那样大度，那样从容，她心里也有恨，也有怨，也有想要疯了的意念。

"扑通"一声，就在林菲吃下一块干面包，准备站起身的时候，眼前一晕，她直直地摔到了地上。林菲感觉自己被婆婆像抱一个婴儿一样横抱在了怀里，十几步之后，她感觉自己躺到了松软的床上。她听到公公紧张地在说："这孩子怎么了？好像发烧了，你看脸都烧得通红了。"她还听见婆婆说："别愣着了，赶紧打电话叫救护车。"

陈家声也奔过来，将手放到了林菲的额头，着急地说："爸，妈，林菲发烧了，烧得好高啊，要送医院啊。"顿了顿，他又说："老婆啊，你不要有事啊，你千万不要有事啊，我还要弥补你呢，我还要好好和你过下半辈子呢。"

　　林菲醒来时，已是第二天的清晨，她躺在医院白色的床单上，一睁眼先看到的人，竟然是陈家声。

　　陈家声一见林菲醒来，便激动地拉过林菲的手，同时嘴里大声说道："老婆，你醒了，好点了吗？你吓死我了，你一直昏睡着，怎么叫都不答应。"

　　"我睡了多久？"虽然不想和陈家声说话，可林菲还是想知道自己现在的身体状况，她得为自己负责。

　　"从昨天昏倒到现在，现在已经是第二天的清晨了。你好点了吗？医生说你是病急攻心，引起了休克。"

　　"你爸和你妈呢？"

　　"我让他们在家里熬点稀饭送过来，估计查房前就能送到吧。"陈家声一边说着，眼睛一边盯着林菲，就好像害怕林菲一醒来，便会抬腿跑掉似的。

　　"米米呢？"林菲不放心米米，怕米米见到她和陈家声的样子担心，便低声问道。

　　"我没告诉她，也没有告诉你妈，怕她们着急担心。"陈家声看似一脸体贴的表情说道。

　　林菲想，他该是不记恨自己昨天中午的那一记釜底抽薪了。可是，接下来的路要怎么走？自己的手被陈家声握得太紧了，她没有力气挣脱。

　　陈家声已经替林菲请了一周的病假，林菲不知陈家声这副样子是怎么将假条送到江大千手里的。也或许，是刘欣帮着代交的。

　　刘欣没有打电话过来，她可能忙，也可能觉得这样敏感的时刻出现不好。以她的性子，肯定要把陈家声臭骂一通。可是，骂了又能怎么样？这是林菲自己的日子，她一个外人能做什么？

　　这一周，是林菲结婚十年来，第一次只躺在床上等吃等喝什么也不用想的一周。之前的她，始终像上紧了发条的陀螺一样，无论是工作还是生活，她都不敢停下来，停下来好像便会万劫不复。她发现，其实这样生病也挺好，所有的烦恼都因为病，而躲得远远的。只要烦恼别出现，心情便会暂时平静。

　　林菲没有拒绝陈家声床前床尾的服侍，小心翼翼的服侍。她没再过问那件事他怎么处理的，他也尽可能小心地避谈那件事。婆婆也是，就像因为儿子的外遇而良心发现，突然发现自己一直亏待了儿媳妇一般。所以，几乎每天，她都会过来给儿子和儿媳做饭，实心实意地煲了一周的各色汤，说要给儿媳补补身子。说她第一次发现，抱在怀里的儿媳，轻得就像一张纸，好像大风一刮，便能将整个人刮走一般。

林菲明情，这是老人在帮自己的儿子弥补婚姻的创伤。是啊，任何一个正常的女人，怎能接受那样赤裸而肮脏的事情发生，还像一个没事人似的，一脸的云淡风轻。

米米还是知道了妈妈生病的消息，说啥再也不在外婆家住了，她要陪妈妈。外婆也心疼女儿，也是一早一晚地两头跑，想着法子给女儿做一些好吃的。

林菲没有告诉母亲实情，或许她的心里还是有些小小的期待，期待这件事情赶紧过去，她不想将自己受的伤敞开给自己的亲人看，然后在亲人那里，撕裂出同样的伤口。

不知道陈家声是找了什么样的借口，来说明自己浑身是伤的这个事实。米米泪眼婆娑地摸摸妈妈的脸，又拽拽爸爸的手，说一家人要好好在一起，今后谁都不准不经同意就生病和受伤。

女儿的小手抚过林菲的脸庞，林菲的眼泪便无声地淌了下来。陈家声则背转过去了身子。他该是也流泪了吧？林菲看着这个和自己已经生活了整整十年的男人，心里生出了悲哀。

| 第 15 章 |

# 别没正经，看风景

重新回到报社上班的第一天，刘欣便来到了林菲的格子间，一脸担忧的表情问道："你好些了吗，为什么不再多休养几天？瞧你身子骨虚的，就跟白骨精似的，除了骨头就是骨头，脸上也瘦到只剩一双大眼睛。"

"我没事了，全好了，别担心。"

林菲敷衍地答道。她不想因此将这个话题扯开，她怕刘欣会拨开事实的表面，问到那些她一直在逃避的实质。

看着林菲一脸不愿说话的表情，刘欣叹了一口气说道："你自己保重吧。我先回去了。"

刘欣走后，林菲对着电脑发了半天的呆，脑袋里空空的，不知道要干什么，也不知道能干什么。

就在这时，迟秦的电话打了进来。看到手机屏幕上亮起的"迟秦"二字，林菲的心被灼烧到了，剧烈的跳动声，在胸腔里回旋冲腾。

"老天，你的电话终于能打通了。怎么把自己弄病了，好些了吗？"迟秦关切地问道。

"已经好了。你怎么知道的？"林菲的声音低低，透着虚弱。

"打你电话一直关机，打到报社才知道，原来你生病了。还说自己好了，听声音还是很虚弱。"

"没有，真的好了。只是觉得没有力气，也不太想说话。"林菲解释。

"你今天有必须要做的工作吗？"迟秦突然这样问道。

"不知道要做什么，正在电脑前发呆。"林菲老实回答。

"那你等我，我半个小时后到报社门口接你。然后带你去个地方。你不许拒绝，我是为你好。"

迟秦以不容置疑的口气说完时，林菲竟然应声说了一个"好"字。

此刻，林菲还不想重回现实情境，其实需要一些陌生的情谊慰藉自己。至少在那样的情谊里，她不用张开羽翼将自己保护得严严实实，一边接受着同情或指责，一边因为窒息快要喘不过气。

迟秦比预定的时间早了十分钟，他说一路畅通全是绿灯，像是理解他迫不及待想要为某人疗伤的心情。林菲听了此话，脸上现出淡淡一笑。迟秦又说，连笑都这么勉强，可见，因为太久没有笑了，笑肌都忘记了工作。所以，今天的他，任重道远，在所不辞。

迟秦见林菲实在是虚弱得不像样子，便又说道："好了，你现在的任务是靠在椅背上小眯一会儿，我们需要在路上跑半个小时，睡一觉我们就到了。别问要去哪里，一定是你会喜欢的一个地方。"

林菲听话地闭上了眼睛，不一会儿竟然真的睡着了。她也懒得寻思，任由迟秦掌握着一切便好了。如果生活永远都像这样，不用动脑筋，不用付出什么，便可以奔到她会喜欢的地方，该有多好！

正睡得香甜，听到耳边有人在轻轻叫自己的名字，林菲睁开眼睛，半天才反应过来。

"到了？"林菲揉了揉眼睛，轻声问道。

"到了。不过，还要走一小段山路。知道你身子虚弱，所以，我叫了两个轿工将你抬着。"迟秦体贴地回答。

林菲小心下了车子，定睛一看，迟秦带她来到的是江林城郊的一座山下。秋天还没有真正到来，漫山遍野都是树，叶子还油绿着，有些叶子的边缘泛出了一些轻微的黄色。风一吹，叶子便"哗啦啦"地奏出了有节奏的音乐，让观赏此刻景色的人，不由得便会神清气爽起来。

"这个地方来过吗？"迟秦一边牵着林菲的手往前走，一边问道。

"这是什么山，好像没有来过。"林菲也没有挣脱，任由迟秦牵着手，轻声答道。

"这座山叫神山。说是当年秦始皇入海求长生不老药失败后，在回京城的路上，看到了这座山，听说此山'尽是珍禽异兽，其物尽白，而黄金白银为宫阙。珠杏之树丛生、华实皆有滋味。食之亦便长生不老'。于是，便在此山修炼起了仙丹。后世人们说，这座山只有有神性的人才能看到，如秦始皇。此山后来被记载于史书中，于是，便有许多追随神性者想要寻至此山。可是，却无一人能寻得。这便印证了古人后来说的那句话——'仙境可看不可攀，海市蜃楼即神仙'。"

迟秦故弄玄虚地说完，林菲一脸不可置信的表情："真的假的？真能忽悠。"

她凝神倾听，突然彻悟，脸上现出一抹绯红。见此，迟秦不禁又笑着说道："别管故事真与假，能把你脸上逗出颜色，便是好故事。"

说话间，两个人便转过山脚，来到上山的台阶前。往上仰望，但见台阶在树丛中若隐或现，如入云中，不得终处一般。

此时，迟秦早就安排好的轿夫便立在一座大红色的上山轿前，一副憨憨的样子冲着迟秦和林菲咧嘴笑着。

林菲本能地想将一直被迟秦牵着的手抽出来，可是又觉得那样太明显了。就在似挣半挣之中，迟秦便知了她的意思，反而握得更紧。林菲的脸"腾"地又起了一片红云。迟秦似乎猜到了林菲的羞涩，也不去看她，像是要给林菲保留一些尊严似的。

只见他直接牵着林菲走到轿夫面前说道："辛苦二位小哥了。"

"领导辛苦。"两位轿夫竟然同时说道。

这是林菲第一次坐轿子上山。虽说这座小山或许是因为不知名，也或许是因为正是旅游淡季，整个山路上几乎没有什么人。可是，林菲的心还是在这样的行进中，突突地跳了起来，感觉自己好像压榨了别人的劳动似的。

她的视线往下，便能迎到迟秦看过来的目光。两个人的目光在绿水青山的空气中缓缓地交汇，电火石光，惊得两个人都赶紧将目光移开，半天不敢再去相看。

林菲强忍着心跳，将目光看向远处的山野。一开始还很平缓的山势，竟然在不远处能看到好大一片竹林，若隐若现，与近景里的石头、山涧、山峰，相互掩映，遥遥吸引着林菲的目光。

再往上走，台阶便变得越来越陡。因为少有人迹，路上干净极了，没有触目的垃圾或是碎屑，只有绿的树、红的果，风景一点点也更加好看起来，树也更密，还能听见从石缝中传来的淙淙水流声。

大概 20 分钟过后，轿子便稳稳地停在了半山腰的一幢石头房子面前。林菲注意到，这便是一开始她仰望到的竹林所在。淙淙的水声也近在耳边，该是就在房子的背后或是侧面。

迟秦掏出一百块钱递给两位轿夫，示意他们下山。迟秦走到林菲身旁，又自然而然地将林菲的手牵住，见林菲没有拒绝，他的脸上一笑，指着面前的房子说道："要不要进里面参观一下？"

石屋里出来一对夫妻，四十多岁的样子，一脸的朴实和厚道。见迟秦近前，他们立马一边拿衣襟搓着手，一边快步跑上前来，嘴里欣喜地叫道："呀呀，迟总，您怎么来了？"

"怎么，不欢迎吗？"迟秦笑着答道。同时，唯恐林菲逃脱了一般，将紧握着的手握得更紧。

听了迟秦的话，女主人高声笑着说道："这山上的喜鹊叫了一上午了，我猜该是有贵人要来。果真，便把迟总盼到了。"

见他们三人热情寒暄的样子，林菲的脸上也露出真心自然的笑容。在热情的邀请下，她被迟秦牵着进到了石屋里面。

外表看起来不算很大的石屋，竟然别有洞天。最引人注目的，还是挂满了整墙的奖状。

见林菲将目光聚焦于奖状墙上，女主人开口说道："这都托了迟总的福，我儿子才能在市里上那么好的学校，才能考到北京的大学。我儿子是我们老夫妻俩的骄傲，所以，我们去哪里，这奖状便跟着我们到哪里。"

"他们喜欢把奖状搬来搬去。春天到秋天，他们住在山上，便把奖状搬到山上。

冬天回到村子，便又把奖状搬回土屋。他们也不嫌折腾累得慌。”

“我们不累，这是我们老两口的乐趣。”女主人又开口笑着解释。

“陈嫂，今天中午做点好吃的吧。这是我女朋友小林，最近病了一个星期，身体才刚好一点，我便想着带她到山里呼吸呼吸新鲜空气。”

“呀，病了一个星期啊。那身子骨得赶紧硬朗起来才对。您没提前通知我们，我也没怎么准备，就是一些农家小菜，林小姐不要嫌弃呀！”

“哪里，您费心了。”林菲此时不好摆脱“迟秦女朋友”的这个称呼，只得接话说道。

“哪里费什么心，这迟总对我们一家的恩情，我们一辈子也还不清呢。”说着，陈嫂便往院子里的另一间石屋走去。

“陈哥，您也忙去吧，不用管我们，我带小林到处转转，一会儿回来吃饭。”

听了迟秦的话，被叫作陈哥的男主人一边连声答应着，一边憨厚地咧嘴笑着。

转过石屋，林菲果然看到一泓清泉。细心的主人用一根削尖的竹管接到了下一台阶处的陶制水缸里。水缸满满的，风一吹，水面便皱出好看的波纹。与波纹一样好看的，是从缸的边沿哗哗流下的泉水。在风的轻抚中，水帘空灵处，便飘来荡去，直到落到一直顺着山势往下而自然形成的小溪中。

“哇，这个地方真好。”林菲终于感慨出声。

见林菲想要拿手去捧泉水，迟秦突然一把抓住她的手说道：“你病刚好，别碰凉东西，注意点好。”

见此，林菲终于拿斜眼瞪了他一下，同时假装厉声地说道：“我什么时候变成你女朋友了？脸也不红！”

“难道不是吗？如果不是，刚才为什么不纠正？”

“上了你的贼船，我还能跑？”林菲没有正面回答，反而如此说道，可这句话远比肯定的回答更让迟秦兴奋。

只见他突然一把将林菲的手拉到胸前说道：“我这个贼船，这颗贼心永远为你等候。”

“别没正经，看风景。”林菲使劲将自己的手抽了出来，假装一本正经地说道。

“林菲，你喜欢我吗？或者说，只是不讨厌我？”迟秦突然这样问。

"爱情,从来都是含笑饮毒酒。所以,聪明的人,一般会明哲保身。"林菲又绕了一个弯子。

"那你就是喜欢我喽。"迟秦突然如此自作聪明地答道。

"凡事皆有代价,快乐的代价便是痛苦。所以,迟秦先生,请你清醒一点。"林菲不愿意深论这个话题,所以,出言作结语。

"好,咱不谈这个话题。咱们聊聊幸福如何?"

"幸福?"林菲重复词语并反问。

"对,幸福。我先问你,你觉得刚刚那两个轿夫幸福吗?"

"他们?或许幸福吧!"

"那和他们相比,是你的幸福指数高,还是他们的幸福指数高?"

"没有办法比,因为生活的轨道不同,感受便不同,对幸福的定义也不同。"

"我的答案和你一样。这人生就是这样,坐轿子的人未必幸福,抬轿子的人未必不幸福,因为衡量标尺不一样,内心感受便不一样。我们如何让自己的生活充满喜悦,如何让自己的生活丰富多彩,如何能用一颗健康乐观的心寻找并体验到幸福,这便是我们在这世上活着的最根本追求。"

"那你幸福吗?或者说,你找到你想要的幸福了吗?"林菲开口问道。

"曾经找到过,也拥有过。后来,便失去了。现如今,我又看到了。我对这种幸福充满期待,也希望能给我的幸福带去幸福。"

"你们当领导的,都喜欢这么哲学一番,让下属景仰吗?"

"我的话让你景仰吗?"

"高山仰止。"

或许是病去如抽丝的身体想要舒展一番,也或许是这山野里的纯粹让林菲放下了一切防备,在山里玩够了逛够了,也和迟秦因为共同话题极多聊得兴起。当林菲一眼看到陈嫂已在院子里摆好了竹桌竹椅,桌上放了六盘色彩油绿清亮的菜肴时,她的眼睛再一次晶亮起来,一把拉过迟秦的手便迫不及待地奔到了桌前,嘴里已经开始真心地赞赏起来。

这是她第一次主动拉起迟秦的手,迟秦被林菲拽着往前跑,他的心就在那一刻的飞奔中,飞扬而绚烂起来。

虽说只是山间野味，林菲却吃得意兴阑珊，迟秦不时嘱咐她慢点吃，又没有人跟她抢，林菲故意嗔怒地瞪了他一眼后又说道："太好吃了，我都饿了一个星期了，今天才算是吃到了好东西。"说着，她又转过脸对着陈哥和陈嫂说，"谢谢你们款待啊。陈嫂你做菜可真好吃。这要是在市区开一家农家菜馆，生意肯定能好得不得了。"

"林小姐您太客气了，我们这手艺哪里拿得出手，也就是在这山间撒撒野。您要是喜欢，以后不忙的时候，便让迟总带您来。我们认识迟总这么多年，还是第一次见他带女孩子来呢。迟总好福气，能找到林小姐这么好的女人。"

陈嫂的话让林菲的心一下子起了一层波澜，这迟秦什么情况？儿子迟蔚不是米米的同学吗？不可能没结婚。也是，这山里的人家怎么能看到迟总在城市里花天酒地的样子呢。

想到这儿，林菲脸上羞涩一笑，故意说道："是我有福气，遇到迟总这么好的人。"

她挑衅地看向迟秦，正好遇到迟秦投来的风生水起般的眼神。见此，林菲脸上的羞涩便马上隐逸不见了，故意朗声问道："迟总，我说得对不对啊？"

"吃你的菜吧，也就是我能容忍你这个贫劲，我看换了别人，早就翻脸不认人了，没大没小的。"

听了林菲和迟秦打趣的对话，陈嫂冲着陈哥一脸不情愿的表情说道："你看看人家两口子，再看看咱们俩。你是一辈子一巴掌都打不出一个屁。这日子要过得像他们这样，天天嘻嘻哈哈着才有意思！"她又转脸面向林菲说道，"林小姐，看来还是这山野空气好。这一会儿工夫，您的脸色便比我们刚见到时好了许多呢。以后可得和迟总一起常来啊！"

"只要陈哥和陈嫂不嫌麻烦，我们一定常来。"

迟秦赶紧说道，扯了一把林菲，让她和他一起表个态。林菲便笑，一副没心没肺的样子。

| 第 16 章 |

## 不管多久都要等待

下山后，迟秦问林菲，是送她回家，还是再进行下一个节目。

林菲想了想，决定回家。既然已经腻歪了一周，也不差多这么一天，就让那些狗屁的选题和报道见鬼去吧。她要回家睡上一觉，一切等她睡醒了睡美了再说。

迟秦便没有再强求，脚下油门一踩，便往市区驶去。

刚进市区，林菲的电话便响了。一接，是陈家声打来的，问她中午有没有吃饭？身体感觉怎么样？下午几点回家？一大串问题甩过来，就好像自己是多么温柔体贴地当着人家的丈夫似的。

林菲话语冰冷地应付着，电话一挂，迟秦便极不解风情地问道："怎么，老公打来的？"

"嗯。"林菲不愿多言，点头答道。

"吵架了？"迟秦像要刨根问底一般，又问道。

"不想回家了，找个地方睡觉吧。"林菲突然说道。

"睡觉？"

迟秦重复着林菲的关键词，手臂一抖，方向盘便往路边偏了十几厘米，吓得林菲赶紧提醒："好好开车，想什么呢。"

听了林菲的话，心神已经稳过来的迟秦说道："好，找个地方让你睡觉。"

车子驶到一间美容会所门前，迟秦对老板娘交代一番后，便对林菲说他回公司打个照面，两个小时之后回来接她，让她安心睡上一觉。

迟秦一走，林菲便被引入一间花香四溢的小房间，一张美容床横在房间中央，老板娘安排了据说手法最好的技师，说要给林菲好好按摩一番，先美容，再美背，让林菲尽管睡觉就好。林菲答应着，褪去外套便躺到了床上，SPA 音乐缓缓地流进耳里、流进心里，不一会儿的工夫，林菲竟然真睡着了。

醒来时，按摩的技师早已走了，音乐也不知何时被关上了，林菲身上盖了一床粉花白底的小薄被，这个小小的空间里，如今只有林菲一个人。

林菲恍惚了一下才想起自己身在何处。她起身穿衣，见到房间的一角有体重秤，她便赤脚站了上去，上面显示的数字吓了林菲一大跳，一周的时间，她竟然瘦了十斤。怪不得刘欣看她时一脸的忧愁，也怪不得迟秦会费尽心思安排今天的这一切。

想到迟秦，林菲的心头第一次因为这个人的出现，而真心地升腾出温暖和想念。

林菲打通迟秦的手机，问他在哪儿？迟秦却问她，睡醒了？他现在马上就去接她。听老板娘说她睡着了，再加上公司里有点事，所以，他耽搁了一会儿。不过，只要等他一小会儿，他就能马上出现。

林菲忙说，不用了，让他忙，她打个出租车回家就行了，今天已经麻烦了迟秦一天，所以，她已经十分不好意思了。

迟秦在电话那头不依，说无论如何要等他，他最多半个小时，不，20 分钟就能到。他让林菲到会所外面走走，说如果他没有记错，在会所门店右首，应该有几株月季正在怒放。闻闻花香对林菲有好处，那样，等待便会变得甜蜜。

林菲笑笑，觉得自己好像根本没有力气、也不想拒绝迟秦的安排似的，挂断电话，她便起身往外走去。

果真，便有几株月季呈于眼前。

这种名叫"月月红"的花儿，顾名思义，开在一年四季。林菲打眼瞧去，这几株都是大红的花朵，每朵都高高地擎在枝头，颜色红艳纯净，花瓣层层叠叠簇拥在一起，没有一丁点杂色，简直就像呈于眼前一团团燃烧的火焰。可是，支撑这样红硕花朵的茎，却只有小拇指粗细，且越往上还越细。而它刚长出的茎是嫩黄色的，往下延伸着的，便从浅绿到了墨绿。这层次分别的个性色彩，以及墨绿色叶子映衬着的火红花朵，让林菲禁不住心中暗生感慨。

此刻，林菲觉得自己其实很像月季，平淡平凡，为了保护自己不被坏心眼的家伙折断，茎上还长满了刺。可是，只要有微风拂来，它便会将阵阵清香散发出来，让远近闻到的人们心旷神怡。

就在这样的讶然欢喜中，迟秦悄悄走到了身边，一下子抓到了林菲的手，并紧紧地握住，眉眼含笑地看着眼前这个没有挣扎的女人。

林菲没有将手抽出，一脸欣喜的表情看向迟秦说道："果真有月季呢，你看它们开得多好看，香气多好闻。"

"要停下急行的脚步等待，不管多久，都要等待。"迟秦一语双关地说道。

林菲故意笑着解释说道："于是，便等到了你是吧？"

"所言极是。走吧，我送你回家。"

待坐到副驾驶座，迟秦以不容置疑的神情俯身过来将安全带系好。林菲说道："我还以为你接下来还会有节目，让人欣喜的节目。原来江郎才尽，要草草收兵鸣金回府了啊！"

"你很期待还有节目吗？"迟秦眉毛一挑问道。

"谁无好奇之心呢？"林菲轻松回答。

"好奇会害死猫。"迟秦故意说道。

"猫有九命，不怕多死一回。"林菲嘴上毫不示弱。

"你真是得理不饶人，看来病是真好了。"迟秦故意叹了一口气，一副被打败了的模样。

"既然有理，为什么要主动求饶？"林菲脸上终于如从前那样莞尔一笑。

迟秦终于再也绷不住笑，他看了林菲一眼后又说道："我现在送你回家。今天晚上临时有事，不能陪你吃晚饭了，而我明天一早还要出差，可能要走一个多星期。但这中间，我会给你打电话的。我期待一回到江林，便可以见到你。你要答应我，在这期间好好的，心情好好的，身体也要好好的。如果有什么事情，一定要第一时间给我打电话。"

见迟秦一番认真交代的表情，林菲的心却莫名失落了一小下，可她嘴上偏说："好好上你的班，好好出你的差，本小姐要一直活蹦乱跳地活下去。所以，尽管将心放到肚子里。"

说到这儿，她突然扭脸看向迟秦问道："你这是要将我发展成情人吗？本小姐出场费太高，活到这把年纪，还没有人能出得起，所以，也没有人能得逞。怎么，你想以身试法？"

"你想我怎么做？说是，还是说不是？"迟秦问道。

"你说说你的条件，我先分析一下。"林菲嘴上不示弱，反而这样问道。

"和我好，但不是情人，你将享受被宠爱，享受幸福和快乐，还有许多许多的惊喜。"迟秦一边手扶方向盘，一边目不斜视地看向前方说道。

"太泛泛，举个例子说明。"

"比如说，你痛经需要我在身边时，只要你的条件允许，我就会在你身边，给你熬红糖姜汤，给你揉小肚皮，把你抱在怀里给你讲故事，哪怕出门给你买你们女人说的'面包'，我都能做得到。"迟秦突然打了这样的一个比方，让林菲一下子喷笑出声。

"是挺诱惑的。那么，我再问你，你准备因此投资多少？"

"我现在只有一套房子一部车子。但我也算得上高管，年薪收入也还可以。所以，年薪的 30%，我可以花在你身上。"

"为什么只有 30%？"

"因为我要存一部分钱给我儿子将来出国留学用，还要用一部分钱来投资，还要用一部分钱来维系自己的关系。这样一算，你这 30% 比例已经相当高了。"

"除了投资儿子的未来，难道你不用养家吗？"林菲又问。

"暂时不用，因为我儿子跟着我爸妈，他们两个人的退休工资加起来绝对超过你的月收入。"

"你老婆不用你养？"

"我没有老婆。"

"你没有老婆你儿子哪来的？"

"以前有，现在没有。"迟秦解释说道，一个字也不愿意多说。

迟秦的话让林菲愣了半天。只见她歪着脑袋思量和琢磨着迟秦话里的真实成分，如果是离婚了，这口吻也不会这么决绝。难道是……想到这儿，她打了一个冷战。可转念一想，不对，她隐约记得米米说过，她们班迟蔚同学的爸爸妈妈也经常吵架。

想到这儿，林菲决定往下追问："条件是很诱人，容我先考虑一下。不过，我还要知道，你喜欢我什么？"

"你真的对我一点印象都没有了吗？"迟秦突然这样问道。

"印象？我们以前见过，甚至认识？"林菲心下一惊，脱口问道。

"看来你真忘了。给我找块豆腐吧，我一头撞死拉倒。"迟秦突然幽默了一下。

林菲见已经到了自己小区的主干道，便示意迟秦停车。她还是隐隐有些担忧，万一陈家声看到她坐男人的车回家而生出怀疑。虽说陈家声先做了对不起她的事，可她不能无故让陈家声玷污自己的名声。

迟秦也不坚持，他伸手冲林菲摆摆，便调转车头急驰而去。

林菲不想站在原地目送，会让迟秦以为她好像恋恋不舍似的。所以，再见说完，她便直直往前走去。可她知道，在后视镜里，一定有灼灼的眼神留恋在自己的身上。

女人的直觉一向很准，林菲亦如此。

推门回家，陈家声便从电脑前跑了过来，像只想要拱身上前讨好的哈巴狗一样，对林菲好一阵嘘寒问暖，还说他一会儿去接女儿放学，还说他已经炖好了鸡汤，现在可以先盛一碗让林菲填肚子。

林菲说自己不饿，说完便往卧室的方向走去。刚躺到床上，陈家声便又一脸谄媚的表情跟了过来，手上拿着一块热毛巾，让林菲擦把热毛巾舒服舒服。

林菲不响应也不反对，只是闭着眼睛躺在那里，任由陈家声拿着那块热毛巾将自己的脸擦了一个遍，又在自己的脸上涂了一层薄薄的面霜后，整个世界这才安静下来。

躺在床上的林菲，此刻满脑子想着的，却是迟秦。

　　她从来没有过婚姻之外情感的体验，也从来没有对谁敞开过情感的心扉，可是独独对新认识的这个男人，她有些向往。不仅仅是因为陈家声搞了外遇，让她生出报复心理。而是一种身体内部驱使的想要靠近的欲望，让她想要与这个男人发生点实质的交集。

　　她承认，其实见迟秦第一眼，就有了一种惺惺相惜的感觉。而最近的两次见面，又让她对他多了许多新的认识，比如对人体贴，比如为人硬朗。而且，他们之间很聊得来，说什么都觉得有趣，都好像一直可以说下去似的。

　　林菲还承认，遇到迟秦，她便有些迫不及待地想要投身进去，寻得一些热烈和温暖，一些宠爱和柔情。

　　如果两个人是真心相对，不管结果如何，过程便是最宝贵、最值得，不是吗？

　　躺在床上的林菲开始给自己找一些冠冕堂皇的借口，比如婚姻不幸福，比如工作不得志，比如还渴盼新生，还不想虚度只剩苟延残喘的青春年华。

　　可是，仅有这些，便足以让她释放如年轻时那样重新明媚吗？

　　迟秦说他没有老婆，是单身。抛弃对家庭的道德感来说，如果是单身，那么，和他发展一段关系，是危险还是可以无所顾忌？

　　迟秦疑惑林菲对他没有印象时的表情，不像说谎，倒多郁闷。这是怎么回事？他和她，难道曾经见过，或是熟识？可是，为何林菲的记忆里空空如也，没有迟秦的名字，也没有迟秦的影子？

| 第 17 章 |

## 那个心软单纯的女人去哪里了

正睡着香甜，突然听到了女儿米米的声音。她正在客厅里大声嚷嚷着说："妈妈，我今天又当选为班长了。"

"哎呀，我的宝贝女儿这么棒啊！给妈妈说说，多少人投你的票了？"

听到女儿的动静，林菲赶紧起身下床，在卧室门口将女儿迎上时，一边表扬和鼓励着女儿，一边将她揽入怀中。

"妈妈，你又不舒服了吗？"见林菲从床上起来，米米不禁一脸担忧的表情问道。

"没有不舒服，妈妈下班回来后，觉得有些累，便躺了一小会儿。没事没事，妈妈壮着呢，可以扛起两个米米在肩头。要不要试试？"林菲宽慰着说道。

"那我就放心了。妈妈你知道吗，你前几天生病，可把我吓坏了。不过，妈妈是世界上最好的妈妈，老天爷眼睛没花，他一定能看到。妈妈永远都不会再生病，妈妈永远都不会老。"米米重新扑进林菲的怀里，撒娇地说道。

"米米，也不过来抱一抱爸爸，眼里就光有妈妈。"

见母女俩这么温馨的一刻，陈家声不禁酸溜溜地出声。

"爸爸你是男子汉，你平时老依靠着妈妈也就罢了，你怎么还能指望我一个小孩子也来保护你呢？你不应该保护我和妈妈吗？"

米米突然脱口而出的这句话，将林菲和陈家声都定在了原处，半天不能言语。

陈家声嘴巴张了张，终于还是一脸讪笑着，自己找台阶说道："米米你是小辣椒啊，爸爸一句话，你有十句在那儿等着呛爸爸。"

说完，他便往厨房走去，边走边说道："好吧，不管怎么着，你妈最近身体不好，你爸我今天继续当大厨。今天我尝试做了几个新菜，你给品品，我这大厨还合格吧？"

见陈家声人影和声音都消失不见，米米吐了吐舌头说道："妈妈，我的好妈妈，我要快点长大，长大了我就能保护你了，你就不用再跟着爸爸受委屈了。"

"米米，不能那么说爸爸。爸爸是很爱你，也很疼你的，从小到大，他为你做了很多很多事情的。"

林菲觉得不能任由孩子这种思想蔓延，不管怎么说，陈家声是米米的爸爸。当然，她的这种教育方式不见得对。可是，在那一刻，当听到米米出言指责自己的爸爸时，林菲的确是觉得不对，应该纠正。

"知道了。"米米嘟囔着小嘴，一副不情愿的样子。但很快，她又兴高采烈地说道："妈妈，我今天当班长又是全票通过，我们老师都说我是她教过的最棒的学生。怎么样，我厉害吧？"

"哎呀，又是全票通过啊！妈妈好高兴米米这么棒！给妈妈说说，你这新官上任三把火，想怎么烧一烧啊！"

"妈妈，怎么是新官啊？我从一年级就当班长，不过是连任而已！"

"好好，就像美国总统连任一样，了不起的一件事。那你说说，你这施政方针都有哪些？"

"太多了，我想创办班级手抄报，我想组织爸爸妈妈大课堂，我还想进行一对一的帮扶教育，一时半会儿说不清。不过老妈，如果我提议的'爸爸妈妈大课堂'通过了，我希望您能去当一回我的妈妈老师。讲课题目我都替您想好了，就是——怎样写好作文。"

"那岂不是把你们语文老师的饭碗抢了？"林菲故意说笑。

"也是啊，您这么一说，我还真觉得不合适。要不，咱们换个题目，叫什么呢？有了，您给我们讲一堂 —— 如何读好课外书。怎么样，老妈，这个题目您肯定拈手即来吧？"

"呦，这成语活学活用得不错啊！不愧是我林菲的女儿，有点文学范儿。"

"妈妈，我长大也要当记者，像妈妈一样出色。"

"你觉得妈妈很出色吗？"

"那当然了。你们报纸在我们学校的宣传栏里经常能看到，我每次都指着您的名字骄傲地说，看，这是我妈妈写的，我妈妈叫林菲，她是晚报的著名美女记者。"

"还美女记者呢，美得都快找不着北了吧？"林菲不禁笑出声说道。

正说到这儿，陈家声喊"吃饭了"的声音传来。林菲拉着米米的小手一边往餐厅走，一边用右手轻轻点到女儿的额头，一脸亲昵宠爱的神情。

林菲曾经无数次地设想过未来的生活，如果说婚姻给她的最好馈赠只是女儿米米的话，那么，她和米米两个人的生活不会糟糕，快乐和幸福也不会丝毫减少。相反，因为烦心事相应地少了许多，母女二人的幸福反而会更加汪洋肆意。

可是，至今为止，也只是设想而已，陈家声依然横在她的生活里。她没有力气驱赶，也似乎不能驱赶，即使陈家声犯了许多家庭都难以饶恕的错误。

待米米睡着后，林菲便起身下床，径直来到了电脑前，此时的陈家声又在游戏里忙碌了起来。林菲在心里叹一口气，突然很想爆一句粗口，都说狗改不了吃屎，正如陈家声断不了玩游戏的念想一样。他对那个叫梁红的女人，或许，不会那么简单。所以，林菲想知道进展。

"咱们聊聊吧！"林菲在餐桌前坐定，开口说道。

一见林菲过来，陈家声便一脸惊慌的表情去关电脑。一番手忙脚乱未果后，忙长按三秒将电脑强制关机，迅速坐到了林菲的对面。

陈家声知道，在如今的僵局中，他的丁点错误都会让他前功尽弃。只有林菲表示真的原谅他了，他才能重新回到以往的生活状态里。结婚这么多年，他知道林菲的"七寸"在哪里，软肋在哪里。只要他服软并态度卑微到极点，不管他有多大的错误，林菲一定会心软，会顾及整个家的完整，以及文人的面子，和他重归于好。

"聊什么？"陈家声明知故问。

"你准备什么时候去上班？我这病也好了，你不能老在家里待着。你不会又辞职了吧？"林菲偏不问陈家声以为的关键问题。

"我没辞职，就是请了几天病假。我这眼睛才能出门见人，还想着明天就去上班呢！"陈家声小心地回答。

"很好。"林菲端起陈家声递给她的水杯，轻轻喝了一口后评价说道。

"你身体都彻底好利落了吧？"陈家声看似一脸关切的神情问道。

"你还有多少钱？我是说卡里还有多少钱。"

林菲突然转移话题，陈家声愣了一下后答道："可能就3万来块吧，我没细看。"

"你自己留2千零用，其余的钱都转到我卡上吧。"林菲不容置疑地说道。

"那个，那个，行吧。"陈家声有些不情不愿，可最后还是勉强答应。

"把电脑打开，现在就用网银转过来，免得夜长梦多。"林菲又说道。

"现在？"陈家声脑门子的汗一下子便蹿了出来。

"怎么？你是没有那么多钱，还是有钱不想转给我？"

"不是不是。"陈家声连忙解释。

"现在就转吧，我在旁边看着。"林菲再次督促说道。

万般无奈的陈家声，只得当着林菲的面将电脑重新打开。一见银行账户余额信息页面，林菲便冷笑了一声说道："不是只有3万多吗？怎么上面的数字是5啊？"

"我记错了，记错了。"陈家声含糊解释。

陈家声收入一直不稳定，家里的开销基本上都是林菲在承担，包括买二套房的首付款也是林菲一个人筹足的，她也一直以为陈家声没有钱。

这两年，陈家声好歹也算收入稳定了点，但也只是每个月交给她2千块。可是，现如今看来，她实在太大意了。如果陈家声根本没钱的话，就不敢在外面搞外遇。

果真，这冰冷的数字便说明了一切。

"嘀"的一声，短信提醒钱已到账。林菲将短信看过之后便说道："以后，你的U盾归我保管，银行卡你可以拿着。但是，你每个月的花销不能超过2千块，是所有的花销加到一块。你听明白了吗？"

陈家声抬头看了一眼林菲后，马上又将头垂到桌前说道："知道了。"

"再有，你和那个女人的事，自己搞定。如果说，你自己的屁股还擦不干净的话，你不要怪我说话难听，也不要怪我无情，我们只有离婚这一条路可以走了。你听明白了吗？"

"嗯，我知道，是我不争气，我会处理好的，不会让这件事影响到我们家庭的和睦，也不能让这件事影响到我们夫妻的关系。"

"已经影响了，你现在需要做好的是善后。"林菲更正说道。

"是是，我意思表达得不清楚。"陈家声又近乎磕头如捣蒜般地表态说道。

林菲不想听这些毫无意义的承诺，话锋一转："我告诉你，陈家声，如果说你解决这件事的方法就是赔钱。在我这里，你拿不到一分。你爸你妈愿意帮你，那是他们的事。但是，如果你打着家庭的名义在外面借钱。那么，我们也只有离婚这一条路了。当然，你放心，在米米面前，我会尽量维护你这个爸爸的形象。说来你除了小时候差点把米米捂死以外，也没有再做什么对不起米米的事情了。"

林菲的话很明显将陈家声呛了一下，他一定没有想到林菲会提这件旧事。他一脸错愕而又惶恐的表情看向林菲，似乎有些不敢相信，眼前这个女人何时学会了步步为营、以攻为守，以前那个他熟悉的心软单纯的女人去哪里了？

第二天早上，林菲一眼瞥见了搁在卧室墙角的化妆品礼盒，刘欣送的。她将礼盒拿到手里左右端详了一番，也凝神思量了一番，决定趁早去报社，在报社几乎没有人的时候，悄悄送给江大千。

果真路上一个人也没有遇到，整个格子间也只有林菲一个人早早到了。她往主任室方向侧头瞅了瞅，发现江大千办公室的灯亮着。她知道，江大千早早来了。于是，她拿起刚放进柜子的礼盒，迅速往主任室走去。

一见林菲敲门，江大千愣了一下，但马上说了声"请进"，同时起身给林菲拿纸杯倒水。

"主任，您不用忙活，我桌子上刚倒好一杯，我坐一下就走。"

"我要是真听了你的话，你是不是便有机会说我不懂待客礼仪？"江大千手上动作不仅没有消停，嘴上还故意打趣说道。

"主任您说笑了，我哪儿敢啊！"林菲赶紧解释。

见主任将水杯放到了自己面前的茶几上，林菲便用手指了指已经搁到茶几上的礼盒说道："主任，这是我托人捎的一套化妆品，送给嫂子，是我的一点心意。"

林菲的开门见山让江大千打了两声"哈哈"，他一边声音轻快地说："这么贵重的东西，你留着自己用呗。你嫂子那张老脸，哪里还值得用这么好的东西。"另一边却已经顺手将礼盒拿到了沙发背后。

见江大千的态度和蔼可亲，很像一个可以随时谈心的老大哥似的，林菲便接口回应："主任，小林不是很懂事，被主任关照了这么多年，却一点人情世故也不懂，让主任您费心了，小林真是过意不去。"

"瞧你说的什么话，难道我作为咱们部门的头头，关照你们，就是为了你们回报？不可以有这样偏颇的想法，要是被别人知道了，还以为我是脑袋削尖了想要克扣你们的地主恶霸呢！"

江大千一边这样说着，一边将自己的一双手在身子上空比画着。他这生动形象的样子，一下子便将林菲逗乐了。

"主任，能跟着您工作，真是小林的福气，也是部门同事们的福气。"

"好了好了，小林，你平时不是说这些马屁话的人。说吧，是不是为了调岗的事啊？"

"主任，您总是明察秋毫。我这病了一周，报社里的好多事都耽搁了，觉得怪不好意思的。我呢，一直以来，还是怀有崇高新闻理想的一个人，也热爱新闻写作。我是想说，只要有一分可能，还是希望主任能帮小林美言。小林在此感激不尽，人情也定当后补。"

"人情就算了，只要你能在这个位置上，我也轻松很多。这部里虽说大大小小十几号人，可是，真正能写出东西的，没有几个。你林菲，算是一个。"

"多谢主任夸奖。"林菲赶紧表态说道。

"当然，你还是要有思想准备，因为我也只是一个中层，高层到底怎么想的，我也没有最终弄明白。但是，只要有机会，我一定会帮你争取。"

"太谢谢主任了。"说到这儿，林菲又继续说道，"我一周没有稿件见报了，昨天琢磨了一些选题，也不知有没有合适的，想先向您口头汇报。如果可以，我马上准备将选题行文报到您这儿。"

"好好，写新闻就得有你这股劲儿，笨鸟要先飞，快马也要加下鞭。"

重新坐回格子间，林菲长吁一口气，觉得自己就跟过了一趟火焰山似的，整个后背都汗淋淋的。她该是绷着多紧的神经面对着江大千啊！不过，从江大千愉悦的神情来看，他应该很满意林菲早上的态度。

| 第 18 章 |

# 人心相对需要计谋

正在写着选题报告，短信响了，迟秦发来的，说他乘坐的早班飞机平安落地，请勿过度挂念。

林菲本想回复，突然决定置之不理。这迟秦也是有趣，就好像林菲此刻一定是在抓心挠肺地想念着他、盼望着他的消息似的，真是自作多情。

选题报告交上去后，林菲便拎着包出了门。上周她未完成的采访，今天还是要继续。早上打电话过去解释了之后，对方倒也体谅林菲，所以，答应上午抽空再接受采访。

刚坐到车上，刘欣便打来电话，说自己有话想对林菲说。林菲说现在不行，现在她要出门采访。刘欣似乎又很急，非要现在就见着林菲。没办法，林菲便说："那你跟我一起去采访吧，这一来一回的路上，够我认真听你倾诉一番了。"

在刘欣小区门口将她接上时，林菲吓了一大跳，这一天不见，刘欣怎么成了这副模样？就好像昨天晚上一夜没睡似的，整个人邋遢疲倦，让人不敢相信这便是以前那个光鲜可人的刘欣。

"林菲，你知道吗？朱奋起他这个王八蛋有老婆！"刘欣开门见山地骂道。

"什么？"

林菲一惊，方向盘一抖，脚上竟然不受控制地猛地将油门踩到了底。但她很快反应过来，又急着去踩刹车。于是，一声刺耳的轮胎与地面摩擦的尖利声音传来，将车上的两个人都吓得脸色惨白。

"你别说话大喘气，慢点讲，到底怎么回事？"稳了稳心神，林菲故作沉稳地问道。

"你看，你和我都一直以为他是单身，是钻石王老五对吧？"

"我没以为他是钻石王老五，那是你评价的。"林菲不满刘欣的定义，抢白一句。

"好，是我一个人以为的，但他是单身，这在咱们接收到的信息中，是一致的对吧？"

"是，我一直以为他是单身，他表现出来的，也是单身的样子。"

"可事实上，他有老婆，只不过老婆不在国内。"

"你怎么知道的？"林菲不解地问道。

"昨天晚上我们本来约好了在他的会所吃饭。结果呢，他老婆便气势汹汹地杀了过来。我还一脸纳闷地问他，这是怎么回事？结果呢，他却忙着将我往一边推，还赶紧示意手下人将我送走。我当然不能这么平白无故地闪人，我得知道那个女的是谁呀！结果，我走慢了几步，那个泼妇一巴掌差点掴到了我的脸上，幸好朱奋起身子一拦。不过，她已经开始破口大骂，说我是狐狸精，勾引她老公。我那时候便弄明白了。这事气死我了。那当口，也只能赶紧撤离现场。我看出来了，朱奋起在他老婆面前，就整个一怂熊，真是指望不起。我这回到家里啊，百感交集，原本以为等了这么多年，终于等到了一个金龟婿，没承想，却差点当了无耻的小三。"

"你确认那是他老婆吗？"

林菲觉得这事有些蹊跷，因为朱奋起一开始明目张胆地追自己，再到后来和刘欣宴客将关系公开，这不像是一个有妇之夫敢公然做的事情，何况他老婆还这么凶悍。

"那还能有假，那泼妇一进屋，朱奋起便傻了，直愣着身子问：'你怎么回来了？'然后那泼妇就说：'我不回来能看到你办的好事吗？'就这样，这不是他老婆还是谁？难道还是丈母娘啊！"

"你这说话怎么越来越粗野了？文雅一点，要像个淑女。"

"我还像得起来淑女吗？你是没有摊上这种事，你要是摊上了，我估计你是说不出来，可你把这事憋在心里，准能把你憋出毛病来。"

"你打算怎么办？"

"绝对不能轻易放过朱奋起，我准备问他要上一大笔，我丢不起这个人。我一脸幸福地到处宣扬找到了真命天子，这才几天，现在就要到处跟人解释，哎呀，我白日梦一场，差一点当了小三。我才不吃这窝囊气，我要报复，疯狂地报复。"刘欣咬着牙说道。

"那我问你，你到底是喜欢朱奋起这个人，还只是因为他有钱？"林菲想要知道核心、关键，以便帮朋友做出最正确的决定。

"怎么说呢，我一开始也以为我是图他有钱。可是，接触时间长了，我却发现他这个人也很有趣。虽然没有多少文化，但是，无论和他聊什么，都能聊到我笑为止。和他在一起很轻松，我一点压力也没有。还有一点，他对我很好，几乎是言听计从。这一点，让我极为受用。以前也谈过几次恋爱，也遇到过有钱的男人。可是，那些人都用盔甲将自己藏得严严实实的，我根本看不清他们。朱奋起却不一样了，他对我而言，很敞亮，一眼便能看到心，当然除了他向我隐瞒他有老婆这件事。其实他让我觉得很踏实，也很有安全感。"

"这么说，你应该是爱朱奋起的人，而不是因为他有钱！"林菲总结说道。

"应该是的。"

"别应该是的，必须是的。"林菲更正说道。

林菲不满地瞪了刘欣一眼后又继续说道："如果你爱他，那么，在现有的情况下，你必须要搞清楚他的家庭情况，如果他真的结婚了，首先你要做的就是要臭骂他一顿。你要明确告诉他，你是不会破坏别人的婚姻的，即使你爱他，也要离开他，因为你是不会做第三者的。然后把你的真实感受告诉他，尽管他给了你一个编制的谎言，但这段时间以来你和他在一起还是很幸福的，这样就会增加他的负罪感，而这个时候你让他补偿你也是理所当然的了。但如果这其中有什么误会，你首先要做的是找到朱奋起，然后听他解释，把误会解释清楚，你也表明你对他的心意，那么你们的感情不但不会变质，反而会增温。据我分析，朱奋起应该不是那种卑劣的小人。我觉得，他对你应该是真的，是动了心想和你在一起的，这其中一定是有什么误会。"

林菲的话音一落，刘欣便一脸崇拜的神情感慨说道："哇，你不当情感调解师太亏了。你这么一说，我这本来郁闷了一晚上的小心脏，这一会儿神清气爽，涌出无穷的力量。行了，我也不跟你去采访了，我在前面下车，我得回家收拾收拾，把自己打扮得精致可人。免得朱奋起突然想见我，一见我这副模样吓跑了。"

"真是一个情种。不过，你这不用采访写稿啊？"

"那些浮云，不写也罢。先搞定我的终身大事。"

林菲将车子再次发动，自言自语地说道："希望刘欣这次脑袋进的水很少，希望她能抓到真正的幸福。"

上午的采访很顺利，林菲面对的是一个健谈且有真知灼见的采访对象。她一边问话，一边已经开始构思写作主线，心情在这样的沟通中变得极为轻快。她觉得自己好像一下子回到了刚进报社的那种状态里，每天都有使不完的劲，不是在去采访的路上，就是在写稿的电脑前，每天都在琢磨怎样才能把采访和新闻都做出彩，从而独树一帜，做成林菲新闻品牌。

在采访中能兴奋起来的记者，基本上都是能写出好新闻的记者。刘欣总这样评价，因为她从来兴奋不起来，每次都是为了完成而完成。真是难得，她竟然也在报社里好好生存了十多年，还与林菲这枚认真工作的螺丝钉结下了革命的友谊。

早早交了稿的林菲，决定早点回家。她突然很想吃水饺，她还想多包一些，给母亲和婆婆都送一些过去。

刘欣无数次地一脸恨铁不成钢的表情指责林菲说："你婆婆都对你那样了，你怎么还一天到晚地巴结着她？"

"那不叫巴结，那叫孝顺。百善孝为先，百孝顺为首。不管她对我怎么样，我是人家的儿媳妇，就得做好儿媳妇的本分。"

这次生病，婆婆因为陈家声的事情理亏，觉得对不住林菲，所以，这几天她真是尽到了一个好婆婆的本分，对林菲好好嘘寒问暖了一番。当然，林菲也明情，婆婆这是在替儿子抵罪。在她的本能里，还是不希望这个家因此散了。更何况，陈家声干的事，实在荒唐，让她这张老脸害臊难见，更没有办法对外人言说。

其实婆婆这个人心眼也没有那么坏，典型的刀子嘴豆腐心，遇上事的时候，得先表现出自己彪悍的那一面，事后，却又总惴惴不安，觉得有失长辈的分寸，像个斤斤计较的悍妇。

她这一辈子对待自己的丈夫陈公仆也是，表面上看耀武扬威得很，实际上，她将陈公仆照顾得极为周到。虽说陈公仆大情小事拿不了主意，但是，陈公仆在吃、穿这两个方面，还是享了一辈子的福。他是一步都没有进过厨房的，更别说干家务这种粗活了。他只是像只小鸡一样，躲在母鸡的身后，便能人生太平。

这里面心眼最坏的，当数大姑姐陈家玲。

可能是一直没有再嫁出去，那段短暂的婚姻，又因为丈夫的出轨背叛，扭曲了她的爱情观。她一直都对这个世界愤愤不平，觉得所有人都对不起她，所有人都要害她，包括林菲。她几乎是没给过谁好脸，总是一副提防的表情，又做出提前自卫的动作。所以，林菲不亲近她，她便变本加厉地以为，林菲这是因为计谋总不得逞，因而怀恨于心，并总想伺机报复。

这次陈家声外遇，在她看来，就是因为林菲做得不到位，没有尽到为人妻的本分，所以，陈家声才会在外面找安慰。

她的话就当着林菲的面这样说了，林菲当时脸一扭，眼睛一闭，假装睡着，不想再继续往下听。她其实很想伶牙反驳质问一句，那你当初前夫出轨，也是因为这个原因喽？

林菲终究变不成太刻薄的人，所以，她的妥协，便让一切看似风平浪静。

回到家的林菲，一眼看到陈家声已然又在电脑前，想要冲口而出的话，费劲又咽了回去。算了，说他有什么用呢？如果他听林菲的话，他也不至于干出那么多让林菲不能理解不能原谅的事情。

这次外遇，陈家声想听一个准话，林菲到底原谅了自己没有？但是，林菲一直不提原谅二字，反而摆出了自己的底线条件，钱也被林菲通通没收。

被没收了全部财产的陈家声，却一下子找回了原来的感觉。他想当然地以为林菲重新接纳了他，否则，以一般女人眼里揉不得沙子的本性，林菲应该将他扫地出门才是。

一见林菲回来，他赶紧屁颠颠地站起来并迎了出来，明显不如昨天晚上谈判前那么惊慌，电脑也没有赶紧关上，脸上更没有了昨天之前的谄媚表情，只是语气镇定地问道："咦，今天这么早就回来了？"如若在昨天以前，这句话后面一定还会有"想吃点什么，我去做"之类的话。

林菲"嗯"了一声算是答应，换下外套，便直接进了厨房。

陈家声从电脑前翘翘头往厨房方向看了看，一看林菲摆开了架势要包水饺，他心里一下子踏实起来，那种回到原来生活轨迹的感觉更加强烈。于是，一屁股坐在电脑前便再也没有动弹。

虽说在厨房里忙忙碌碌，但陈家声的表现林菲还是尽收眼底。林菲不禁冷笑出声，果真，给一个好脸便忘了自己姓什么，以为一切结了疤，便可以高枕无忧。却不知，爱的反面不是恨，而是冷漠。既然你能那么无情无义，我林菲便视你为空气好了，只是以你的躯壳存于这个家里，让这个家在外人眼里看起来完整而已。

很快，一直忙活着的林菲便已经浑身是汗。她腰上系了一条格子围裙，袖子高高撸着，马尾在脑后胡乱窝成了一个发髻，额前不小心留下了一小撮面粉的痕迹，锅里烧着的水已经开始滚动翻腾，在林菲麻利而又规整的擀与捏中，一个个像元宝一样的水饺已经陆续在她的手上鱼贯而出。

这便是林菲的生活常态。只要她在厨房，陈家声便不动弹，就算酱油瓶子倒了，他也可以装作没有看见。林菲不仅从来没有因此说过什么，反而自己俯身去将瓶子扶好。一直以来，林菲大包大揽惯了，这只是其中一个生活片段。

她的身上似乎总有无穷的力量，去应对一切挑战，家务的、工作的，以及人心的。她也疲惫，也想要像个小鸟一样找个地方歇息，或是倚靠，她却从来没有那样去做。因为她将一切领域都视作了战场，工作和生活的每一个角落，都是她的战场。她只能将自己逼成精神抖擞的勇士，只有战斗才能接近胜利。她还以为，人在战场哪有不去战斗的道理。可她却不知，有的时候，不战而退，或是空城计，更能赢得人生。因为人生需要技巧，人心的相对，需要技巧。这个单纯而又执着、热烈活着的女人，没有参透这样简单的道理。

　　水饺包好煮熟并稍微凉了一下后，林菲便用大的饭盒将其装好，之后才喊陈家声，让他送一份到婆家。另外一份她则放到了一旁，她想等母亲一会儿接米米放学回来后，让母亲带回家当早餐。

　　陈家声屁颠屁颠地答应着便换衣出门。依然站在厨房里继续包着剩下水饺的林菲，便听到了陈家声大声给婆婆打电话的声音，说林菲包了饺子，刚包好的，让他给他们送过去一些。很多，够他们三个人吃的，不用做晚饭了。

　　一进门，婆婆接过饭盒问："儿子，你和米米妈和好了？"

　　陈家声说："多大点儿事，早就和好了，您就别担心了，有米米在，这个家散不了。"

　　大姐陈家玲一脸唯恐世界不乱的表情说："别一天到晚自我感觉良好，我没觉得林菲还爱你，还想和你过日子。你尽管在外面继续作，早晚会有那么一天。"

　　陈家声追着问："有你这么当人家姐的吗？你怎么就不盼着我好呢？早晚会有那样一天，哪样一天？像你这样？世界上像你这样蠢的女人有几个，老公一外遇，就哭爹喊娘，没把人家怎么样，先把自己给整出了门，还把窝给人家腾出来了。"

　　陈家声的话把胡荣花惹急了，她脸一黑便臭骂道："你这个白眼狼，哪有这么说你姐的。你不帮衬着你姐也就罢了，还落井下石。你给我过来，让我踹你两脚。"

　　终于看不下去的公公陈公仆假装一脸威严地站出来说："当姐和当弟的，都没一个样子。多大的人了，还一天到晚地吵来吵去，也不怕别人笑话。"

　　余声平息，一家四口便会进入短暂的和睦，围坐在沙发前，看会儿电视，或聊会儿天。

　　是的，他们四人在一起的和睦时间总是短之又短，尤其是陈家玲，特别喜欢挑事。婆婆胡荣花似乎对这个再也嫁不出去的女儿极其护短，陈家声每次指责姐姐，她都会把陈家声数落上一顿，好像错全在儿子这边似的。

　　刘欣曾语重心长地对林菲说，这女人嫁人，不仅要挑男人，还要挑婆家。只有和睦讲道理的家庭才值得往里一跳。

　　"怎么感觉跟跳火坑似的？"林菲一脸的不解。

　　"难道婚姻不是火坑？只不过有的火太大，容易烧人；火小的不伤人，还能暖和身子。"

"一天到晚的歪理满天飞，就是嫁不出去。"林菲无语，只得转移话题取笑刘欣一番。

吃罢晚饭，米米去写作业，林菲则抱了一本书靠在床头。毫无意外，陈家声依然在玩电脑游戏。

这中间，林菲听到陈家声好像接了一个电话，刚接通，陈家声便将餐厅兼书房的门紧紧关上了，之后故意压低的声音，便再也传不到林菲耳里了。

大约半个小时之后，陈家声走进了大卧室。先是抚了一下女儿的头发，让米米好好做作业后，又转而对着林菲说有点急事，要出趟门，不会太晚回来，最多两个小时。

林菲"嗯"了一声，算是同意，其实是未置可否。

见林菲答应，陈家声便换上衣服急急下了楼。听着他的脚步声"咚咚"而去，林菲突然有种预感，或许……

"妈妈，爸爸这么晚了要干什么去啊？"米米却不理解，张口问林菲。

"我也不知道，如果一定要出去，那肯定是必须要去做的事情吧。"林菲宽慰女儿说道。

"我看我爸真是差劲，和你刚缓和几天，就一天到晚玩上了游戏，又当回了甩手掌柜。妈，我告诉你，我长大绝对不做你这样的选择，我绝对不会找一个这样的男人。"

米米的话将林菲逗乐了，她接口问道："那你要找什么样的男人？"

"负责任，对你好的男人。"

"对我好？怎么不是对你好？"

"对我好当然是前提条件了，还要对你好。你看我爸，就一点也不疼我外婆。我外婆多不容易啊，从小把我看大，现在每天接我放学。哎呀，我的好外婆，我长大一定要好好孝顺您。"

米米说着说着，竟然"叹"了一口气。她的这声叹息把林菲逗笑出声。只见她起身来到女儿身边，从后背将女儿整个揽在怀里后，心里刚刚涌上的那股暖流，便更加澎湃起来。

"谢谢宝贝，妈妈替外婆也替自己谢谢宝贝。"林菲喃喃出声。

母女俩温存半天，米米这才又继续写起了作业。林菲本意是去洗个热水澡，可电话此时却突然响了起来，一接，是刘欣。

"亲爱的，我告诉你一个好消息。"

"什么好消息都等不到明天见面再说呀？"林菲笑着问道，她猜想，一定是和朱奋起有关。

"朱奋起原来离婚了，那是他前妻。"

"噢？前妻。"林菲眉毛一挑，一脸疑惑的表情重复说道。

"是，前妻，非常肯定。朱奋起今天晚上来我家里向我赔不是，怕我不相信，还专门带了离婚证过来。已经离了6年了。"

"离了这么久，他的前妻还敢这么嚣张？"

林菲一听刘欣聊的事情少儿不宜，便赶紧移步进了厨房，同时顺手将经过的每扇房门都轻轻关上。林菲突然发现米米这孩子太成熟了，思想有些过于成人化，她不想一会儿挂了电话，再接受米米的一番追问。

"我也奇怪，我便问朱奋起到底怎么回事。原来，当初朱奋起事业还平平的时候，他老婆跟了他，并借用岳父家的势力帮他，将生意做大起来。后来，两个人性格实在不合，便协议离婚。但是，他前妻在协议上约定了一条，散伙不撤股，并且，她重新嫁出去之前，不允许朱奋起先再婚。两个人也没有孩子，本来挺利落的一件事，因为这个约定，成了今天这个样子。"

"真是匪夷所思，还有这样的约定。那朱奋起怎么说？"

"他说不论多么困难，他都会娶我。让我给他一点时间，哪怕因此损失一些股份，他也要搞定前妻。"

"然后呢？"

"什么然后？"

"然后你怎么说啊，小笨笨？"

"我当然得矜持拿捏一番了，昨天受的侮辱就那样轻飘飘地翻过去啊？哪有那么简单，好歹我也是在情爱江湖闯荡了十多年的老油条，哪有那么小清新，三句好话就哄上了床。"

"别没正经了。你怎么打算？"

"那也没有什么好办法，只能继续等。"

"那在等的过程中，他只能偷偷摸摸地来看你了？"

"似乎是这样的。不过不要紧，到时候，他要是搞不定前妻，老娘我是不会跟他做地下夫妻的，我要连本带利地将这一切追讨回来。"

"好好，知道你狠。不过，作为朋友，我真心希望这事能随你心愿。毕竟，你也老大不小的了，该定下来了。虽说这定下来不见得会比现在好，但起码人生的各种经历要走一遍，不管好的坏的，都要走一遍。包括生孩子这件事，你难道就不害怕当大龄产妇啊！"

挂了电话，本应该高兴的林菲，不知为什么，还是暗暗为刘欣揪起了心。

这有钱人的世界到底是怎样的？林菲没有经历过，可是耳闻太多，似乎比普通百姓的人生要复杂许多。如果朱奋起把刘欣坑上一把再甩了，以刘欣的刚烈，估计这事得闹出不小的动静来。

正这样想着，陈家声竟然开门回来。林菲下意识地去看表，不过一个小时多一点。难道不是去见……

林菲赶紧甩甩头，告诉自己不要去想，也不要因此浪费心神。日子已经够混乱的了，现在好不容易才理出来一丁点头绪，不想让自己仅存的那一点条理，在这样的胡乱猜测里，再次变得了无生机。

| 第 19 章 |

## 那个扰人心绪的家伙

林菲暗暗思忖，迟秦当时走之前，说是出差一周多。只是，这都整整两周了，他怎么还一点回来的消息都没有？

虽说没有回来的消息，可是，却像约定俗成了一般，每天早上 9 点钟，林菲都会收到迟秦的短信。内容无非说他当天的动态以及行程安排。比如，今天要开 5 个小时的车，会很累。有时候，也会冒几句很酸的话，比如，你要想我才好，因为我有些想你，不，是很想你。也或许，他就是发一些沿途的风景照，或是让他心生感慨的画面，没有一个字的解释，他一定以为，林菲应该懂得他想说什么。

这些短信，林菲从未回复，因为她不想引火上身，不想步人后尘，如她鄙视陈家声的出轨一样，那对她而言，是不堪的后尘。但是，林菲自己并没有意识到，她其实很盼望迟秦回来，很盼望迟秦出现在自己的面前，温柔而又体贴地陪在她的身边。

迟秦不急不躁，似乎知道林菲会铁了心不理睬自己的短信一般，所以，既不气馁也不暴怒的他，仍然只是每天早上 9 点准时通过短信报到，不多 1 分，也不少1秒。

第15天，9点过了1分、10分、1个小时，过了很久，林菲却迟迟没有等到迟秦应该早就来到的短信。

她一次次将手机拿起滑开屏幕，亮起的背景墙上，没有未读短信的提醒。她以为手机坏了，还用办公室的电话打了几次。她又怕是手机的短信功能出了问题，便短信问刘欣，刘欣回复一行短语，林菲没有再回。此时，她的心情不适合跟任何人讲话，因为满心绪里，只有迟秦。

铃声响起时，林菲心中一惊，以为是手机短信，便滑开屏幕，手机毫无动静。又响了一声，才意识到是座机。再次被吓了一跳的林菲才猛地意识到，那个叫迟秦的家伙，已经彻底搅乱了她的心绪。

她将电话拿起，"喂"声刚进入空气，耳膜便被一个已经熟悉极了的声音震到轰鸣。

"是我，是不是在等我的电话，或是短信？"竟然是迟秦，满腔的戏弄。

"你是谁？"林菲故作镇定。

"我是谁？"迟秦愣了一下，继续戏弄着说道，"我难道不是你朝思暮想的人？"

迟秦的话音还没有落定，林菲这端便已经"叭"的一声将电话挂断了。她的心里一下子愤愤起来，他迟秦凭什么这么吊人家的胃口，而且还满腔的不正经，是把林菲想成了什么人？哼，我偏不按着你的意图往前走。我承认，在没有电话和短信的情况下，我是有些暗暗期待。可是，你迟秦也不能将这种期待当作游戏，以游戏的态度回应。

可是，迟秦竟然没有再次打来电话！他竟然视林菲的这种等待和态度于不顾，竟然真的不闻不问，一点也不好奇电话为什么突然断了。

刚刚还信心满满的林菲，一下子就像瘪了气的气球一样，瞬间生出失落。

林菲已经快要活成一个井底之蛙了，她眼睛能看到的，除了她的小家，她的工作，便已再无其他。迟秦，以及迟秦刚刚给她开启的世界，属于其他，是会让她因为无法掌控而生出胆怯和脆弱的其他。

可是，这又能怎样？这并不妨碍她依然向往那片天空。

打住！

林菲在向往迟秦的那片天空？

林菲想到这儿，突然心里"咯噔"一下，坚守了十年的对婚姻的忠诚，难道仅仅因为几顿饭，几次相见，一切还陌生着的信息，便要土崩瓦解，毁于一旦吗？

不，她不能！绝对不能！

想到这儿，林菲决定离开办公室，去近处的小公园走走。

刚走出报社大门，便被迎面走来的一个人晃了一下眼。他一定是先看到了林菲，便定住了脚步，一脸笃定而又温暖的笑容等待着林菲与他的眼神互动。林菲愣了愣，还以为是下午的阳光过于晃眼，她拿手遮在了前额，有一绺头发被风一吹滑到脸旁。这时她才承认，她没有被晃到眼，只不过是看到了一张似乎很熟悉也很想看见的脸。

"为什么挂我电话？"迟秦的第一句话没有问候，竟然是满腔指责。

"谁让你不正经？"林菲没有抵挡，便入了迟秦的套路。

"我没有不正经，我就是那么想的。"迟秦解释。

"那你想的就是不正经的。"林菲语气一厉，皱眉说道。

"你这是要去哪里？"迟秦突然转移话题。

"不去哪里，就是想走走，心里烦。"林菲又不能自控地按着迟秦的套路回答。

"佳人独行，不如伉俪同行。"迟秦突然又不正经起来。

"你我非伉俪也，请君勿辱。"林菲脑中突然便想到古代汉语中关于"伉俪"的出处，同时借用《左传》中的原话出言反驳。

"好，有文化，我喜欢。好了，不跟你不正经了。不过，我这么急慌慌地赶回来，真是想早一天见到你，我很想你。"迟秦语气突然一缓，声音低低地说道。

迟秦的话让林菲的心里像突然撞进了一头小鹿似的，跳得一塌糊涂。可是，迟秦的这句话却也让她心惊了一番，只见她赶紧左右去看，生怕被相熟的人看见。她知道，两个人不能再这样忤在这儿了，太危险了。可是，她又不想赶他走。怎么办？

迟秦看出了林菲的心思，开口问询道："找个地方喝茶去吧？"

"嗯。"林菲点点头，同时顺着迟秦手指的方向，往迟秦车子停着的地方走去。

迟秦将副驾驶的门打开后，一坐进去的林菲便急急地说道："那个，我自己系安全带，这是在报社，会被人看到的。"

听了林菲的告诫，迟秦也没有言语，只是温和地笑笑。待车子发动，他才接话问道："如果不是在这儿，你不会拒绝我帮你系安全带对吧？"

"没有，我没有。"林菲一脸此地无银三百两的表情。

车子很快便驶近市中心一座富丽堂皇的大酒店，顺畅地滑入酒店的地下停车场停好。

林菲一边犹豫着要不要解开安全带，一边脱口问道："那个，你不是要带我去喝茶吗，怎么到酒店了？你，你想干什么？"

迟秦只是笑，俯身去解林菲的安全带。他身上淡淡的薄荷气息便迅速地冲进了林菲的鼻腔。一瞬间，林菲便如被点穴定住一般，话僵在半空，人也是僵在座椅上没有办法动弹。

"小姐，下车了。怎么，还需要我抱你下来？"迟秦一脸揶揄的表情站在那儿看着林菲。

林菲赶紧抬腿下车，先是抬头看了一眼迟秦，却又赶紧转移目光，用手捂住脸颊，一副羞不能见人的模样。林菲心虚，是因为自己刚刚屏息捕捉迟秦的气息时，有了那么一点点的心动。

"见有人来，袜铲金钗溜，和羞走。倚门回首，却把青梅嗅。"

迟秦也不点破林菲的心思，却吟了一句李清照《点绛唇》中的这句经典词，"哈哈"大笑着迈开了大步，离林菲有两三步远，可林菲却分明感受到了那种更强烈的心动铺天盖地般地席卷而来。

林菲赶紧摇摇头，稳稳心神，抬步跟上。

坐电梯到顶层，一间装潢得古香古色的茶馆便撞入眼中。

林菲好歹也算是在这座城市生活了二十几年，大街小巷也算是门儿清，可是，迟秦带她来的地方，第一眼都让她感觉清新。

眼前的这座茶馆，置身于繁华和现代之中，字画四壁古筝清幽，茶香淡淡，看着茶客或轻声闲聊，或安然品茶，让林菲的心里升腾出平和、祥瑞和优雅的气息。

林菲随着迟秦的步子往纵深处走去，身着特色服装的姑娘在前面引领着，一直到最里面，才推门进入一个十余平方的小间。姑娘站立一旁，鞠躬示意客人坐到竹椅上后，便开口问道："迟总，我们老板娘刚带回一些极好的生普，要不要和这位客人一起尝尝？"

"好，就生普。"迟秦自作主张，示意林菲坐在他身旁的竹椅上。

林菲一脸惊奇的表情问道："迟总，您好大的排场，到哪里都有人认得您，恭敬您，也让我等普通百姓沾了一回上流人士的风光，无限的风光。"

"别那么尖酸刻薄。我知道你是想说，无限风光在险峰，一天到晚就知道用公款吃吃喝喝。我可告诉你，我哪次请你，可都是自己掏的腰包。"

"什么叫哪次请我？我们总共吃过4次饭，一次我请，一次你没有付饭钱。逮空就给自己戴顶高帽子，也不怕压得脖子疼。"林菲一边这样说着，一边往迟秦处撇了一个白眼。

"你是不是从此以后立志以打压我为人生乐趣了？如果是这样，我愿意，心甘情愿地用下半辈子的所有时间接受你的打压。反正在我的辞典里，打是亲，骂是爱，不打不骂不相爱。"

"你！"迟秦如此断章取义，林菲一脸讶然表情。

此时，刚刚退出备茶的姑娘又敲门进来，与她一起进来的，是一位风姿绰约的中年女人。

她该是有多么春风满面，未语声先至："迟总，您好久不来品茶了，今天是什么风把您吹来了？"

待定睛看到迟秦和一个女人并排坐在一起，她便又笑声朗朗地说道："我是说您迟总今儿个怎么来了兴致，原来是要用茶香款待美女。真是有缘，我昨天才带回的上好生普。这算不算赠人茶香手留余香？"

"杨总，您又笑话我。有生意上门得高兴，得款待。哪像您，连挖苦带取笑的。不过，您话里的意思是今天免单？"

"虽说小本生意，不比您迟总的大买卖。不过，您要是真让我免，我也免得起。"被唤作杨总的女人笑着说道。

"我迟秦没别的本事，就会怜香惜玉，我体恤您做生意不容易还来不及呢，怎会占你的便宜？"

"迟总爽快，我杨岚可惜没福成为您的那块玉。不像这位，莫非……"女人的话里明显带着打探和戏谑的意味。

"您看您，光跟我打嘴官司，我都忘了向您介绍了。这位是林小姐，我女朋友。"

迟秦又玩了这一手，又一次弄得林菲措手不及，只得脸上浮笑同时起身冲茶馆老板娘点点头。

"天呢，您迟总终于有女朋友了？怪不得看不上我给您介绍的几位呢。林小姐果真不同，一看这气质典雅，聪慧大方，应该是个文化人吧？"

老板娘的这番话让林菲再次吃惊，看来，迟秦单身果真是事实。如若是这样，林菲倒是身背名分，和迟秦这一次次亲密地接触，便过于造次了。

"杨总，您也挺忙的。这泡茶的程序我也会了。您就先忙去，我自己伺候女朋友就好了。"迟秦语带笑意下了逐客令。

说到这儿，她又转脸面向林菲说道："林小姐，您慢用，有什么事叫我。"

话音落地，她便又像刚才吹进来的那股春风一样，门一开，便又飘了出去。

见人影远去，林菲不禁噘嘴不满地说道："我怎么又成你女朋友了？你也不怕别人知道你勾搭了一个有夫之妇。你自己不注意名声，我还要在意呢。"

"这样大大方方地承认，反倒比别人猜想更好。不是吗？"迟秦没有直接回答，脸上温和一笑。

林菲很快又像想起了什么似的，换成一脸更加不屑的表情说道："这个叫杨岚的女老板好像对你有意思！我真是服气你了，处处雁过留声，人过留情！"

"你这是吃醋还是没话找话说？我理解为前者。"迟秦手上一边开始熟练地按泡茶的程序动作起来，一边揶揄地说道。

"谁吃你的醋了？我才没工夫呢。我很忙的。"林菲反驳。

"好，不是吃我的醋，那么，何以见得这杨老板对我有意思？"

"女人的直觉，不告诉你理由。"林菲强词夺理。

说也奇怪，见杨岚第一眼，林菲的心里便莫名地生出了一股敌意。或许是女人的天性，面对比自己漂亮或更懂风情的女人时，羽翼会自动张开。而当这个女人或许会对自己产生实质的威胁，比如工作或情感上，女人的尖刺便会进入自动防御状态。此刻的林菲便是，她不喜欢迟秦被别的女人亲近，不管迟秦是有意还是无情，她就是不喜欢。可是，这种心理感受，此刻的林菲并不明晰。她以为，她只是不喜欢过于张扬的女人，只是女人天性使然。

此时，迟秦不再言语，开始熟练地将洗杯、煮杯、泡茶、闻茶、品茶等一道道不紧不慢的程序，按部就班地走了下来。只见他略见青筋却白皙的双手，宛如舞蹈般将优雅轻盈的茶艺动作一一进行的同时，生普粗涩浓烈的香气便丝丝沁入了林菲的鼻中。

茶味入口，林菲禁不住开口说道："迟总，从您这品茶的喜好来看，您这雄性意识也太强了。"

"何出此言？"同样品了一口茶的迟秦不禁一愣，开口问道。

"你看啊，生普茶刚烈、个性、豪迈、粗犷，这与你们男性的雄性特征不谋而合。而且，生普的味道里，还有一股子江湖霸气，这也是在普洱江湖中如雷贯耳的。你这身上，最不缺的就是这一点，从来都是自作主张，有的时候真是不够怜香惜玉。"林菲又借茶说事，把迟秦给揶揄了一番。

"我怎么不怜香惜玉了？"迟秦的好奇心被勾起来，忍不住开口问道。

"这还用我举例子吗？这茶就摆在面前。你说你带一个女人品茶，竟然品生普？好歹也来壶铁观音或是正山小种什么的，再不济，来壶养生花茶，也算是您惜了一番玉。我说得没错吧，没有冤枉您吧？"

"我当然知道女人喜欢什么茶，但是，我觉得你应该换换品位。"

"怎么，我的品位不好？哪里不好？"林菲对迟秦的回答也生出了好奇之心。

"这普洱最精彩的地方，就在于它的变化，于千万人，它便有千万种不同的表达。任何人都有三个自己：骨子里的、表现出来的和别人眼睛里的。第一个最难，第二个最假，第三个呢，则最累，比如你。我觉得，不论有多难，让自己多认识一点真实的自己，终归是好的。这生普的茶性本色就是自然，追本溯源。你知不知道生普主义者们有句十分叫嚣的名言，叫'原汁原味，还我自然真身！'所以，我觉得，都说生活茶、茶生活，随意的生活与平凡挨得近些，辉煌的生活与痛苦挨得近些，长久的生活与简单挨得近些。没有上上的生活，适合自己的，才是最好的。正如茶一样，只有适合自己口味的茶，才是最好的。我觉得生普适合我，将来也会适合你，但这需用一个过程。我相信这世界上绝对不会有无缘无故爱上生普的人。比如你，便会因为我喜欢生普而爱上生普。因为茶所带给我们的，便是一个'缘'字。"

"真是我自恋故我在。"林菲禁不住出言讥讽，可眼神里却全是折服。

"林菲，你知道吗？你对我而言，现在还像一个谜，我还没有看清。因为你总是存在于别人眼睛看到的状态里，而不是你骨子里的自己。"迟秦不理林菲的讥讽，继续说道。

"我多么清澈透明，一眼就看穿了。你对我而言，才像一个谜呢。"林菲接口辩驳。

"这么说，你还曾经暗暗研究过我，想破我这道谜底？"林菲的话又让迟秦抓到了小把柄。

"我才没有工夫猜你呢。生活已经够让我焦头烂额的了。"林菲没有多想便脱口答道。

"你这不是好好地坐在这儿的吗？没见哪儿焦哪儿烂啊？"迟秦故意说道。

"你难道不知道这鬓虽无霜，却曾有泪千行？"

"你们文化人太雅了，我听不懂。我只知道，爱就要糊涂地去爱，生活就要越简单越好，两个人在一起，最好有些幼稚才有趣。女人不要太聪明，更不要太强势。"

"你是不是还想说，这生活就如面前的这杯茶，泡到无味却仍可解渴。无论哪一种选择，只要是真实的，不是镜花水月，幸福便是指日可待的？"

"这女人不能太聪明，把我想说的话都说完了，我说什么？"

"你可以陪我将茶喝到无味嘛？"

林菲俏皮一笑，她很享受和迟秦斗嘴的过程，也很享受迟秦带给她的这个茶香暖心的下午，好像最近这些日子的郁闷就在这样的浸润里，四散逃去了一般。

"好，那我就舍命陪女子。怎么陪都可以，包括陪吃陪喝……还有，全陪。"迟秦话里占了一点林菲的便宜，赶紧喝下一口茶掩饰自己的自得。

买过单正准备往外走，服务员突然敲门进来，手上拎了一个红色的礼盒。只见她恭敬地说道："迟总，我们老板娘将这个礼物送给这位小姐，说是她的一点心意，她希望您二位能幸福美满。"

接过礼盒，迟秦眉头一挑看了林菲一眼，那意思是，您还乱吃醋，人家要是对我有意思，怎么还会送你礼物？

　　林菲却回应他一个意味深长的笑容，意思是，看吧看吧，我说她对你有意思吧。总是要时时引起你的注意。送我礼物无非是表示她有多么大度，只要你幸福，哪怕是伤害了她，她也会感觉幸福。

　　两个人驴唇不对马嘴地用眼神会战了半天，却也拎着礼物一起往外走去。

　　出了茶馆，迟秦说他还有准备的节目，希望林菲赏脸。林菲却似乎不想随他心愿，接口说："送我回报社吧，我得开车回家。您是潇洒单身汉，我还要洗手做羹汤呢。再说了，你都走了这么久，也不回单位处理处理公事，也不回家看看你儿子迟蔚？"

　　迟秦也没有坚持，只是将礼盒往林菲的手里塞去说道："这是人家的心意，收下。"

　　"不要，人家的心意是冲着你，又不是冲着我。"林菲一脸的决绝，不像是在开玩笑。

　　"瞧你小心眼的小样。真不要？真不要我可就送别的女人了？"迟秦故意说道。

　　"爱送谁送谁，与我无关。"林菲似乎真的很不开心。

　　"好好，我谁也不送，我拿回家供着。天天告诉自己，这是人家杨岚的一片心意，我得一天看上18遍，然后也念叨上18遍。"

　　"随便。"林菲鼻子里哼出一丝冷笑，为迟秦的幼稚。

　　"真不高兴了？"迟秦这才发现苗头不大对。

　　"没什么。送我回去。"林菲嘴里虽然说着没有什么，但就是不高兴不开心。

　　"是不是为杨岚送东西的事情？别想那么多，你放心，不管有多少女人想打主意凑到我面前，我都不会正眼去瞧，更别说挂到心上了。你该懂得我的心意。"

　　说到这儿的迟秦，突然将林菲的手拉到了自己的胸前，眼里现出无尽的柔情，深情地表白："我这儿，已经装下了一个人。装了很久，久到超过了你的想象。请相信我，我的心里只有这个人，现在，将来。因为我好不容易才找到并等到这个人。"

　　迟秦的话里似乎充满了玄机，又似乎直白透彻。这样的话让林菲的心一通乱跳，被拉到胸前的手也因为感受到了那份强有力的心跳一下子变得汗津津，想要挣脱却毫无力气。

"林菲，我喜欢你，你感受得到吗？"迟秦终于说出了最关键最清晰的话语。

"好了好了，我要回去了。"林菲答非所问，终于将自己的手抽回，满脸绯红表露了她的所有心迹。只这一句话，已让她从凛冽寒冬冲进了明媚的春天。

林菲临下车前，迟秦突然又霸道地说道："以后，我的电话要接，短信要回。不许未经许可便私自将电话挂断。还有，想我时，要给我打电话。"

"凭什么？先给个理由。"林菲故意不依。

"你信不信我现在就在你们报社门口非礼你？"迟秦突然威胁说道。

林菲赶紧往前跑了几步，跑过去，却又转过身冲迟秦摆摆手，小声说："慢点开车，回头见。"

林菲的声音很小，迟秦却听清了。他冲林菲摆摆手，脸上的笑在那一刻真诚饱满。

| 第 20 章 |

# 冷漠是最好的反抗

回到家的林菲，赶紧换下外套进到厨房。厨房对于林菲而言，便是此刻最能掩饰自己这心猿意马情绪的最好阵地。因为手上的忙碌可以转移她的注意力，可以让她暂时不去想那个叫迟秦的家伙。

出乎意料，这一天的陈家声没有坐在电脑前，而是拿着遥控器将电视上的台换来换去。林菲知道，这是陈家声心烦意乱的表现。但她懒得问，也不会问，因为她终于将两个人的关系做了一个更清晰的划定，与陈家声有关的一切，从此都与她再无关系。

当然，这样的界定，绝对不是因为迟秦的出现，而是林菲突然明了婚姻对自己的意义所在，是多了劳累少了自由，多了责任少了任性的一道减法。现如今，因为丈夫的背叛，这道减法的答案更加清晰，不足为零，成为负数。

每个人的生活在时间的长河里去细看，都只是碎片。可是碎片也要活出自己的尊严，也要远离消耗。世界很大，值得人用尽一生去尝试。林菲突然想明白，她想重新活一遍。

晚饭做好，并将菜盘端上餐桌后，林菲让米米去叫陈家声吃饭。

陈家声答应着的声音传来时，林菲正在去掀电饭煲，于是，那声"啊"的长音便响亮传了出来。

"妈妈，怎么了？"米米听到林菲的叫声，赶紧跑来询问。

"妈妈怎么这么糊涂，忘记按按钮了，还只是一锅生米饭，晚上我们没有吃的了！"

林菲知道，这一定是自己做饭时走了神，才会这样疏忽。菜的滋味估计也好不到哪里去。真是头疼，这个迟秦干吗老在人家的脑袋里转悠啊！林菲不禁心生抱怨。

"让爸爸下楼买馒头吃吧？"米米帮林菲拿着主意。

"也好，那你叫爸爸去买，妈妈再打一个鸡蛋汤。"林菲叮嘱说道。

只听米米"咚咚"跑向客厅，对还没有起身来到餐厅的陈家声说道："爸爸，妈妈忘记按按钮了，米饭是生的，你去买馒头吧！"

"你妈怎么了？心不在焉的，这点小事都整不明白。"

陈家声习惯性地像在原来生活里那样发声，但很快，他意识到了自己不该如此。话却已"突突"地飞到了林菲的耳里。

"狗改不了吃屎。所以，信什么也别信男人的承诺，尤其是那种犯了低级错误的男人。"刘欣曾经这样叮咛过林菲，但当时的林菲只是一笑了之，她以为自己的运气没有那样坏，可是，现实生活却一次次地给她上了生动的一课又一课。

站在厨房又陷入片刻发呆状态的林菲知道，过去的陈家声回来了，带着更多的污点回来了，成为一个身体和灵魂都肮脏的王八蛋。

吃饭过后，米米在书桌前写作业，陈家声依然在看他的电视，林菲便坐在餐桌前给刘欣打电话，问她这几天怎么样。刘欣语气蔫蔫地说，还能怎么样，能喘气活着，还没有死。

林菲觉得有些不大对劲，便询问："这么丧气的话可不像我认识的刘欣说的，怎么了，朱奋起的事情还没有解决啊？"

"何止没有解决，问题更复杂了。"

"啊？怎么回事？"林菲赶忙问道。

"不仅他的前妻回来了，他的前岳父也隆重出场了。我觉得，我还是聪明地退出为妙，免得一把大火把自己烧成了灰，还在一旁兴高采烈地拍着巴掌说好好，烧得好，烧得妙！"

"你的情绪不对啊！别想不开，多大点事，大不了咱们再从头开始。咱又不是找不到更好的，没必要在他这棵树上吊死。"

"可我觉得我还挺想和他继续，挺想和他在一起的。这要是以前那些个男人，我才不费这般心神。"

"那他到底是怎么想的？"

"他还能怎么想，怎么说？就一天到晚地承诺我，偷偷摸摸地来看我。反正我是打定了主意，你承诺也好，看我也罢，我见不到最终想要的结果，我是不打算让你碰我。别说碰，亲一下都不行。"

"你做得好，得有这种骨气。这男人有时就犯贱，你越在意他就越不当回事，你不当回事了，他反倒跟着你屁股后面了。"

"姐姐，你什么时候终于明白这些道理了，是生活压迫所得吧？"

"说你的问题呢，别扯我身上。不过，你老这么耗下去也不是个办法。你老按兵不动，朱奋起便磨磨蹭蹭黏黏糊糊，他拖得起，咱可不行。"

"是啊，我郁闷的就是这一点。让我等十天半月行，一年半载谁等得起啊。再说了，就算我等得起了，到时候互相还有没有感觉便不知道了。"

"那你打算怎么办？"

"还没想好，但初步打算是刺激一下他。"

"用什么法刺激？"

"比如说，假装有个年轻的高富帅在疯狂地追求我。然后……"

"然后他就正好顺坡下驴成人之美！我觉得这招不好，万一跑偏了，鸡飞蛋打不说，还把自己名声弄得不好，让他以为你见异思迁。"

"那怎么办啊？"刘欣的话里终于带出了哭腔。

"你让我想想。要不，你还是勇敢一点，站出来去找他和他的前妻谈判。说你爱他，就是爱他，不是为钱，就是觉得他这个人有趣，对你好。"

"不好不好，别看我一天到晚窝里横，真面对他前妻那样的女人，我真没招。我在你们面前是兵，可在那女人面前，绝对一秀才。"刘欣话里对朱奋起前妻的形容实在不堪。

"那我也一时没有好招。要不，你装病，让朱奋起心疼，然后逼宫？"

"也不妥吧。这装个大病吧，似乎不好装。装个小病，也难以逼他就范。这主意也不好。"

"你没怀孕吧？"

"姐姐，你想什么呢？这点分寸我还是有的。越是让他早得到，他便会越不珍惜。所以，只是让他占过一点小便宜。"

"那我也没招了。要不，咱不和他好了，咱好好找个人正儿八经地谈场恋爱把婚结了？"

"这到哪里找好人谈恋爱去啊。这把年纪，小年轻看不上咱，咱也觉得他们太嫩。大叔吧，不是有家室，就是只喜欢小姑娘。哎呀，人过三十，必须得承认，就是明日黄花，只剩衰败。所以，这朱奋起被我放低标准这么一打量，真是最合适我的一个人选。"

"可现在这种情况，是你被他耗上了。我觉得，再这么耗下去，你自己就一点生气也没有了！"

"道理都懂，只是被困在这个局里，走不出来啊！"

电话那端的刘欣深深叹了一口气，突然便叹进了林菲的心里。她自己何尝不是被困在一个局里走不出来呢？

"噢，对了。恭喜你啊，报社调整的结果出来了，你还在你们部门。我下午去找你，你不在报社，想你忙着，就没有电话恭喜你。"刘欣突然话锋一转说道。

"什么？结果出来了，什么时候的事，我怎么不知道。你呢，你怎么样？"

"我也还行，还在文化部，没被动弹着。"

"那就好，那就好。"

林菲连声感慨，她为此整整悬了小一个月的心，终于安稳落下。

"你不知道今天下午报社都乱成什么样了，那些榜上无名的人一个个都跟疯了似的。总编室的人也快疯了，因为要笑脸相对这一波又一波来讨说法的人。有个别不服气的，说要上访讨说法。我看，这事一时半会儿消停不了。"

"是啊，不管是谁，只要利益蛋糕被动了，都会想要讨个说法。尤其是这些以写稿为生的人，你让他拿起刀去打仗，他怎么打啊？心里没底，自然就想要争取回到原来的轨道当中。"

"我们这是置身事外，便属于典型的站着说话不腰疼。不管他们了，只要我们俩都妥妥的，就万事大吉了。不过，这件事又给我上了现实的一课，凡事还是要积极主动地去争取。"

"你给我的化妆品礼盒我拿给江大干了。这是我生平第一次为了工作的事情向别人低头示弱。"

"头颅哪有那么高傲，又不是向阳花，除非面对太阳不能活下去。人嘛，该低头的时候便不能鼻孔朝天。"

"说得有道理，我的大哲学家。这么聪慧的姑娘，唉，砸手里了。"林菲故意取笑。

"喂，不带这么落井下石的。砸手里怎么了。你那没砸在手里的，生活难道强过我许多？"

"精彩，一针见血，又被你将台词说完了。"林菲笑笑，将话往回圆了圆。她知道刘欣不会真生气。

"和你这么一聊，我的心情便好多了，又重新回到了斗志昂扬的状态。行吧，不说了，你赶紧当你的好妈妈去吧。我知道你不想当好老婆，所以，省略不说。晚安。"

"晚安，做个美梦。"

挂了电话，经客厅往卧室方向走时，陈家声突然转头问了一句，和谁打电话呢，说了这么久。

"刘欣。"林菲答道，脚下却并不因此止步，依然继续往卧室方向走去。

"那女人人品不行，好女人哪有到了三十多岁还嫁不出去的。你少跟她玩，她都快把你带坏了。"

陈家声的声音甩在身后，林菲刚刚还不错的心情便一下子恶劣起来。她本想回头反驳几句，可转念一想，何必，有什么意义，冷漠不应该是最好的反抗吗？想到这儿，她顺手关上卧室门，将心头的那股怒火强制压了下去。

第二天早上，顺路去拿了一个材料之后，林菲才不紧不慢地来到了报社。

已是上午10点，林菲刚在格子间坐下，周边几个看似一脸忙碌的同事却呼啦一下子围了过来。

"林菲，恭喜啊！"

"你们怎么样了？我还没有看到公告呢。公告在哪儿贴着呢？"

林菲虽然不是很关心其他人的去处，可是此刻，她还是要表现得积极主动、友好热情一些才好。

"本来是贴在电梯门前的，但昨天下午的影响太大了，现在可能就总编室那层公告栏还有贴着的吧。噢，对了，办公平台上面有电子版。"有好心同事告之详情。

"我们几个都留下了，不过，小陈还有可乐他们几个，都去广告部了。"

"咱部门也改名了，和周刊部合并了。"

"江主任不管我们了，他调去文化部了。"

……

大家你一言我一语，林菲的脑袋在接受并梳理这些信息的同时，一下子就嗡响起来。

"啊？变化这么大，我先看看。"

林菲说着便打开了电脑，果真，在最新的岗位编制中，深度报道部这儿，她榜上有名。一开始只说人员岗位调整，部分人员分流，没想到报社采编部门做了一次这么大的调整。更让林菲意外的是，虽说深度调查部和周刊部合并，改名为深度报道部，但主任不再是江大千。

好不容易支应开这些看似热情的同事，林菲便悄悄往江大千主任室那边瞄了起来，可是没有发现主任室亮灯的迹象。

林菲便掏出手机，找出江大千的号码之后，发了一通感谢的短信。意思是刚刚看到公告，谢谢主任为她争取。只是，非常遗憾不能再跟主任并肩战斗，也不能再在主任的教导下进步。她还表态，只要主任对她这块工作有任何指示，她都会尽心尽力地去完成，去做好。

在说到最后一句话时，林菲原来敲出的字是"只要主任对她这块有任何指示"，可在临发送前，她又赶紧在前面加了"工作"二字，不想节外生枝，让江大千误以为她其实也可以做一个有缝的蛋。林菲小心翼翼保护自己的羽翼在这一刻又张开了。

江大千没有回复短信，林菲也没有在意。江大千是经常这样的，他认为没有必要回的短信，他从来不回。也是，回什么呢？在这种状况下，是说接受了林菲的同情，还是对林菲的感谢表示举手之劳、不足挂齿？

短信发完之后，林菲便在电脑前忙碌起来。昨天没有交的稿子，今天上午她又拿回一些补充材料，想早点写完去刘欣那儿。那家伙昨天晚上虽说心情好了，可是，她刚才看了看，她又没来上班，估计此时又窝在床上准备自生自灭呢。

刚反馈"发送成功"，迟秦的电话便打了过来。他好像知道林菲一定会在电脑前似的，直接打了林菲的座机。林菲一直忘了问他，是怎么知道她的办公电话的。可是，来电显示一看已是自己熟背于心的一串数字，她的心便只剩下犹豫和慌乱的份了，一直待电话响到第6声时，她才硬着头皮接了起来。

"怎么这么久才接？是不是又在考虑接还是不接？"迟秦真是不会见好就收。

"没有，正忙着呢。"

"噢，那你忙着的话，我就先挂了。"

"哎，别。"林菲急急出口的话，让迟秦一下子便在电话那端朗声笑出声来。林菲恨不得找个地缝直接钻下去算了。

"既然不让我挂电话，我就不挂。"迟秦丝毫不帮着缓解林菲刚刚的窘态，反而还在这个话题上溜达着。

"那个，那个你找我有事吗？"说这句话的时候，林菲的声音压得低低的，唯恐隔壁桌的同事听到了似的。

"没事找你，就是想你找你。"迟秦跟说绕口令似的。

"我一会儿要出门，要是没事，咱就挂了吧。"林菲不知如何接话，便讲出自己接下来的行程。

"你去哪里？要不要我送你？"

"我去看一个朋友，她最近有些糟心，爱上了一个有钱的大叔，两个人都铁板钉钉地要结婚了。谁知，大叔的前妻杀了一个回马枪，将她给叉在了半空，不上不下的。我正替她忧心着呢，想过去看看她。"

不知为何，林菲竟然一口气给迟秦讲起了自己生活里的事情。这原本是她连陈家声都不会说的事情，即使夫妻二人关系尚可时，也不会说。

"是你闺蜜？"迟秦反应极快，他知道以林菲的性格，断不是会好揽闲事之人，除非关系死铁。

"唯一闺蜜。"林菲答道。

"我跟你一起去？"迟秦突然说道。。

"啊？你去？不好不好。"

林菲还没有说出自己的理由，迟秦便又抢白说道："是怕她转而爱上我？"

"你真是不惜一切机会抬高自己。可在我看来，却是在侮辱我的朋友。"林菲毫不客气地指责。

"好好，你说不让我去，我就不去。你自己去吧，路上开车慢点，回头有空的时候给我打电话。"迟秦似乎知道强求不得。

"那你就等着吧。"林菲故意将"等"字说得很重，她知道迟秦明白，她不会主动迈开那一步，绝对不会。

| 第 21 章 |

# 可不可以主动迈出那一步

刘欣果真一脸悲凄的表情赖在床上，竟然一天都没有吃过东西。

看刘欣的小可怜样，林菲一下子便对朱奋起愤怒起来。她对朱奋起指责的话，从她进厨房里熬粥，再到拿热毛巾替刘欣擦脸，再到将乱七八糟的客厅大体规整一番的过程中，就没来得及停歇下来。

"咱们昨天晚上说的那些话都白说了，值当的吗？"

刘欣脸上现出一丝苦笑，一脸问询的表情说道："你说我是不是应该斩断这根情丝？"

"如果不爱，当然要斩断。如果还爱着，唉，我也不知道应该如何去做，只是替你觉得委屈，不值当。"

"我应该是爱朱奋起的，可是，经过这么长时间的折磨，我突然发现，我爱的好像不是他这个人，而是爱这个面子。真的，我现在好像就是在跟自己的心气较劲似的，觉得自己怎么能输给一个前妻呢？前妻还长成那样。"刘欣边说边比画着朱奋起前妻的身材，似乎要两个人才能横抱在怀。

"你要是十分确定不爱，那咱不能跟那心气较劲。不是你输，是咱不屑要。

你要知道这待字闺中，不管怎么说，都是最宝贵的，最需要珍惜的，也是要让许多人垂涎和刮目相看的。"

"我去相亲怎么样？"

"打住，别一个伤疤还没有好，再添一个新伤疤。对了，要不，你找朱奋起认真谈一谈，要一个准话。行就行，不行就拉倒，你没有时间跟他这么耗。"

"你把眼睛往右看，看到地上的那一堆东西了吧？他来一趟带一堆，我大体瞅了一眼，什么都有，全都是高档货。他现在能做到的，除了用物质来软化我，其他的，似乎也就那么一回事了。我怎么感觉跟当了小三似的，得偷偷摸摸地背着那个正房。"

"的确，现在老躲在背后，是有那种插杠到了人家婚姻中的嫌疑。"林菲不仅没有否定，反而附和说道。

"不行，我得出门找回精气神去。你陪我，咱们俩爬山去。"

"打住打住，你这是去找精气神了，那我得累得没精气神了。看电影什么的都行，爬山就免了。我最近体力不是很够用，每天都觉得很累，可能是那一场病伤了我的元气了。"

"说起你，你得跟我说实话，那陈家声到底把自己屁股擦干净了没有？"

"他呀，就那样吧，我也懒得管他，但和他约法三章了，并没收了他的全部财产。就算他再有贼心，恐怕也没啥本事再胡搞了。"

林菲的话只说到了这个份上，不想给刘欣透露太多细节和口风。她觉得那天早上她叫刘欣去看那些相片，本身便是一个致命的错误。这件事情直接导致她在自己的朋友面前毫无尊严和隐私。她不想继续将自己的伤口一次次撕开给别人看，哪怕是自己最好的朋友。她不想收获同情，也不想显示脆弱。她有能力把自己的事情处理好，再复杂的事情都能处理好。

"你是不是没有让他吃饱，所以他才会出去打野食？"刘欣突然这样问道，一脸的好奇和坏笑。

"喂，说什么呢？少儿不宜，未婚不宜，少打探，无可奉告。"

林菲暗暗庆幸她和陈家声分屋而睡这件事，幸好没有对刘欣掏心讲过。刘欣每次去他们家也奇怪过，说小卧室的风格怎么不像孩子的风格，林菲每次都含糊过去，说三口都睡在大卧室等等。如果让刘欣知道陈家声不仅没有吃饱，其实是一直没的吃，刘欣的情感天平不知会不会偏到陈家声那一边。

两人最终还是只在家里待着了，哪儿也没去。从刘欣家里出来时，刘欣的情绪已然好了许多，可林菲的心头却突然一片茫然。

她坐在车里发了一会儿呆，不知道自己接下来要去哪里。原本那个想要急匆匆回去的家，有着干不完的家务、生不完闷气的家，突然对林菲没有了丝毫吸引力。想着陈家声又在家里打游戏或是看电视，哪怕只是在家里待着，她的心里便一下子被堵了个正着，半天喘不过气来。

掏出手机给母亲蒋玥打了一个电话，让母亲晚上把米米接过去，说她晚上要加班写稿，得回去得很晚，免得孩子一直等她。

电话挂断时，林菲便在通话记录里看到了迟秦的名字。心下一冲动，她便将电话打了过去。此刻的她，有些需要这个陌生却熟悉的男人，给自己一些能量和依靠。或是，只是跟着他寻找她的生活里缺失的一些新奇。

在林菲的直觉判断里，迟秦表面的乐观和自信的背后，深藏着对人生的豁达和包容。他能走到今天的这个位置，不仅仅是因为他拥有智慧，分得清世界的黑白曲直，才没有在人生的道路上跑偏或随波逐流。他懂得这个世界的运作原理，明白人生肯定会有阴晴圆缺。他既知道自己的所需并为之付出努力，更坚信山丘后面一定会有美丽风景，并同样为之付出努力。

林菲将电话拨出去的那一刻并没有意识到，她其实想成为那样的风景，并渴望迟秦为了走近这片风景付出努力。

"那个，你忙吗？"林菲开口问道。

"不忙，只要你找我，我永远都不忙。"迟秦的回答让林菲极为受用。

"陪我看场电影好吗？可我不想去电影院里看。"林菲突然这样说道。

"行。你在哪里，我去接你。我带你去一个安静的地方看。"迟秦好像知道林菲喜欢的安静，自己一定能寻得到似的，没有思忖，张口答道。

迟秦和林菲汇合将林菲的车停好后，便载着林菲来到了江林一所高档小区。

"这是哪里？"林菲有些疑惑地问道。

"到了你就知道了。"迟秦脸上笑着回答。

迟秦将食指按在指纹密码锁上,"叮铃"一声,门便应声而开,迟秦做了一个请的动作。林菲一边迟疑着将脚迈进去,一边小声嘀咕了一句:"果真不一样。"

林菲的嘀咕迟秦假装没听见,只见他从柜子里拿出一双崭新的女士拖鞋递给林菲后说道:"体谅一下我一周才打扫一次卫生的辛苦,也为了您的脚舒适一点。所以……"

林菲接过拖鞋,脸上一笑,意思是这不是很正常的事情嘛,还用这么解释。可正待她弯腰要去解开凉鞋的鞋扣时,迟秦却突然俯身下去,也往下俯身的林菲,整个人便几乎全趴在了迟秦弓着的后背上。林菲突然像被定住了一般,她的感觉反而变得敏锐起来。她感觉到迟秦轻柔地解开了自己的右脚凉鞋,大手托住了她的整个脚掌,将她的脚温柔地放到了柔软的拖鞋里。之后,她的左脚又被迟秦捕捉到,也是经受同样的温柔之后,进入柔软的归处。

"那个,那个。"林菲不知该说什么,嘴里支吾着不知如何表达。

迟秦突然将林菲拦腰横抱到了怀里,还不待林菲挣扎,便大踏步地往沙发区走去。

林菲的脸一下子变得滚烫,双手已经不知怎么安放,似乎是要用这样近乎茫然的肢体配合着已经语无伦次的语言。

"搂着我的脖子。"迟秦突然以不容置疑的口吻说道。

迟秦的话传来,林菲竟然如听话的小学生一般,双臂一下子便紧紧地砸到了迟秦的脖颈间,没有犹豫,也没有反抗。只是,刚刚穿上的拖鞋,却在这样的行进中,全都甩了出去。

将林菲抱到沙发上安放好后,迟秦的脸上这才温柔一笑,将沙发拐角茶几上立着的台灯打开,起身来到窗前,手一拉,整个客厅除了台灯发出的光晕,便进入一片暧昧的氛围当中。

"你要干什么?"林菲本能地一缩身子,紧张地望向迟秦。

"陪你干电影啊!你以为我要干吗?或者,你想要我干吗?"

迟秦故意缩缩肩膀,一副嬉皮笑脸的模样。他的脚已经快速移动,几步便到了林菲面前。单膝着地的他,两只手迅速地捕捉到了林菲的双手。在将这双柔软的手拉到自己胸前的同时,他的前额也俯到了林菲的额眉处。两个人就以这样一种暧昧而又奇怪的姿势相对着，迟秦不再说话，只是盯着林菲看。林菲满心的惊慌，脸上再次滚烫起来。

"很好，你没有挣扎，说明你不讨厌我。"

足足半分钟，迟秦并没有进一步的亲密动作，突然又将林菲的双手放回原处。

林菲偷眼去瞧面前的这个男人，宽阔的后背映入了自己的眼帘，高而魁梧的身板挡住了自己的所有视线，硬朗的线条让自己的心脏再次"怦怦"乱跳起来。刚才那样的亲密接触，林菲突然觉得自己瘦小无比，就像一个小婴儿被母亲怀抱在胸前一般，说不出来的温暖和不舍。

林菲承认，迟秦真的放开自己之后，她的心里其实有些小小的怅然。或许，她也期待发生点什么。

"我猜想，你一定要看爱情片或是文艺片。"迟秦开口问道。

"不，我要看恐怖片。"林菲斩钉截铁地回答。

迟秦吓了一跳，回转身子，一脸不可置信的表情看向林菲。林菲脑袋里的奇怪想法一定超出了他的把控，他好像需要重新谋略才能搞定似的。

"我确定我要看恐怖片。爱情片和文艺片都不食人间烟火，所以，看的过程中会一心向往，看后便会满心惆怅，觉得活错了时代，选错了男人。恐怖片便不一样了，会让人觉得在一切表象后面，自己生活得安稳、幸福。没有对比便没有结论，所以，我要看恐怖片。"

"真是奇怪的理论。"

迟秦身子回转过去，又将硬朗的背影留给林菲，他快速按动遥控器，寻找他认为林菲会认可的恐怖片。

电影很快开演，迟秦客厅的这套环绕立体声的功放给电影增彩不少。锵锵音乐入耳，林菲的心便随着电影的进展而起伏波动。

说实话，她的心里一直害怕恐怖片，却总欲罢不能。就算去电影院，她也一定会挑选恐怖片。可是，此时的迟秦却完全另外一副模样了，心思完全不在电影上，只是一直一脸专注的表情，似笑非笑地看着林菲。

终于到了电影情节紧张处，迟秦敏锐地捕捉到了林菲内心的慌乱、恐惧，或许还有悲恸。他一把揽过了眼前这个看似坚强却脆弱不堪的女人。女人没有挣扎，顺势窝在男人的臂弯里，看似一脸安静，内心却已波澜壮阔，因为这个怀抱过于温暖，让人心安。

电影在演什么似乎已经不那么重要了，林菲的心里此刻只有揽着自己的这个男人。

他会做什么？会有更进一步的动作吗？如果有，自己会拒绝吗？

林菲的内心波澜里，其实有着更多想象。她以为自己绝对不会主动迈开那一步，可是，事到临头，她却渴望有一双手将自己吞噬、洗礼、爱抚，给她万种柔情。

突然，迟秦的手上有了动作。他的双手似乎在往林菲的衣襟里伸。林菲的心屏息静待着，她不敢动弹，她想确认。迟秦的手已经准确握到了林菲的乳罩上，他的喘息已经急剧起来，想要更深一步的探入，将眼前的这个女人用自己的热烈吞噬。

"不。"

林菲的声音弱似蚊声，她的喘息也已如迟秦一般急剧，她的手从侧面包围过来，按住了迟秦急欲前进的双手。

"不。"这一回，林菲的语气里多了哀求，似乎没有半分可以挣扎的力气。

"怎么了？你不想吗？我会对你好的，让我拥有你，好吗？"迟秦的语音低低，饱含柔情，让林菲的心拒绝不得。

"不。"林菲依然只能说出这一个字，她的手还在紧紧地拽着迟秦的手腕，不想让他们进一步往前。

"林菲，我想要你，很想很想，让我们真正在一起好吗？你怎么了，你不想吗？"

迟秦这次回应她的是更加急剧的喘息，还有盛满关切的问询。与此同时，他的手上加了一些力道，轻松挣脱了林菲的阻拦，不再停歇，长驱直入。

只是，这个新买的乳罩，就连林菲自己都要费劲才能解开，在迟秦莽莽的推进中，反而愈急愈不得法。这给了林菲喘息的机会。迟秦似乎准备放弃解开，他的手想要直接从乳罩下面探进去。

"我，我，求你，别，我那里很难看，只能用变了形的旺仔小馒头来形容。"

林菲突然这样说道，她有些担忧自己那对像泄了气的皮球一样悬挂在胸前的双乳，让迟秦生出失望之意。是的，她确认自己想要，只是，她哪还有想的资本。

林菲的话让迟秦一下子喷笑出声，同时温柔地说道："宝贝，只是这个原因？不是因为你不想要是吗？我不介意，只要是你身体的一部分，我都会喜欢，都会好好珍视。"

这样说着的迟秦，近距离而又认真地看着林菲。在他的瞳孔里，林菲看见了自己，一脸渴望却又纠结的自己，嘴角、眉梢、眼尾里正有一丝丝春风渗入的自己。

她的脸上终于在片断之后浮起了一个温柔的笑，她无力地松开了双手，嘴里说道："只能如此好吗？不要进一步，只握着就好了，不要进入好吗？"

迟秦连声答应，已将林菲整个放倒在了自己腿上的他，手上的动作更加急剧起来，"砰"的一声，他终于将林菲整个上身呈现在了自己的面前。想要捂住胸前的林菲已经来不及了，她以一个女人最原始的模样横在这个男人的面前。一秒钟后，迟秦便如一个贪吃的孩子似的，含住了那对飞不动的小鸟，久久地含着，一脸的贪恋。

迟秦的头落在林菲的眼底，看着这个男人一脸虔诚而又贪恋的模样，林菲一颗始终悬着的心突然便落了下来。她知道，这一刻，她的精神和肉体终将双双出轨了，她终于成为世人最不齿的那类人之一。为了所谓的幸福,抛弃了道德和伦理。

迟秦果真没有进一步的动作，他的双手只是轻柔地抚过林菲上身的每一寸肌肤，当他从那对小鸟上飞到林菲的唇间时，略带胡渣的下巴在林菲的脸上蹭了一个遍后，彼此渴望着的双唇，终于久久地吮吸在了一起。

一切平息下来的时候，迟秦将林菲放到沙发上躺好，放成一个感觉应该还算舒服的姿势。做完这一切，他便半跪在沙发前，将林菲的手紧紧地握在自己的手心，一脸笑意盈盈的模样静静地看着她。

在柔和的灯光下，林菲的脸隐隐有些叠影，像油画里的女人，不怎么真实。她却将自己清亮的眼神在这样的不真实中投给了迟秦，静静地与他四目对视，许久许久，像忘记了光阴在流逝，忘记了岁月正是在这样的分分秒秒中更迭前进。

似乎有风从寂静的岁月深处轻轻刮来，林菲的眼底升出一些如坠梦幻世界的迷蒙，因为迟秦开口说话了，他叫她菲儿，他让她相信，他会是菲儿的幸福。他的语气坚定，菲儿没有理由不重重点头回应。

临走前，将林菲衣服整理服帖，已经站到门厅的两个人，再次四目相对，继而深情相拥。迟秦的双手抚过林菲的脸颊、臂膀、后背，喃喃地说："菲儿，菲儿，我想一直这么叫你。我想对你好，珍视你，宠爱你，陪伴你，尊重你，给你幸福，你想要的幸福。"

林菲什么话也没有说，只是任由这个温暖的怀抱圈抱着，眼里有泪想流出，脸上却绽放着安静的笑容。

被迟秦直接送回小区的林菲，不敢回头对迟秦说再见，她怕自己意志不坚定，突然想要飞身回奔，跟这个男人再回到刚才的温暖里，鼓足勇气与他真正融合成一体。

没有回头的林菲，却被深情凝视着她的那双眼睛久久追随着。

林菲感受到了那抹炽热，她渴望却缺失了太久的炽热。

不管道德，不管伦理，就让生活的这张光盘跟随着心的节奏，勇敢往前吧！

除此，林菲没有更好的理由说服自己，说服自己这样的情感其实正在回归理所当然，也是顺其自然。

| 第 22 章 |

## 一个霸道记号的归属

回到家的林菲，没有看到陈家声。

幸好陈家声不在家，否则，林菲这一脸的娇羞和阑珊仍未褪尽，即使漠不关心，陈家声也还是会发现异样，生出探究之心。面对他，林菲的表情早已是厌恶、焦躁、冷漠。

这天晚上，陈家声很晚才回家。隔着厚厚的墙和紧闭着的房门，林菲还是听到了他长长短短的沉重叹息。

林菲的脑里刚刚闪过这么一念，这微弱的一念便迅速被迟秦白天的温柔驱赶，温柔的迟秦接着又霸道地占据了林菲的所有心绪。这么久以来的林菲，第一次脸上带着浓浓笑意，轻松甜蜜入梦。

这天上班，林菲在电梯里遇到了江大千。

"江主任，您还好吗？"

林菲的话一出口却又突然顿住，她知道自己此时的安慰极其苍白。可是，情不自禁，她又生出怜悯，替江大千委屈。

"什么也不要说，先好好干你的工作，不要辜负我对你这几年的信任。"

江大千冲林菲点点头，眼神马上又转而盯向电梯门上的某一个点。仅从背影来看，谁也看不出来，他们两个人其实正在交流。

"江主任。"林菲又语出称谓，可她再次语滞，不知道如何继续。

"行了，不要大张旗鼓地送我，或是表达不舍，你的新主任会生出嫌隙的。还是先把关系处理好，这个报社，已经变得很浑蛋了。"

江大千说着说着，突然爆了一句粗口。而他的这句粗口差点让林菲的眼泪奔了出来，为她之前那样非议江大千的所谓"谈谈"。或许，江大千只是想谈谈，谈谈他帮林菲的争取，谈谈他也有的苦闷。

一进格子间，早来的几个人正聚在一起，商量着给终于露面的江大千送行的事。还说准备凑份子，争取办得隆重热闹一些，计划按人均200块的标准筹备。他们一见林菲进来，便问林菲有没有好点子，大家伙一起把这个事情弄得像模像样。

林菲听明白了前情后因，便评论说道："这种事还是要征询一下江主任的意见，万一他不想办呢？还有，万一新主任不高兴呢？再说了，报社现在正是敏感时期，这么大张旗鼓地弄这些送或者迎，不等于是往枪口上撞。领导们正愁这些天受的憋闷气没处发泄呢。就算要办这送啊迎的，也得听新主任的调遣。"

林菲的这番话，无疑给这些人的热情兜头浇了一盆冷水，但他们琢磨了半天之后，纷纷觉得林菲的这些话极有道理。紧挨林菲桌头的刘记者还感慨说道："林菲你是不是受什么打击了，说话怎么这么哲理？"

"噢，非得受打击才能说出人话啊？我这叫人到中年，才懂了人情世故。"林菲脸上一笑，故作诙谐地说道。

"你是说我们不懂人情世故？"有好事者故意反问。

"少往自己身上泼水啊，还嫌这一切不清净、不太平？赶紧准备采访写稿吧，饭碗是保住了，可是这鱼啊肉啊虾的，它也不会自个儿跑碗里来，还得一个字一个字地问出来、写出来，变成方块字才行。我们这些当记者的，其实也都是苦命人。可这怨不得别人，都是自己选择的，认命便要安命。何况这么一折腾，大家应该更珍惜自己的平台才是。"林菲的这一番话再次让大家伙纷纷点头称是。刚刚还热闹的讨论会，一下子四散而去。

　　说实话，以前林菲很少在报社这种公共场合发表评论。不知为什么，可能是最近经历的事情太多了，那些她曾经拼命压制在心里的话，此时不吐不快。

　　又是忙碌的一天。

　　刘欣中午打来一个电话，说她约了朱奋起还有他的前妻谈判，对方答应了。她说反正夜长梦多，伸手和缩头都是一刀，不如早挨了这刀早托生。她央求林菲陪她一起去。别看她平时咋咋呼呼的，一副天不怕地不怕的样子，可真遇到这么严肃的事情，她还真有些怵头。她还征询林菲的意见，是穿得隆重一些还是随便一些，是风头和光芒盛一些，还有掩饰一些。

　　林菲让她不要那么紧张，又不输房子不输地的，平时怎么样就怎么样。只是，她陪着一起去，似乎不是很妥当。

　　刘欣不依，说她好不容易才鼓起了谈判的勇气，如果林菲不在场，她会泄气一大半的，未出征便先自损八百，这明摆着就是一场必输的仗。

　　被刘欣折磨得没法，林菲只得答应。说她交了稿以后，编辑那儿没有什么事，她就联系她，去给英雄壮怂胆去。

　　上班后没多久，迟秦便又像往常那样，发来了问候的短信。

　　自从那天两个人有过亲密的肌体接触之后，又过去了整整一周，这中间，他们谁都没有再主动提出见面。似乎都怕那熊熊烈火一下子将两个人灼烧了一般。是，林菲的心里是渴望的，是想念的。可是，在空间的相隔中，将浓浓的想念发酵，也未尝不是一种热烈之美。

　　见林菲没有回复短信，迟秦便在下午打来了想念的电话。

　　不过，林菲最初没有响应，她说自己很忙，没有时间谈情说爱。林菲的语气冷冰冰的，迟秦也不多怪。他的年龄怎么会不明白，这是林菲在使小性子，只允许自己走在迟秦的后面，绝对不允许再超前半步。他也猜想得出来，虽说心里欢喜，可是，那天那样大尺度的相对，林菲一定一边悔得肠子都要青了，觉得被迟秦看轻了。另一边却又暗暗渴盼下一次的相逢。只是，她不敢再往前走半步，只能将这种渴望深深掩藏起来。不仅因为她有她的世界要忙，还因为，她有自己的底线和原则在牵绊着，却也是在推动着。

　　临挂电话前，迟秦突然又说："菲儿，我明天又要出差。这次时间会更长，可能得小一个月，你要好好保重，安静等我回来。"

迟秦的话音一落，林菲的心里便惊起了波澜，下面的这些话便是没有经过她的大脑思虑瞬间脱缰而出的："啊？要走那么久？要不，我一会儿有一点时间，我们见一面？"

林菲的主动让迟秦欣喜不已，他忙不迭地连声答应着说："好好，我一会儿到报社来接你。"

"不用，你说地方，我过去。不过，我6点前得赶回来。"

一听林菲还要赶时间，迟秦便体贴地将地点约在了报社附近的小公园。

林菲坦然应着，她心里其实暗暗松了一口气。虽说离报社很近，但这个点，记者和编辑都忙着弄稿子，不会碰到熟人。只要是在广阔的天地里，她和迟秦便不会有抑制不住的情感冲动，这对她而言，是安全的。

这座北方小城的秋天来得早，放眼望去，所有的一切都初染上了秋色，一派秋高气爽、轻盈恬适的样子。

两个人见面后，先是相视一笑，便并肩往公园尽里走去。在这样缓慢的行进过程中，两个人的衣衫总会有意无意地碰到一起，却又像触了电一般，在碰到的那一刻急急分开。

走到尽头，正好有一张长椅，林菲先坐下，迟秦紧挨着她的肩膀也坐下。林菲将头抬起，仰望起头顶的这片晴朗天空。迟秦亦然。

他们这样急迫地约见，似乎只为屏息感受这一刻的秋。

许久，迟秦终于开口了："秋天的美比春天好看，少了羞涩，多了丰满，成熟而又理智，就像你给我的感觉。"

听了迟秦的话，林菲突然没有像以往那样打趣，反而是将目光投向了更远。似乎是在体味那样的丰满，又似乎只是因为被这秋风吹着，在秋天的声与光里忘了自我。

过了几分钟，迟秦一脸温和的表情看向林菲后说道："我们就这么一直坐下去吗？"

"你不觉得这种感觉很好吗？"林菲侧脸冲迟秦莞尔一笑，回应说道。

"是很好，只要能和你在一起，感觉就很好。"迟秦响应说道。

过了半天，他突然又问道："你真的对我一点印象都没有了吗？"

"我认真想过，我们应该没有过交集。所以，我很诧异自己对你的情感，就像你说的秋天的感觉，是我跌跌撞撞走了这么久之后，其实很渴望走进的感觉，成熟而又理智。"

林菲在向迟秦坦言着她的感受，她一直以来也想去爱、渴望爱的感受。迟秦的手就在林菲的话音落下来时，迅速捕捉过去。此时，他们十指交叠在了一起，林菲没有挣脱，似乎也在享受这一刻。

"我讲个故事你听吧。"迟秦突然开口说道。

有一个小男孩，因为父亲工作的调动，离开了他熟悉的环境，在一所陌生的小学开始了他的三年级学习生涯。

可是，因为是转学生，再加上当时的他长得十分瘦小，性格也是腼腆软弱，所以，那一个学期，他受尽了班里调皮学生的欺负。

有一次，几个调皮孩子向老师举报，说他的脚太臭了，熏得他们没有办法继续上课了。老师便不分青红皂白，当场勒令他回家换鞋。他哪敢回去，便在校园的外墙边一直晃悠到了放学。其实他的脚一点也不臭，是那些调皮孩子们冤枉他而已。

第二天，那几个调皮孩子见他没有换鞋子，便又在底下商量着要向老师举报说他脚臭。这时，他的班长，一个长得很文静的女孩，突然走到了他的身前，将他的鞋子迅速脱下来之后，拿到那几个调皮孩子面前，厉声说道："你们把自己的鞋都脱下来，比一比，到底是你们的臭，还是他的臭。"说着，她手上的鞋子几乎已经伸到了这几个调皮孩子的嘴前。他们本就平时很怕这位女班长，女班长这么一替转学生出头，臭脚风波便再也没有发生过。

可是，调皮孩子们见女班长和转学生走得太近，便又生出了坏主意。

这天上课前，黑板上便赫然出现了这样的一行字：女班长和转学生相好。还流传出来一首歌谣，说是女班长喜欢男转学生，女班长要亲男转学生，男转学生不让女班长亲男转学生，女班长非要亲男转学生，结果一亲亲到了疙瘩头中，笑得全班同学肚子疼……

迟秦刚讲到这儿，林菲一脸诧异的表情问道："你怎么知道这些事情的？"

听了林菲的疑问，迟秦的故事没有继续往下讲，而是解释说道："因为我就是那个转学生。"

"不可能，我记得他不叫迟秦，好像叫杨光还是什么的。记不太清了，因为他只待了一个学期就又转走了。"

"没有什么不可能，你再好好看看我，会不会有一些熟悉的感觉？"

听了迟秦的话，林菲果真再次仔细地端详起迟秦。突然，她看到了迟秦头发遮住的那道淡淡的疤痕，她一脸不可置信的表情问道："我记得杨光额角也有这样一个疤，我还问过他，他说是小时候磕桌角上了，结果医生缝针缝得不太好，便让他留下了这么长的一道疤。我还用尺子量过，足足有两厘米长呢。"林菲一边说着，手上一边比画着。

说到这儿，她的眼睛一下子瞪得大大的，嘴巴圆张着大声说道："难道你就是杨光，杨光就是你？"

"是，我就是当时的小杨光。"

"可是，你叫迟秦啊？"

"当时我只待了一个学期便又转学了，是因为我爸妈离婚，我跟了我妈。我妈一时气极，便将我的姓改成了她的，搬离了江林。"

"可是，迟蔚是跟着他的爷爷奶奶一起住的啊？"林菲仍然一脸疑惑的表情。

"我妈就不能再嫁了啊？我上五年级的时候，我有了现在的爸爸。他可比我亲爹强多了，从来不跟我妈吵架，也非常疼爱我。后来我回江林发展事业，便把已经退休了的他们都接了过来，让他们跟在我的身边。不过算不上颐养天年，老了老了，还要帮我照顾孩子。"迟秦一口气说道。

"哎呀，没想到，咱俩还这么有缘。"林菲感慨地说道。

"其实那时候你报道那个上市公司的新闻时，我便猜想你有可能是我的女班长。因为那个时候的你，小作文写得十分好。后来我一直想去报社找你确认，可是，又怕是我自己多情过头，那个人不是你。当时的我还没有离婚，也没有理由和你重新联系。谁承想，缘分这个东西真是奇妙，你女儿和我儿子竟然是同班同学，我们还通过走路的方式重新认识了。"

林菲笑笑，没有接话。她的情感还处在一种诧异和惊喜之中，还没有办法让自己进入两个人曾为小学同学的情境之中。

"那帮调皮孩子真是讨厌，说咱们俩相好那事，弄个整个学校都沸沸扬扬的。为此，我是挨了我亲爹一顿狠揍，你呢？你爸妈也没少批评你吧？"

"我爸妈倒没有，他们都是老师，所以，他们很会做人的思想工作，他们也相信自己的女儿不会撒谎。所以，我没事。"

"你是第一个帮我的女同学。明知道大家伙都不喜欢我，都在想尽办法找茬欺负我，你却站在了我这一边。这让当时小小的我十分感动。可惜，就是因为那件事，我们不得不断交，连普通同学都不能再当，我连偷眼去看你都不敢了，怕给你再惹来新的麻烦。当时我便暗暗发誓，等我长大了，我一定要补偿你为我受的这些委屈。"

"哈，多少年前的事了，不提了，这一提心绪便乱飞起来，一晃眼，我们怎么就是三十多岁的人了呢？"林菲不禁这样感慨出声。

"是啊，我还以为没有机会补偿你了。可是，命运还是让我再次遇到了你。而你，干净温和，洁身自好，一身正气，还是当年的感觉。"

"前两个词把我说得跟个天使似的，后面这个词又把我形容得跟个警察似的。我哪有你说得那么好，不过是一个普通的女人，一个在生活的这滩泥潭里，努力挣扎着不让自己陷进去的普通女人。"

"不，你一点也不普通。你身上有一种特别吸引我的光芒，让我总忍不住想要靠近你，想要温暖你。可是说实话，却是你在温暖我，因为靠近你，我便有一种心安，觉得岁月静好，现世安稳。"

"别把胡兰成的表达用到我们之间，那样，注定悲剧。"林菲突然眉头一皱，在迟秦讲到"岁月静好，现世安稳"八个字时。

"别那么迷信，我只是借用这八个字的美好含义，来表达我跟你在一起的感觉。说实话，那天送完你回到家后，我在客厅里发了许久的呆，我觉得很不可思议，我竟然完全没有办法自控，我只想和你在一起，身心都在一起，你就像有一种魔力一样，吸引着我靠近你。所以，那天的事，一直还想当面向你道歉，希望你没有因此生出对我的鄙视，觉得我怎么长成了一个下半身动物。"

迟秦的话让林菲不好意思地笑了笑，没有用言语表态，十指却暗暗使了一点劲，像在告慰迟秦的不安，因为她没有觉得突兀，她其实也很喜欢，很享受。

说到这儿时，太阳已经有些西沉，一阵稍冷的秋风吹过来时，林菲下意识地问了一句几点了，迟秦说马上6点时，林菲说了一声糟糕，怎么一聊聊了这么久，说她还答应陪刘欣去谈判呢。

"刘欣是谁？谈判，谈判什么？"迟秦一愣，张口问道。

"就是我给你讲过的闺蜜，那天不是告诉过你，她爱上了一个有钱的大叔，结果人家前妻杀了回来。今天他们三个约了一起谈判。她有点胆怯，要拉我去壮胆。毕竟，我和那个大叔也认识。"

"你拉的皮条？"迟秦故意笑着问道。

"什么皮条，那个大叔支持过我几次广告。哎呀，中间有点复杂。但绝对没有你想的那么龌龊。行了，别一脸坏笑了。时间有点紧，我得赶紧去了。"

"我明天要出差呢，要走很长时间呢，你就忍心不陪我吃顿晚饭？"

话音刚落，不待林菲回应，迟秦突然一把将林菲整个揽入了怀里，同时俯身过来，好像林菲一反抗，他便要用武力解决似的。

"那个，你别闹了。"林菲的脸"刷"地就红了，结巴着说道，"我答应你，你回来那天，我陪你。"

"怎么陪都行吗？"迟秦脸上再现一抹坏笑，故意抓着林菲的话柄问道。

"行，怎么陪都行，行了吧，可以放开我了吧？这可在我们报社附近呢，你是准备让我臭名昭著、身败名裂吗？"

"那样最好，我正好趁火打劫。"

"还趁火打劫？好了好了，放开我吧。"林菲不满迟秦的态度，高声说道。

"那你亲我一下，主动亲我一下，我就放开你。"迟秦突然像个调皮的孩子，一脸想要讨要糖果般的无赖。

"真服你气了。"

林菲知道自己拗不过面前的这个男人，只得蜻蜓点水地抬身在他的脸颊上轻轻亲了一下，便又迅速回归原位："可以了吗？"

"敷衍，不算，重来。"迟秦一脸不依的表情。

"别得寸进尺。要不，我可行使女班长的权力了！"林菲怒目瞪向还抱着自己的这个男人。

"好好，我怕你了。快去吧，路上慢点开车。"

"每次都是这句慢点开车，真没新意。好了，我走了，别送。"

终于站起身的林菲，一边整理着自己的头发和衣服，一边一脸揶揄的表情准备转身离去。

可是，就在她的身子刚刚转过去的那一刹那，整个人却被身旁的这个男人一下子又扳转了过来。迟秦的吻便随着两个身体的趋近，铺天盖地地袭了过来。

一瞬间天旋地转，像被电击到似的，林菲忘记了反抗，也忘记了回应。

等到她想到要反抗，这个男人一把松开了她，同时一脸戏谑的表情说道："好了，我做了记号了，你今后属于我了。去吧，我不送了。"

说完，这个男人便哼着小曲，迈着欢快的步子，朝相反的方向走去。夕阳将他的背影拉得很长，这让站在原地的林菲，一直紧紧捂着自己的心脏，不想移开眼睛，怕错过那一抹眩晕。她已经忘了这是在她的报社附近，忘了要四处打量有没有被人注意到刚刚那一幕的激情。

| 第 23 章 |

## 被情势所逼出了口恶气

心绪怎么就平复不了呢？怎么就不能从刚才的眩晕里跳出来呢？满心焦灼想要逃离刚刚那霸道一吻余息的林菲，便被刘欣取笑了一个底朝天。

"你怎么了，刚刚被男人非礼了？一脸的'刚刚被爱了'的潮红。"

刘欣大惊小怪的咋呼让林菲脸上更红起来，她赶紧指责说道："真是满嘴没正经。看来，你是一点也不紧张，一个人完全可以独挡天下。你再这么胡说八道，我可走了，不陪你上这趟刀山了。"

"别，我开个玩笑。"

刘欣一把挎住林菲的胳膊，往朱奋起的会所走去，唯恐林菲果真会逃跑了一般。

"怎么选在了这个地儿？不应该在他们的主场啊，那样，咱在气场上便输了一大截。"林菲眉头一皱，不解地说道。

"我本来也觉得这地儿不好。后来一想，如果谈判失败，我便可以借题发挥，把他这儿能砸的都砸了，然后再一把火烧了。"

"别胡说八道，还不知道怎么个情况呢。"

　　林菲白了刘欣一眼，说话间，两个人已经跨进了朱奋起这座豪华极了的会所。

　　朱奋起坐在那张双人沙发上，他的前妻伍如娟坐在他对面的单人沙发上，中间连接的两组沙发，应该是留给刘欣的位置。

　　林菲的到场让朱奋起诧异了半天，见他的神色不对，伍如娟张口说道："怎么，一个小情人不够，来了两个小情人一起谈判？"

　　"你别乱说话。"朱奋起开言指责。

　　刘欣刚想发飙，被林菲掐了一下胳膊，同时眼睛看了她一眼，意思是小不忍则乱大谋，别忘了今天的主题和想要的结果是什么。

　　四人坐定，伍如娟先开口说话了："刘小姐，你和我老公的事情，我都听他讲了。"

　　"是前夫。"刘欣还是没忍住，更正说道。

　　"好，前夫。他说你们之间是真爱，他说你绝对不是图他的钱。我和他也商量过了，我们不能仗着有钱便欺负你们这些年轻的女孩子。噢，你也不年轻了，看脸上的皱纹，也得三十好几了吧？说吧，你要多少钱才离开朱奋起，多少钱我都给得起。"

　　"哼！"听了这个女人的话，刘欣不禁冷笑出声说道，"真是开国际玩笑，你作为我男朋友的前妻，有什么权利对我们俩的感情指手画脚。"

　　"我要更正你一点，是前妻不错，但当时我们离婚的时候已经协议好了，他绝对不允许在我前面结婚。当然，后面还有一条，他肯定没有告诉过你。如果离婚5年，我们都还没有结婚。那么，我们便复婚。你可能还不知道，他肯定也不会告诉你，我们是离婚不离床。也就是说，我每次回国，我们都是睡在一张床上的。你听清楚了吗，你不是小三是什么？"

　　伍如娟话音一落，刘欣便炸开了锅，一脸不可置信的表情看向朱奋起问道："朱奋起，她说的都是真的吗？你们果真还睡在一张床上吗？"

　　"欣欣，你听我解释，事情不是你想的那个样子的。"

　　朱奋起想要急急辩解，"欣欣"二字一出口，引得伍如娟一阵狂笑，声音快要笑散了似的说道："真是有趣，还欣欣呢？你有多久没有叫过我娟娟了。也是，自从咱们结婚后，我便是你的董事长。所有的财权都在我这儿，你怎么敢造次？

只是，我眼皮一松，你便给我弄了这么一出。朱奋起，你解释给她们听听，到底我说没说假话？"

"那个，那个……"朱奋起理亏，半天支吾不明白。

刘欣话锋一转，面向伍如娟说道："你别把我当小三，我当时和朱奋起关系公开时，我不知道他是这种身份。如果知道这样，白给我，倒贴钱，我都不要。如果说，我们因为不爱了而分开，你的臭钱我一分都不会要。可是现如今，姑奶奶我得好好考虑考虑要多少，才能弥补我受的这份屈辱。没错，就是屈辱，因为这事，是你的前夫朱奋起他对不住姑奶奶我在先。"

"不过，别怪我不提醒你，你别狮子大开口，得有一个基本的计算法则。那就是，朱奋起上了多少次你的床，按最贵的嫖妓来算的话，一次一万，应该很高看了吧？你说吧，得多少万。"

伍如娟的这句话不仅让刘欣差点一口鲜血喷出来，林菲也是气得浑身发起了抖。

只见她将之前的隐忍全都抛开，替刘欣出头说道："你们别欺人太甚，别以为我们真的就是软柿子，没有办法收拾你们。你们别忘了有多少企业都是因为媒体的曝光而倒闭的，我不信你们就那么清白，一点腥味都没有。这就好比秋后算账，只要想找你毛病，怎么着都能如愿，只不过是时间问题。你还要知道，兔子急了也会咬人。今天我们是抱着解决问题的态度来跟你们谈判，不是为了将脸皮撕破各取其辱。你还要搞明白一点，这事，是朱奋起先拱上门的。他不臭烘烘地往前凑，谁认得他？对了，你不是不知道我是谁吗？我是谁，你们家朱奋起最清楚，我是他死缠烂打追了一年多没追上的人。他不惜在我们报社打横幅，天天送花，他做的那些不要脸的事，晚上你们两口子躺床上亲热前好好数落数落，我不想细说，因为我嫌说脏了我的嘴。"

林菲看了一眼刘欣，见刘欣一脸痛快报了大仇的表情后，又继续说道："别以为你们有几个臭钱就了不起。在今天来之前，我们是一直觉得朱奋起这个人还行，还算可靠。可是现在，这个人白给，我们也不要了。至于赔偿，我们一分钱都不要，只要朱奋起干一件事，那就是到我们报社门口跪上一个上午，身上背一横幅，说明明和前妻还一直睡在一起，还到处承诺要娶新人回家。这个要求不过分吧？怎么着，你们应该能答应吧？"

　　林菲一口气说完，斜睨着眼神将朱奋起和伍如娟来回扫了几个遍，见他们两个人脸上一阵青一阵紫后又说道："你们不说话，我们就当你们同意了。说吧，哪天去，我们好提前准备准备，摄影记者什么的都早早在现场候着。对了，我们还得叫几个电视台的，反正都是同行，一家有难八方支援，这也是老行规了。你们给个准话，我们好回去先准备着。"

　　伍如娟突然一阵气虚，脸上阴晴不定了半天后，才甩了一句恶狠狠的话对着朱奋起说道："你自己干的好事，老娘没工夫陪你们玩，你自己把屁股擦干净了。否则，我让你净身出门。"

　　说完，她便屁股一扭，踩着高跟鞋气呼呼地摔门而去。

　　林菲闲着也是闲着，便目睹了一番伍如娟的背影，果真如刘欣的形容，真是够朱奋起喝上一壶的。

　　伍如娟刚走，朱奋起便"扑通"一声给刘欣跪下了，一大把的眼泪鼻涕就在瞬间掉了下来，语气悲痛中带着哀求说道："欣欣，你别怪我，你也看到了，她就是一个母老虎，我真是怕她。但你要相信，我真的是爱你的，很爱你的，是一直想娶你回家的。你再等等好不好，再给我一些时间，我肯定能把这一切搞定，我肯定能把你光明正大地娶到我们朱家。"

　　"行了，你别一脸的假惺惺了。今天以前，我还做着梦，觉得自己是因为爱你，觉得你好，才想和你在一起。现在看来，我简直太幼稚了，你哪里值得我爱？瞧你那怂样。你别以为用你的臭钱就能打发我，我不稀罕，也不缺那个东西。你还是给个准话，哪天到报社门口去请罪？你不要脸我还要脸呢？你不用见他们，我还要天天见他们呢？我还要很明确地告诉你，打今儿个起，姑奶奶我不爱你了。你听明白了吗？最好听明白了！"

　　朱奋起一脸委屈的表情看着刘欣欲言又止的样子，刘欣又接着说道："其实我真挺可怜你的，摊上这么一个老婆，不对，前妻。可我更瞧不起你，为了点钱和权就把你卑屈成这副模样。行了，那是你们家的家务事，我懒得管，也不想管。三天之内给个准信，否则，就不是我和林菲两个人上门了，我会带着我的同事们，还有电视台的朋友们一起来。反正我已经被你前妻说成那么不要脸的女人了，也不在乎再丢脸这么一次了。行了，我们走了，你赶紧哄你的母老虎去吧，否则，一口把你吃了，这人世一遭还没过够就呜呼了，那才叫真不值当呢！"

一坐进车里，林菲和刘欣便大声笑了起来，眼泪都笑出来了，两个人的腰也要笑断了似的，半天直不起来。许久，林菲先平息笑声问道："我替你做了决定，你不会怨我吧？"

"太痛快了，我这些天憋的气一下子全发泄出来了。怪不得人人都要争当泼妇呢，确实过瘾。哎呀，你这嘴巴，简直就不能用伶牙俐齿来形容，你隐藏得太深了，我还一直以为你是温和优雅的知性女人呢。"

"少贫，我还不是被情势逼的，想替你出口恶气。不过说真的，你说朱奋起接下来会怎么办？你真不爱他了？"

"今天之前，我或许是爱他的，或许是想真心实意等到他的。不过，今天一看他在他老婆面前抖抖索索的样子，就差尿裤子了吧？离婚6年了，他还要满足他老婆的兽欲。真够可以的！"

"是前妻，不是老婆，注意正确用词，非得把自己往小三的路上逼。"林菲故做一本正经的样子更正说道。

"对，是前妻，去他的，今天我真是算出了一口恶气。"

"你觉得朱奋起会去报社谢罪吗？"林菲突然这样问道。

"怎么可能，他还真不要脸了？这不要脸的事都得背着人办，人前人后的，不得把脸掖裤裆里啊？以我的了解，他肯定不会。他会死皮赖脸地求我收下几万块钱。也就几万块吧，照那个女人的计算标准。"

"你真是不高看自己。"林菲不禁语出讥讽。

"什么叫不高看自己，这叫明情，也叫现实。我想了，他要是给我送钱呢，我就收下。这年头，跟钱过不去的人都挺傻，而且这钱本来就该赔偿给我。我再把他送我的那些东西，挂网上卖出去，打个五折应该好卖吧。那么多，足够开一个网店了。"说到这儿的刘欣突然叹了一口气又说道，"可说实话，心里还是有些不舍。毕竟，也是付出了几个月精力的一段感情，也用了一些心思，也付出了一些努力，也寄予了一些期盼。"

"好了好了，没事了。"林菲揽过刘欣的肩头，轻轻拍着说道，"咱们很快就能挺过去的，这真正的白马王子也会很快骑着白马来驮你。你要相信，这世间一定会有真正属于你的爱情在等着你。所以，要先让自己好好的，不许自暴自弃，觉得世间一片黑暗，再也没有真心可鉴天地。"

"嗯，谢谢你林菲。"刘欣的眼泪终于落了下来，但她很快将眼泪抹干，语气轻快地说道，"今天要好好谢谢你，说吧，想吃什么，我请你吃好吃的去。"

"好，吃好吃的去。不过可要说好了，最起码也得人均消费30以上的。否则……"

"好好，人均消费31可以了吧？走，去你们家附近吃，这样，你能早些回家。米米估计该想妈妈了。"

吃饭的间隙，林菲收到了迟秦发来的短信："你们谈判得怎么样？是胜利还是失败？"

知道迟秦是关心她，所以，她迅速回复："正在庆功。"

"噢？看来大胜了！祝贺。"

"我今天当了一回泼妇，超过瘾。把那对狗男女骂了一个狗血喷头。"

"现在还在泼妇的状态中，连狗男女这样的话都出来了。不过，从你的话里分析，你们今天是出了恶气，没有讨得真正的实惠对吧？"

"钱财如浮云，何况那种靠失去尊严而得来的脏钱？不是我们文人面薄，而是人要活得体面。"

"支持。那你们好好庆功，早些回家。提前说晚安好梦吧。"

"嗯，你也早点休息。明天路上注意安全。晚安。"

见林菲一直忙着发短信，刘欣一脸不乐意的表情问道："你不会外遇了吧？脸上笑得跟朵花似的？"

"别胡说，你姐我正在处理重大事务。"

"什么重大事务，让我瞅瞅。"说着，刘欣便作势要抢手机。林菲身子一扭，便顺手拿起一个烤翅塞到刘欣嘴里说道："有东西吃还堵不上你的嘴，真是八卦。"

就在两个人的欢声笑语中，甜蜜与沉重交替出现着的这一天即将结束。

林菲突然抬头看了一眼夜空，在那样的凝视里，眼前再次清晰出现了迟秦吻来时，自己一脸晕眩的样子。就在那样的晕眩里，林菲仿佛看到了吻向自己的迟秦的唇，那样柔软，瞬间跌进了温柔的深谷，无法自持。

　　林菲必须承认，迟秦对她，就像一个巨大的旋涡，吸引着她，同生共长。如果说所谓的幸福，一定是悬崖万丈，她却渴望只有这样的悬崖才会有的风景。

　　可是林菲也知道，他们或许也仅限如此了，谈心说情，终究难以走入生活。也或许，再美好的感情，落入琐碎而平淡的生活之后，争执、冷淡、委屈、痛苦、不满……都会像潜在水底的泡沫一般，不受人为控制地潜到水面。林菲不想再次那样。

　　如果以眩晕启程，该是一段真心的爱情吧？那样的状态，该是真心和幸福的吧？这样想着的林菲，又陷入了遐想。她竟然还有些暗暗期待迟秦的旅程快些结束，她甚至有些迫不及待地想要再次见到他。在心里，还生出了一些对他的牵挂。

　　抛却身份，只是凭借一种心的本能。

　　那一刻，想念迟秦的心，在林菲的脸上潜生翻涌。

| 第 24 章 |

## 相爱的这一刻，深情吻着

迟秦突然要回来，他在电话里告诉林菲，他想她，想得快要疯了，他创造了一个小机会，他们可以见上一面。只是，第二天下午他必须再次回到出差的旅程当中。所以，他求她，一定答应见他。

迟秦的痴情请求让林菲心潮涌动。她何尝不是想见到他呢?

女儿米米在客厅里看书，陈家声在玩游戏，林菲躺在床上等待晚上的到来，等待金风玉露真正相逢的那一个美妙的时刻。

可是，见迟秦穿什么呢?

以前的她在迟秦面前，基本上都是 T 恤和休闲裤，偶尔会有普通的裙装。可是，这一个晚上，是他和她约定要在一起的晚上，她穿什么才能配合这样的气氛和心情?

她想穿得隆重一些，还不能让迟秦瞧出她的精心。那么，还是 T 恤长裤吧。也不好，那样会显得她毫不重视，与她发给迟秦的那样热烈的短信不符。

躺在床上的林菲，始终没有睡着，虽说眼睛闭着，脑子却已经大张旗鼓地将自己所有的衣服倒腾了出来，正在挨个试穿。

这件红的不好，太艳，不像她的风格。从买回至今，除了参加过一次报社的联谊，她没有碰过这件红衣。这件收腰长裙，灯笼袖，裙身是青花瓷的花纹，很雅致。如果再配上一条白珍珠项链，应该会将整个人衬得庄重典雅。可是，也不好。每次穿它，林菲都会觉得因为过于典雅，所有人的目光都会立马聚焦于此似的，这样的灼目会让自己一下子失去走路的技能。那么，这件素花的，也不好，显得自己过于素净，丝毫没有光彩。

将所有的衣服都在心中试穿了一个遍后，林菲还是没有找到自己心仪的衣服。

她猛地从床上坐了起来，将头发顺手又拢成马尾辫后，高声对客厅里的米米喊道："米米，咱们逛街去吧，妈妈给你买件新衣服。"

"好啊好啊，老妈，我想要件蓝色的裙子。你明知道我喜欢蓝色，可每次还是以粉色为主。这次，我要自己挑选。"

母女俩出门前告之陈家声，让他自己做晚饭，说她们逛完街后，会去外婆家。两个人有可能今天晚上就留宿在外婆家。

陈家声"嗯"着依然头也没有抬。米米不禁抱怨说道："爸爸，游戏里面有黄金屋还是颜如玉，或是你的女儿米米？瞧你这么认真，我们都要出门了，你也不来送一送？"

"有什么好送的，你们不过是去逛街，又不是不回来了。"

"可是，晚上我们不回来啊？"米米依然一脸的不乐意。

"不回来又不是不见了？别吵我，我这正忙着呢。"陈家声一腔的不耐烦结束了对话。

林菲也巴不得赶紧结束这样的对话，赶紧拉着米米往外走去。

很快，林菲便买到了米米喜欢的衣服。在等待女儿试穿的时候，她突然装作无意的样子说了一句："要不，妈妈也买一条裙子？"

"妈妈你就应该常穿裙子，别一天到晚背心短裤的，除了一头长发，一点女人味都没有。不过，你这长发也太像清汤面条了。你该好好烫一烫，再化一个精致的妆。这样，我们走在一起，才像母女俩，而不是姐妹俩。"

"像姐妹俩显得妈妈年轻啊，那还不好，你还希望妈妈变得老起来啊。"

"不是那个道理，什么年纪什么打扮，您都三十好几了，还是应该往成熟里装扮装扮。您没见过迟蔚的妈妈，打扮得可洋气，可好看了，就跟电影明星似的。迟蔚说每次等他妈妈出门都要一个小时，因为他妈妈要仔细梳妆打扮，就连去个菜市场，他妈妈都得打扮一番。"

听到米米提到迟秦的前妻，林菲的耳朵便凝神细听起来。噢，原来那个女人是这种风格！算了算了，自己还是别买裙子了，风格撞车，迟秦不见得会喜欢。就今天出门的这身吧，竖领奶白色宽松衬衣，又配了同色的一条九分裤。整个人看起来还是很精神的。迟秦应该喜欢干净清爽的林菲。

在母亲家吃过晚饭，安顿好米米，林菲说自己还是回家住，明天一早再来接米米。之后，她便一脸平静的表情下了楼。

坐进车里，林菲赶紧去看短信。半个小时之前，迟秦短信说，他刚下飞机。司机接上他之后，他便直接回家。他问林菲，几点能见到？他迫不及待地要见到她。

林菲嘴角往上一咧便笑出声来，她回复短信说安顿好了一切，现在就等着他的召唤。

似乎知道早晚会有这一刻，也在期盼这一刻。等待了一周的林菲，终于不再刻意躲闪或是忽略那些活跃着想要跳出来的词，她开始故意让它们自动连缀成句，组成那些令人激动，或心生惊讶的准确话语，来表达她的内心。

迟秦的短信很快又来了："准备好了做我的女人，准备好与我在一起了对吧？心如飞至，真想此刻看到你。"接着他又问道，"你在哪里？我打发走了司机后，就去接你。"

"我过去，你等我。"

林菲将手机放好，发动车子，以一副急不可耐的心情朝着迟秦住的小区急驰而去。

按照一般的关系递进规律，这一晚上的他们，将会抛开一切的繁文缛节，只是纯粹的两个男女，互相喜欢，赤裸相对。先不管对与不对，也不管道德约束，只是因为两颗心想要靠近，身体便会产生想要亲密在一起的本能冲动。

为什么要违拗人的本能？

迟秦出差的这些天，林菲一直在这样劝慰自己。

正因如此，她便会时常觉得时间过得太慢，离相见时间还太远。她又时常觉得时间流逝得太快，似乎还没有完全做好准备，去做迟秦身下的女人。可是，这样的一个夜晚，不管林菲是假意抗拒还是真心迎接，它已经隆重到来，在迟秦心如飞至的那一刻，也在林菲心如飞至的这一刻。

门铃摁响后不过三秒，迟秦的脸便出现了林菲的眼前。嘴角往上一翘，林菲便被笑意盎然的迟秦拉进了怀里。身子刚刚抵在上一秒才关上的这扇门背后，迟秦热烈的吻便铺天盖地而来，不容林菲缓缓自己的情绪，也不容林菲做出迎接热吻的姿势。

迟秦终于放开了林菲的双唇，却像看不够似的，将林菲从头到脚看了一个遍。此时的林菲，脸已羞红如熟透的水蜜桃，似乎轻轻一剥，便可蜜汁四溢。迟秦的冲动又被林菲的样子撩拨了起来，又是一阵疾风骤雨与春和日丽相辅相成的热吻，战场从门后转移到了沙发，十几步的路程，林菲又被迟秦横着抱在了怀里。

此时的林菲突然走神想到了这样的一句话，说爱情真是一个动词，像空中的飞鸟，像海里游泳的鱼，没什么规则，也没什么道理，说来就来，不容抗拒。

"都准备好了吗？"情绪稍有平息，迟秦沉稳出声问道。

林菲点点头，却因瞬间的害羞而将自己的脸整个埋进了迟秦的臂弯。迟秦将吻再次落在林菲的发际、颈间，直至再次捕捉到这个女人的唇，温柔地吮吸，霸道地撩拨，林菲整个人被他弄得心猿意马，情意绵软。

"我们一起洗澡好吗？"迟秦温柔地问道，同时手上开始去脱林菲的衣服。此刻，任何横亘于他面前的东西，都是多余的，他急切地想要真正拥有眼前这个女人。

"不。"林菲肯定回答，语气却多软弱。

"一起洗不好吗？"迟秦再次在林菲的颈间和唇间轻轻一吻，又柔声问道。

"我不习惯。"

林菲这次讲明理由，似乎更加害羞，整个人的重心下移。等到她意识到问题的时候，她的脸已经触到了迟秦早就突立起来的坚硬。

迟秦不再容林菲过多思虑，他将林菲整个剥净，整个抱起，温柔地放进了已放满红色玫瑰花瓣的浴缸，水花四溅的下一刻，他挺身进入。

一切平息的时候，林菲被迟秦从后面整个环抱在怀里，他的手依然不舍放开那对儿飞不动的小鸟。他一脸的满足，将自己的脸久久地埋在林菲的后背颈间。

"我有很多年没有做过了。"林菲突然开口说话。

"嗯。"语气平稳，迟秦的心中惊起波澜，想到林菲刚刚的羞涩还有动作的拘谨，他忍不住在环抱着的胳膊上加了一点劲，像是对林菲刚刚这句话的安慰和响应。

"感觉怎会这样好？让我觉得一切都值了。"林菲突然又说。

她的这句话给了迟秦莫大的鼓励，他突然一把将林菲的身子扳了过来，眼睛直直地盯视着怀里的这个女人，一脸挑逗的表情问道："还想要吗？"

"讨厌。"

林菲作势将胳膊集中于胸前并试图去捶打这个大胆的男人。可是，她的手还没有捶到，整个人的嘴唇已被这个男人死死封住，喘息不得，一股热流开始再次四散至全身，她的身子也在不自觉地拼命上挺，似乎想要与这个男人再次融成一个整体。

"我不会怀孕吧？"

激情平息后许久，一直被迟秦侧抱在怀里的林菲突然惊慌地问道，那一刻的她才突然清醒地意识到，他们没有采取任何保护措施。她一阵发懵，搞不清楚自己是在安全期还是危险期。

"如果怀上了，就生下来好不好？我想要你为我生个孩子，最好是个女孩，像米米那样漂亮可爱。"

迟秦提到米米，林菲的心再次惊慌起来，那些仅剩的理智此刻回来了。刚刚的这一刻，已经对她的人生产生了不同寻常的意义。她置身在这个陌生的床上，周围是陌生的家具和空气，以及陌生的自己，和身边这个一会儿陌生一会儿熟悉的男人。她突然的惊慌，是因为刚刚的这一切，让她原本缓慢行驶的生活，一个急转弯，从此转向了新的道路。而这条道路，她其实陌生着、胆怯着。

"我的生活已经一片混乱了，我怎能再为你生个孩子，增添更多混乱呢？"林菲突然叹了一口气，一本正经地说道。

"怎样混乱？可不可以说给我听听，看看我能不能帮到你？"迟秦温柔回应。

"我和他，从米米满月起便分床睡，一直到今天。前阵子，他外遇出轨被我发现。如今，他的事情似乎还没有摆平。我却又步了他的后尘，也成为一个出轨的人。"

　　林菲言简意赅地将她的混乱表述完整。这样说完时，她的心里却莫名生出了许多轻松，好像迟秦真的可以为她出谋划策，可以将她的混乱摆平似的。

　　"你还爱他吗？"迟秦没有说他有没有什么主意，反而这样问道。

　　"爱？多奢侈的一个词。本身便是一个错误的选择，又错误地往前走了这么多年，怎么可能还会有发自内心的爱。"林菲没有犹豫，张口说道。

　　"有没有勇气重新选择？比如我。"

　　迟秦将林菲抱在胸前，低声问道。他的气息就在林菲的唇间、鼻息之前，林菲又一阵意乱情迷。可是，理智告诉她，她还没有重新选择的权利，也看不清重新选择会对或是错，她不敢轻易再下断论。

　　"讲讲你和她好吗？"林菲没有回答，却这样问道。

　　林菲的话也让迟秦叹了一口气，只听他语气沉缓地说道："她是我的大学同学，是一个有钱人家的女儿。可她却甘心放弃一切，跟我来到江林。我们曾经有过一段非常幸福的家庭生活，但是，那样的生活很短暂，奢侈得恍如隔世，常让我产生一种错觉，好像只有在梦里才拥有过。她的父亲舍不得她跟我受苦，便在江林给她开了一家公司。她很有做生意的头脑，不出几年，她的生意便做得风生水起。生意做大了的她，与我之间的沟通便出了问题。我的事业也在蒸蒸日上，我便希望她能是一个顾家的女人。可她却总是反驳，说凭什么女人便要主内，凭什么她便要牺牲自己的事业和前程？为了她应酬晚归，为了她十天半月不着家，为了她甚至忘掉了儿子的生日，为了她有几个月没有去看过我的父母，我们一次次地争吵，一次次地和好。到最后，我们谁都吵不动了。离婚是她提出来的，说她想明白了，即使离婚，儿子还是她的儿子，除了丈夫不能再随叫随到，其余一切并没有发生变化。说实话，即使我们吵到天翻地覆，可在我的心里，却从来没有想过要和她分开。可是，我又是一个倔强的人，既然她提出了离婚，那么，她肯定是不爱了。一时赌气，我便在离婚协议书上签了字。刚离婚那阵，我还有些后悔，可又放不下面子去找她。时间一长，我竟然发现，我其实可以放下，因为我并没有自己想象的那样热烈地爱着她。这些年的争吵，让我心里存着的那些美好都吵散了，吵不见了。我后悔离婚，只是因为我的自尊心受了挫而已。可是，我俩现在的婚姻状态应该叫'隐离'。除了我和她，我们双方的父母，包括我儿子都不知道。

隔一段时间，我们还是要尽可能地聚到一起，陪双方父母吃顿饭。他们也都习惯了我们一直以来这样的状态，谁都没有怀疑过。"

　　林菲听到这里，心里掠过飓风。她不禁心里叹息，原来任何平淡生活的背后，都有着惊心的故事和经历。可是，她却又隐隐地听出了一些玄机，"隐离"似乎是两个人心知肚明为了愈合而打下的伏笔。

　　"你们还会重新在一起吗？哪怕只是为了儿子。"

　　"我和你，中间隔了这么多年才又重新遇见，其实和两个陌生人没有太大差别。可是，我说不清为什么会在这样短的重逢时间里，我对你的信任和热切毫无保留。有人说，一个人爱的其实并不是另一个人，而是与自己相同或者不同的一类人。我想，我和她属于同类人，而和你，却是不同的那一类。因为相同或相近，我和她也曾深深迷恋，在自己的内心面前却不愿丝毫屈从。我和你，因为不同，这样的契合便让我们的爱更加充实饱满。有的时候，因为想到你，我便陶醉得想要落泪，这是以前从未有过的情感。而且，我还常常想要为你改变，愿意为了你的一颦一笑掏心掏肺。所以，请别质疑我对你的感觉。我想打破现有的一切，我想真正地拥有你，想和你有一个真正的未来。"

　　迟秦的话让林菲心生感动。那一刻，凭直觉，林菲固执地相信，迟秦让她看到了全世界。而她也让迟秦看到了更加广阔的天地。

　　"谁都看不清明天，看不清未来。对于你，我只希望不忘初心，不失不忘，不离不弃。"林菲拍拍迟秦的臂膀，许诺说道。

　　执意要回家的林菲，迟秦拗不过，便要开车送她。林菲却一脸倔强的表情拒绝了。她说迟秦最近出差太累，晚上又干了这么大的"体力活"，要好好养精蓄锐。她开了车过来，一脚油门就到了。又不是18岁的小姑娘，非要那么矫情地十八里相送。

　　林菲的话让迟秦一下子喷笑出声，他却一脸坏笑地抓住了话里的重点——"体力活"，他的身子又想俯上来，却被林菲一巴掌打到前胸，同时假装威胁地厉声说道："再这么贪吃，当心饿你几个月，本姑娘言必行，行必果。"

　　听了林菲的话，迟秦便一脸求饶的表情说道："谨遵姑娘之命，绝不再造次。不过，还有不情之请。"

"允你说无妨。"林菲故意顺着迟秦的话说道。

迟秦将林菲的内衣拿到手里，还不待林菲脸上变色，便一脸认真而又柔情的表情说道："我想给你穿衣服，像母亲对女儿那样，想给你穿好衣服。"

迟秦的神态和话里的真情让林菲脸上瞬间涌出热泪。她觉得有些丢人，手一抬一抹，便不依地说道："男人要有个男人的样，别这么肉麻酸腐好不好？"

可是，话虽这么说，她却听话地张开了臂膀，将身子探到了迟秦的身前。内衣、短裤、衬衣、长裤、袜子、鞋子，还有系于脑后的马尾，迟秦像一个笨拙的大男孩，一点点将林菲送回现实。

看着迟秦一脸认真而又柔情的模样，林菲的心同样变得柔情万种，她觉得当下的空气都充满了爱情的味道，甜丝丝的，沁人心脾。

可是，林菲却忘了，两个人从异性相逢到相知相悦，正如水发酵成酒，酒不自醉人必自醉。而太匆忙、太烈性的酒，却往往让人失去理智。正如这一刻，她和迟秦的爱，就像暴风雨夜的闪电，照亮着、引领着两个人走到一起。可在茫茫黑夜的漫游中，他们是不是也会像太多人一样，相互走失谁也找不见谁呢？当启程上路时的载歌载舞，终于换来某一天的田园荒芜时，他们可还记得，相爱的片刻，他们曾经如何深情吻过？

是的，这一刻，即将分别的这一刻，他们又深情地吻在了一起。

| 第 25 章 |

# 她的心里生出了恨

平安到家时，已是晚上 12 点，陈家声竟然又不在家！这着实出乎林菲的意料。

因为兴奋睡不着的林菲，在喝掉最后一口白水，第 N 次翻完那本小说后，终于命令自己闭眼睡觉。她知道自己的心情兴奋到了极点，可是，再怎样兴奋，这一天还是要结束。

躺到床上，她的心里却突然生出了不安，是为陈家声的夜深还未归宿，又似乎不是。

就在她犹豫着要不要给陈家声打个电话的时候，陈家声终于拖着重重的脚步撞进了门。没有像以往那样悄无声息地回到自己房间，而是连拖鞋也不换，便"咚咚"地往自己的卧室撞去。刚走到门口，突然看到了林菲卧室的灯亮着，他身子一转，便直接撞了进来。

林菲闭上眼睛假装睡着了，不想与陈家声说话。可陈家声却不依，一把摁开了房间的顶灯，大声说道："林菲，你起来，我们谈谈。"

林菲知道，陈家声又喝酒了，她不想与酒疯子对话，清醒的时候都让她心生讨厌，何况此时。

她不言语，陈家声竟然一屁股坐到了林菲身边，说："林菲，我们离婚吧。梁红怀了我的孩子，我得对她负责。"

陈家声直白的话一下子便将兴奋着的林菲刺了一个四分五裂。

都说爱情的剧本万千种种，可婚姻的主题演绎却只有唯一，那就是相互帮衬、相互呵护，让彼此的生命在尘埃里获得认同，在生活泥泞中携手，相濡以沫直至死去。可是，林菲的婚姻并没有在好的开端里进行，十年的婚姻也很少有锦上添花的事情。当两个人都在不同程度和动机中背叛婚姻的时候，林菲悲哀地发现，即使曾经有过短暂的美好，她已经全然不记得了。在这一刻，当陈家声用残酷的事实刺向她的时候，她的心里生出了恨。

"你确认那个孩子是你的？"

"应该是我的。"陈家声语气似乎不足，但他马上又硬气地说道，"肯定是我的。她和我好的那一阵，她男朋友根本没有来找她。"

"你24小时监视她了？她的忠诚值得你信任？而不是和她男朋友又合起伙来骗你的？"林菲干脆坐起身来，质疑的话语一句接一句，硬邦邦地甩了出来。

"她这一次不可能骗我，孩子的事情能说瞎话吗？"陈家声自我答疑。

"我很好奇，她男朋友这一次去了哪里？怎么不在现场？"林菲努力压抑着内心升腾不息的刻薄，一副真心想要听故事帮陈家声分析的模样。

"我懒得跟你说，反正就是她觉得我比她男朋友可靠，不骗她钱，也从来不打骂她。她是真心实意地想与我过日子。"

陈家声突然用手指着林菲说道："林菲你看看你，你的眼神多冰冷。结婚这么多年以来，你就一直这么看我。我干什么你都觉得不入流，进不了你的法眼。梁红从来不这样，她觉得我好棒，包括在床上。你以为你摆出一副贞女的样子我才不上你的床？你真是太高估自己了，我实在是对你没有兴趣。明白吧，你在床上就像块木头一样，没有生气，我要跟你多干几回，非阳痿了不可。"

陈家声故意用言语激怒林菲，林菲冷眼看着他。他其实心里害怕，或许只是想借此说出自己的心里话，釜底抽薪，不给自己留半点后路。

"我上次给你讲过，离婚可以，你净身出门，我同意离婚。"林菲语气冰冷地给了陈家声肯定的答复。

“我凭什么净身出门？”

“凭什么？凭你做的这些脏事，凭你这些年挣的钱只养活了你自己。当然了，前几天没收的那 5 万块可以还给你。但是，米米一直到 18 岁的生活费，我们得好好商量商量。”林菲的语气里没有丝毫的怒气，就像一个普通人在谈论报纸上的事情一般。

“你以为我不懂婚姻法。两套房子一部车子，都属于我们的婚后财产。你别管我出没出钱，你也别管我挣没挣钱，这一切，我们都得对半平分。否则，咱们只能闹到法院去判决。别以为你是记者能左右舆论，可你左右不了法理。”

“你还跟我讲法理？你干的这些混蛋事情还跟我讲法理？”

努力克制着的林菲终于全面爆发。她意识到，如果再这么当老好人，在这场离婚大战中，她会输得很惨。离婚对于她而言，可以接受。可是，她辛辛苦苦挣出来的房子车子，一丁点都不想分给陈家声。凭什么老娘受罪他养着小三坐享其成？林菲知道，自己得成为泼妇，局势才能为自己掌控。

果真，林菲的突然爆发让陈家声吃惊不小。林菲是嘴里从来不骂脏字的人，天大的委屈她也不会在他面前这般爆粗口。林菲这 180 度的大转变，只能说明她忍受到了极点。

“你别发飙，也别想得太美。这婚我是离定了，这房子我也是要定了。”

陈家声的酒似乎一下子便彻底醒了。他知道自己说不过林菲，只有将盛怒的林菲一个人扔在这里，让她有劲使不出来，有话骂不出来，他这一招阴险的棋才能起到效能。

陈家声摔门而去，顺手将自己小卧室的门锁上，很快打起了如雷的呼噜声。林菲的情绪无处发泄，在自己的卧室里暴跳如雷。

林菲恨恨地将衣服扯下来，身子重重地摔到床上，脑子里全是陈家声一副死猪不怕开水烫的混蛋模样。林菲觉得自己彻头彻尾被人耍了一个团团转，她竟然还是到了最后结局才明白自己这不堪的处境。

溃不成军的她还能否期待结局逆转，还能否守得内心宁静得到彻底解脱？

林菲觉得自己的眼泪一晚上都在“突突”地往外涌着，淹没着脸，淹没着五脏，淹没着这二室二厅的小小房子。

早上起来时，林菲头痛欲裂，其实也不算是早晨，因为已经过了中午 11 点。

林菲想去餐厅接杯水喝。经过门厅，她看见了陈家声的拖鞋支棱在地上，左一只右一只，就像蒙头乱撞的苍蝇，被一堵厚墙撞回原点，变成了两具即将腐烂的尸体一般，面目可憎。

她的脚上一使劲，两只拖鞋在空中打了一个旋后，便重新落回地板，一前一后推搡着滑进沙发的底部，再不见踪影。

林菲就像一下子出了一口恶气似的，嘴里竟然不自觉地哼起一首女儿教给她的儿歌。

突然，一阵狂乱的敲门声响起。

"这是陈家声家吧？"

林菲怕引来左邻右舍的猜测，便赶紧打开了门。

一个壮汉开门撞进来，径直走到沙发上坐下跷着二郎腿，大声叫嚣着说道："陈家声那个王八蛋呢，让他滚出来跟老子说话。"

"您是哪一位？"林菲客气地询问。

"你一定是他那位知书达礼的老婆吧？看来陈家声是铁了心要当缩头乌龟，让一个娘们儿出来替他遮风挡雨，陈家声你还是不是男人？"

壮汉突然站起身来，打定了主意在各屋一番翻寻，一定将他嘴里的缩头男人拽出来才会罢休。他往卧室方向一瞅，将横在眼前的林菲轻轻一拨拉，林菲便像被狂风巨浪弄翻的小船一般，整个人扑倒在了沙发上。

林菲身子坐正，一脸惊恐的表情看着这个壮汉走到小卧室门前。

他想要手上使劲将门推开。可是，里面被陈家声锁得死死的。他抬起了脚，林菲"啊"的一声惊呼。他回头看了林菲一眼，脑袋一歪斜，似乎也在思忖这算不算入室行凶，而且他似乎也不能确定陈家声是不是躲在里面。

林菲看着自己家的门依然安然无恙地立在那儿，长吁一口气。稳了稳心神后，她依然一脸好脾气地再次问道："您到底哪一位？为什么找陈家声？"

壮汉似乎知道陈家声打定主意不出来，他便折返回沙发前坐下，同时像连珠炮似的，将他和陈家声的恩怨说了一个清楚明白。

林菲猜测得没错，果真是梁红的男朋友。

这个壮汉名叫吴魁，是梁红同居了 3 年的男朋友。没承想，陈家声却将自己的女朋友给睡了。本来上次谈好了，陈家声赔他们一笔精神损失费，这事就算了，他就自甘认个倒霉。谁知，这阵子两个人又偷偷摸摸地开始了见面。梁红竟然还说自己怀了陈家声的孩子，要和他彻底分手。

他再也咽不下这口窝囊气，要找那对狗男女讨个说法。可是，打陈家声和梁红的电话都不接，陈家声不知把梁红藏到了什么地方，反正他都快把整个江林翻了个底朝天，也没有将梁红翻腾出来。

昨天他长了一个心眼，就守在小区门口，不信碰不到陈家声。果真，昨天傍晚他看着陈家声出门打了一辆出租车，他便骑摩托车跟上了。然后在开发区的一套房子里，将这对狗男女逮了个正着。

三个人谈判时，陈家声让他好生谈，因为梁红现在站他一边。君子动口不动手，否则，将他惹毛了，绝对是鸡飞蛋打，人财两空。

"所以，我昨天就便宜了这对狗男女，没动他们一根手指头。他答应了今天早上 9 点就把欠我的钱转给我。等到 10 点也没有动静，我又被这个王八羔子给骗了。"

吴魁从口袋里拿出一张复印的欠条甩到林菲面前："这张欠条写得明明白白，我今天就是来找他做一个彻底的了断。"

果真是一张欠条，林菲心下惊慌，手上不安抖动，那张轻飘飘的纸半天才被她展在手心。赫然在目的，是陈家声那龙飞凤舞般的狗爬体，上面明明白白地写着：自己因为生意周转，从吴魁处借款 20 万元，一个月内还清，利息为 10%。如果到时不能全额还款，自愿将位于江林市阳光花园的这套房子抵押给吴魁……上面还有房子的详细地址。

林菲眼前一黑，胸口就像压了一块巨石似的再也喘不过气来。她再一次意识到了问题的真正严重性。

吴魁此时见林菲脸上阴沉，便将话语停顿下来，不再出言相激，似乎一脸好意，只为等到林菲的确认回复。

足足五秒钟，林菲虚弱地问了一句："你想怎么办？"

"欠债还钱。只要把这钱给我了，我便从你们的生活里彻底消失。不对，是从那对狗男女的生活里彻底消失，绝对不再来打扰。要是不给，我也想好了，就两条路，一条是钱我不要了，但这口恶气我要出，至少要从这对狗男女身上卸下点什么，比如眼睛大腿心肝肺什么的。这第二条路，就是拿着这张欠条去法院打官司。就算赢了官司，我也要再把他们收拾一顿，让他们再猖狂，不把我吴魁当人。"

"你的这两条路，我都同意。你尽管按你的想法去办，我不阻拦，因为陈家声让你戴了绿帽子，这是他该得的报应。他背叛了我们的家庭，背叛了我们的信任，这也是我们不想阻拦的原因。你等着，我把他弄起来。"

林菲一脸坚决的表情走到小卧室门前，抬起脚猛力往门上撞去。可是，木板门着实过于坚硬，反弹回来让林菲的脚趾一下子受到了重创，一股凉气从五脏六腑泛了上来，她不由自主地咝了咝嘴巴，将那口长长的凉气半天才彻底呼出。

她刚才是怒火攻心失去了理智，脚趾的疼痛让她突然想到，家里应该有房门的钥匙。本来一直悬挂在门上，有一天她嫌晃来晃去碍眼，将钥匙一一拔出顺手放进了书柜的小抽屉里。

林菲脑子开始飞快地旋转起来，思忖着钥匙到底在哪个抽屉。运气不错，打开第 3 个抽屉的时候，那一堆银光闪闪的钥匙赫然入目。

林菲将钥匙一把抓起后，又快步走到小卧室门前。开始一把把地试着去开启这扇紧闭着的房门。第三把钥匙还没有插进去的时候，门从里面被一把拽开了。身子半弯着的林菲一下子重心不稳，差一点重重撞向门里这个让她心生恶心的男人。

陈家声一脸凶神恶煞的表情走到客厅，吴魁似乎只为等到这场戏的高潮，脸上竟然没有了最初的暴戾之气，反倒和颜悦色地抢先开了口："王八蛋，你终于露面了。"他的语气平稳，声音低缓，仅看表情，是猜测不出他其实是准备怒骂眼前这个终于露脸的男人。

"你怎么找家里来了？"陈家声竟然一副毫不在意的模样质问。

"你不露面，露了面又不说人话不办人事，我不找家里来找哪里？再说了，谁知你怎么跟你老婆说的，我得戳穿你这假人假面的怂样，免得不仅我受罪，连你这么好的老婆也被蒙在鼓里。"吴魁的回答似乎合情合理。

"我的事情我自己处理，请不要牵涉我的家人。"陈家声似乎一腔为家着想。

"这房子我打听了一下，好像不是你的名字。你好像还没有独自处置的权利。也对，你陈家声这前半辈子似乎也没有啥出息，不比我强。我就是担心，你欠我的钱，从哪里还？"吴魁嘴上毫不示弱，一副做了充分调查研究的笃定模样。

林菲的心里却突然"咯噔"了一下。

凭直觉，这里面一定有问题，不是她表面看到的这个样子。

事到如今，林菲突然发觉自己其实一直被人牵着鼻子走，毫无悬念地进到一个筹划了许久的阴谋圈。万事俱备，只差她而已。

可是，这样似乎也不对。凭她这些年对陈家声的了解，就算不爱了，也没必要设下这么多的圈套，白纸黑字，欠条上写得清清楚楚，因急用现金而借债。于是，说破天，借债还钱便是天经地义。可是，就算陈家声他对自己毫无感情，毫无留恋，可米米是他的亲生骨肉。虎毒还不食子，陈家声难道还想让米米从此流落街头？

到底哪里不对？

林菲的脑子更加剧烈地疼痛起来。欠条上的字，千真万确，是陈家声那个该挨千刀万剐的混蛋的字。可是，这一环扣一环如此紧凑，便让人觉得蹊跷。

怎么办？

可千头万绪，也总会理出头绪。林菲决定静观其变。先听听陈家声和吴魁怎么过招。不管是阴谋圈套还是什么，她林菲只能自认倒了八辈子的霉，嫁了这么一个烂人，面临这么一大堆烂摊子。

"这房子是不是我的名字，与你有屁毛钱的关系。我写这欠条，是被你逼着写的，是赔偿梁红的精神损失费，又与你有屁毛钱的关系。现如今，梁红不愿意跟你，愿意跟我。所以，我为什么还要赔钱给你？你简直是想钱想疯了。"陈家声说得义正辞严。

"真是天大的玩笑，你玩了我的女人，我还得给你们道喜封红包不成？这钱赔的是梁红的精神补偿费，可是，你看明白了，写得清清楚楚，是你欠我吴魁20万块钱。这一个月已经到了，这10%的利息你算算得多少了？"吴魁嘴皮子也利落，毫不输于陈家声。

"这么着，我们也别在我们家里扯这些。你要是觉得你有理，尽管去法院告。可我告诉你，我也不是吃干饭的。你能干出来的事情，我也能干出来。别以为我是没毛的狮子好欺负。"陈家声嘴里的横话一句接一句。

林菲突然不想听下去了，她现在看到的就像一场愚人节的游戏。末了末了，人们会突然跳出来大声笑着说："游戏不可当真，一切推倒，生活还在正常继续！"

想到这儿，林菲便以最快的速度来到自己的卧室，将T恤和牛仔裤往身上一套，又重新回到门厅，抓起手包，以最快的速度开门下楼。"咚咚"的脚步声像是附和着她的剧烈心跳。她听到陈家声探头在喊："你去哪里？你给我回来。"林菲的速度太快了，他的责问声根本跟不上她想逃离的脚步速度。

坐到车里，林菲曾经想要试图原谅陈家声的那些理由全都聚拢过来，狰狞笑着，嘲笑林菲一直以来的懦弱。

真是莫大的耻辱和天大的笑话。亏了自己相信他只是因为下半身冲动才会酿出恶果，只要不动真格，不影响到这个家，心里还想着这个家，一切便能忽略，视作空气，在同一个屋檐下与他继续生活。

现如今，林菲退一步，陈家声竟然往前进了一大步。已经将林菲逼到了墙角，他还在试图将林菲逼着紧贴到墙上。即使这样，他还不甘心，还觉得没有达到自己龌龊的目的。

车子发动，林菲往婆家的方向急驰而去。

| 第 26 章 |

# 勇敢去做对的事情

运气似乎不错，因为是周日的中午，公公陈公仆、婆婆胡荣花和大姑姐陈家玲都在家里，一家人正聚在饭桌前准备吃午餐。餐桌上的饭菜也还算丰盛，一盘糖醋鱼，半拉子烧鸡，当然，还有林菲爱吃的麻婆豆腐和干煸豆角。

"我饿了，我先吃饭。你们先吃饱了，我再说我为什么突然不请自来。"林菲一边拿了干净的碗筷出来，一边将自己的碗里盛上满满的米饭，然后便一屁股坐到了餐桌前。

她先是狠狠地将一大筷子豆角夹到了碗里，又贪心地将一大块鱼也夹了进来，似乎还不满足，拿起勺子又舀了一大块豆腐。本已经冒尖的米饭，此刻更是堆成了一座小山。

林菲将米饭狠命地往嘴里拨拉，眼泪再也不能自控地"叭答叭答"掉了出来。一碗米饭似乎只是几分钟的时间，全被拨拉进了嘴里，腮帮胀得鼓鼓的。她抬手将眼泪横着一抹，脸上便挤出了一丝笑容，对一直将疑惑和惊异的目光聚集在她身上的三个人说道："你们为什么不吃？妈妈做的菜好吃，真好吃。爸爸，妈妈，姐，你们吃啊，别光看着我吃啊！"

"孩子，怎么了，慢点吃，有什么委屈跟爸爸说说。"

开口的是陈公仆，他从来没有见过林菲这副样子，就算上次因为自己儿子外遇病倒，她也没有这样哭过。可是，这一刻，她该是受了更大的委屈，这种委屈是难以启齿的。她该是想寻求一些帮助，或只是为了告诉他们，她做了决绝的决定。

陈公仆脸上的心疼终于也牵引出了胡荣花的情绪。凭本能意识，她知道，这一定是自己的儿子又犯了不可饶恕的错，是比上次更严重的错。可是，能怎么办？即使是那样，她也应该站在儿子这一边。这个儿媳，在外面争强好胜挣着家业，十年来在自己面前还算温顺和气，她即使喜欢上了，可和儿子相比，需要做出权衡时，她也会毫不犹豫地将天平偏向自己的骨肉。

大姑姐陈家玲这一次竟然出乎意料，一直没有插言说话，只是一脸同情的表情看着林菲，像是要看透林菲的五脏六腑，看明白林菲为什么这样哭泣。

林菲将筷子放下了，她决定以最简洁的语言将她的来意说明。

"爸爸，妈妈，姐，陈家声昨天晚上提出要来和我离婚，那个叫梁红的女孩怀了孕，他说是他的孩子，他要负责。他要求平分家里的财产，包括房子和车子。今天早上，梁红的男朋友打上了门，拿着一张20万的欠条，还要加上10%的利息，一个月还清。现在时间已经到了，还不上的话，就要把我们现在住的这套房子抵押给他。就这么一回事，我不知道怎么办了，只能来向你们讨个主意。"

林菲将一席话尽可能说得语气平缓、表情沉静。她知道，她说的每一个字都犹如一记炸弹，将在场凝神细听着的三个人炸了一个不知所措、羞愧难当、愤怒四溢。

"那兔崽子呢？他人现在在哪里？"公公浑身哆嗦着，声音里是沉重压抑的悲愤。

"是啊，我弟弟现在在哪里？"大姑姐终于开口说话了，话里却全是对弟弟的担忧。

"他应该很好，我走的时候，他们两个人正面对面地谈判。"林菲答道。

"你这个孩子，你怎么敢把家声一个人丢在家里，他们万一要是打起来怎么办？家声要是被那个人揍了怎么办？上次揍得还不轻啊！"婆婆着急地指责说道。

"揍揍也好，让他长长记性。"林菲语气轻飘飘地说道。她知道，自己今天来到婆家，绝对不是为了寻求同情或是帮助，她是要将自己受的屈辱变相转移给陈家声的家人，让他们也尝一尝那种生不如死的滋味。

还有，她不想先在他们面前妥协了。她只是告诉他们，他们的儿子要离婚，她一定会奉陪。只是，这婚不是那么简单就能离掉的。不管她付出什么代价，既然陈家声不仁，她绝对也会不义。陈家声既然激怒了自己的邪恶，那么，便要为这种邪恶付出代价。

林菲的话音刚落，陈家玲便马上接了腔："一个巴掌拍不响，家声能有今天，与你有很大关系。你要是事事都让着他，哄着他，他怎么可能走到今天？怎么可能背叛这个家，背叛你们的婚姻，怎么可能搞大别人的肚子？你要反思自己，别老指责家声的不是！"

"是，我是没有事事让着他，也没有哄着他。可是，这十年来，我是怎么对这个家，他又是怎么对这个家的。姐，难道你真的能睁眼说瞎话？咱再换位思考，假如你当年还没有离婚，你事事哄着你前夫，让着你前夫，你前夫怎么可能也和家声一样，外遇出轨，背弃你对婚姻、对他的忠诚。难道真的是一个巴掌拍不响？你我都是女人，咱抛开亲情这个身份不说，你觉得我哪点对不起陈家声？我做得还不够仁至义尽？"

"你 ——"被林菲一顿抢白的陈家玲脸上一阵青白，却也只能哑口无言相对。

"说你和家声的事，你把家玲扯进来干吗？"婆婆抢话过去，满腔不满。

"爸爸，妈妈，姐，我今天来这里，不是为了和你们起争执，只是要告诉你们这个基本的事实，以及我的底线。你们都清楚，我们家现有的两套房子一辆车子，到底是怎么挣出来的，与陈家声没有半毛钱的关系。这十年来，陈家声上过几天班，挣过多少钱，又花了多少钱，你们也都比我还清楚。如果我没有说错，他不止一次从妈妈您这儿借钱周转吧，少则三五百，多则二三千。他还过您没有？当初是不是讲借用周转？他对您都没有信用，何况对我这个外人？也就是这两年，收入稍微稳定点，按月向家里交钱，可两年满打满算也就 5 万块。所以，婚，我同意离，也必须离。可是，想分走我的财产，门儿都没有。我还要讲的底线是，米米肯定要归我，这点没有任何可以商量的余地。当然，就算给陈家声，估计他也不想要，认为是累赘。你们可能不知道，出了满月没多久，他曾因米米半夜哭闹，试图将米米用被子捂死，如果不是我及时发现，估计早就没有米米这个孩子了。"

　　林菲的这句话又犹如一记炸弹，将这三个人炸出了一脸的匪夷所思。林菲似乎很满意自己的谈话效果。凭什么她一个人生气？她就是要让所有人都知道，不是林菲负陈家声，而是陈家声已经混蛋到可以人人乱棍打之、诛之。

　　林菲沉了一口气又继续说道："你们也别说我太无情，我这么做，不仅仅是为我，也是为米米考虑。米米怎么说也是你们陈家的后代，她身上流着你们陈家的血。不能因为陈家声要娶个小老婆进门，就让米米流落街头。我话也就说这么多，你们要是担心陈家声的安危，完全可以打一个电话问一问。不过，估计他也不会接。或者，你们可以到家里去看看，我有没有说谎。"

　　林菲起身给自己倒了一杯温水仰脖喝进去后又沉声说道："爸，妈，姐，我们的缘分也就到今天了。所以，你们也没有权利再指责我做得对不对。谢谢妈妈今天中午这顿丰盛的午餐。还有，以后还是改喝矿泉水吧，这自来水的味道实在太大。你们把钱都省出来让你们儿子糟蹋了，不值当。你们得对自己好点。行了，我走了。不要送，赶紧看看陈家声吧。"

　　出了婆婆家，林菲打通了迟秦的电话。

　　电话一接起来，迟秦便一腔欣喜的语气说道："亲爱的，想我了是吗？竟然主动打电话给我。"

　　"别没正经，我这儿火烧了眉毛，需要得到你的帮助。你现在走了吗？"

　　"还没有，下午 5 点的飞机。怎么了，出什么事了，很严重吗？"林菲的严肃和话里传达的意思吓了迟秦一大跳，他忙连声问道。

　　"是很严重。"林菲看了看腕上的手表，接着又说道："我需要占用你一个小时的时间，我们找间咖啡馆说说。"

　　迟秦一脸的焦急和疑惑出现在林菲的面前，一见林菲的脸色苍白，额头还隐隐冒着汗珠，便心疼地问道："到底什么事，一夜没见，你怎么成了这个样子？"

　　"简单说吧，我要离婚了。"

　　迟秦惊了一大跳，整个人差点从沙发上跳起来，眉头在那一刻紧紧地皱到了一起。

　　迟秦的样子一点也不出乎林菲的意料。她补充说道："你别害怕，不是因为你。你也不用担心为此要娶我。"

　　"我不是害怕，我只是觉得太突然。一直隐隐觉得你的婚姻不是太幸福，可是，没有想到竟然⋯⋯"

"竟然到了这样的地步是吧？你一定很好奇理由对吧？"

见迟秦点点头，林菲便言简意赅地将事情的过程讲了一个大致，包括陈家声外遇被发现时她曾经试图闭眼原谅。现如今，不是她原谅不原谅的问题，而是被人敲诈的问题。

"你说我应该怎么办？"

林菲一脸信任的表情看向迟秦。她知道，这个男人会为她出谋划策。

"必须离婚？"迟秦突然疑惑发问。

"你觉得我应该继续留在这个婚姻里当个大房？"林菲不满迟秦的态度，抢白说道。

"我只是确定你的态度，因为这种事情，任何外人都不好做决定。"迟秦解释说道。

"其实许久以来，我便在预谋离婚，只是想着孩子还小，想着家庭的完整，想着离婚这件事太丢人，一直是有贼心没贼胆。结果，事情便到了今天这么不堪的地步。"

"我明白。你离婚将面临三个核心问题，孩子的归属、财产的分配，以及债务的承担。"迟秦分析说道。

"孩子的归属应该不会有疑义，一定会归我。至于财产的分配，我们婚姻十年积蓄的财产是两套房子一辆车子，都在我的名下。无论是房子首付，还是按月还贷，都是我挣的钱。现在住的这套，当时买的时候我妈给了我8万，后来我攒齐了以后，还是将钱还给我妈了。这是老人的养老钱，我有手有脚不能要。"

面对林菲的毫不保留，迟秦频频点头，用目光紧紧地追逐着林菲的眼神，似乎是想通过这种方式，给面前这个扛了这么大心事的女人一种支持。

"债务的分配，在我这儿，没有外债。至于他那儿，现在明摆着欠了20万。也不止20万，还有利息。"

林菲一口气说完，迟秦开口说道："从简单的开始说，先说这20万。如果这张欠条不是你分析的那样，不是一个局的话，白纸黑字似乎赖不掉。就算法院受理，也会考虑债务成立的条件。如果是在被威逼的情况下立就的，是没有基本债务事实发生的，那么，你需要举证这样的背景，否则，法院还是会受理。只要受理，便会依据事实做出判决。到时候，会比较麻烦。即使是陈家声借债，还是会界定为夫妻共同债务。虽然说夫妻共同债务在法律上的界定，是指为满足夫妻共同生活需要所负的债务。但是，你们从来没有约定过，婚姻期间的所有债务都是借债一方的个人债务。所以，法律会认定你也需要承担一半。"

见林菲眼睛瞪得大大的，一脸认真倾听和分析的表情，迟秦又说道："再说这财产。顾名思义，夫妻的共同财产，肯定是婚后两个人一起挣回来的财产，法律不会管谁挣的多，谁挣的少，只管这盘子里的总和。除非你们婚前便约定好，谁挣的便是谁的个人财产，不算家庭共同财产。所以，离婚分割的时候，如果两个人没有协议好如何分配，法律在判决的时候，会先照顾女方和子女的权益。但是，还是会根据共同财产的实际状况，结婚时间的长短，生产、生活的实际需要，以及财产的来源、数量等等，进行合理分割。也就是说，不管怎么着，你要是和他离婚，都会付出沉重的财产代价。"

"这也太不公平了吧？"林菲语出委屈。

"当然，这只是我个人的分析，也不见得全对。如果需要，我帮你找一个好的律师，尽可能地保护你的利益。"

"迟秦，这婚我肯定是要离的，可是，我有底线，一是米米归我，二是财产他一分都不可能得到，三是他自己搞乱的一切他自己收拾利落，一分钱的债我也不会给他还。这就是我的底线，谁都别想触碰，包括法律。"

看着林菲一脸决绝的表情，迟秦安慰说道："中国女人其实活得很委屈，总在盼望一个家的完整，为此甘心忍辱负重，包括男人外遇这件事情。即使心里千番责备万般辱骂，只要男人低头示弱，只要他愿意回归家庭，女人们便会撑不住，便会尽释前嫌。于是，历史便成功地将这样的悲哀一遍遍地轮回重演。"

迟秦盯着林菲深深看了一眼后又说道："这也包括你。"

但他很快又解释说道："我不是要指责你，你只是做了一个大多数女人都会做的选择。如今你觉醒了，却要因此付出如此沉重的代价，财产的、情感的，我是觉得心疼。觉得女人应该是用来宠用来爱的，而不是用来糟践和侮辱的。唉，我也说不好，只是，这件事情究竟往哪个方向去走，需要你自己坚强面对。但是……"

迟秦将林菲的手握进手心后又说道："只要我在，我便会一直陪着你。婚姻的承诺我现在给不了你，因为我还没有调整到最好的心态，和一个女人再次步入婚姻。但是，只要我们的关系维系一天，我便会对你好一天。"

林菲将手抽了出来，一脸悲伤的表情说道："我们的事情缓一缓吧，我现在没有情绪谈情说爱，我觉得那样的自己可笑而无耻。其实我很想像以前那样，假装活得热热闹闹，看不见一丝丝不好的缝隙。可是，如今看来，一切都混乱不堪，我得一点点理出头绪。"

"还有，除非极其必要，我们暂时还是不要见面了。正好你还要继续出差。说自私点，是为了我自己。他这个时候肯定要狗急跳墙，为了得到自己想要的，不顾一切地使出各种下三滥的手段。我不想连累你，那样不公平。"

"你将心放坦然，就把我当作一个朋友就好了。这也算是你人生最难的一个阶段，这么难的一个坎你要一个人迈过去，我舍不得，我要陪你一起面对。"

"别添乱了，你知道人言可畏吗？等我理清了一切，我会主动找你。不过，介绍律师的事情，还是要拜托你，我不想让报社的人知道。"

"我明白，这事你放心，我会尽快联络，我也会帮你想一些办法。只是，这事你打算让米米知道吗？"

"米米？这孩子心性有些早熟，早晚得知道。我会在一切结束的时候，主动告诉她。现阶段，就只能将她放在我妈那儿了。"

"你认为是对的事情，就勇敢去做吧。我会默默支持你。如果很累，很想倾诉，或是，只是想找一个肩膀靠一靠的时候，我这儿永远为你停留。"

"谢谢。"

"你别跟我客气，我要谢谢你，让我重新遇见你。虽然相知时间短暂，可是，却像相识了一生般的熟悉。而且，你我有过的肌肤之亲，绝对不是我一时的生理冲动，而是情感的自然而然，你也不要有负担。我会在这里等着你，需要我冲锋在前时，我也会毫不犹豫。我还想告诉你的是，我会尽可能早些结束公务，早些回到江林。如果需要，你随时给我打电话。"

迟秦的话，让林菲的心里升腾出一些温暖。那一刻的她，突然觉得有了力气去对抗这混乱的一切，有了力量去重新赢回人生的朗朗晴天。

| 第 27 章 |

# 想要摆脱就要付出代价

和迟秦分别之后，林菲去超市里买了许多孩子的日用品，包括换洗的内衣内裤。她不想回家大张旗鼓地收拾米米的行李，她想悄悄地进展她的计划，不想让陈家声做出高度戒备的姿态。

一进母亲的家门，米米便扑了上来，像个可怜的小狗似的围着林菲不停地摇着尾巴："妈妈，你怎么才来接我啊？外婆想去老年大学练书法，可我这个小跟班不想跟着一起去。我实在不是一个琴棋书画能拾得起来的人，别说练了，看一眼我就头晕。您再不来啊，我就打算给您打电话呢！"

见女儿噘着小嘴的可笑模样，林菲的脸上终于现出一个轻松的笑容。她一边将手里的东西放到沙发上，一边对米米说道："米米，你最近可能要在外婆家住一段时间哟。"

"为什么？昨天晚上我爸爸又和您吵架了？"米米脸上神情一变，紧张地问道。

此时，蒋玥也是一脸紧张的神情关切地问道："和米米爸吵架了？看你神色不是很好。"

蒋玥用手抚了抚女儿的头发，将散到额头的几绺头发捋到了女儿的耳后。母亲的这个动作，让林菲的心里一下子涌出了眼泪。还好，眼眶是干的，没有当着母亲和女儿的面让眼泪决堤而出。

"别净瞎想，我才不和他吵架呢，太掉价了，不像文化人能干出来的事。"林菲故意贫了几句后又接着说道，"我们报社最近不是刚刚岗位调整了吗？有一部分记者分流到了广告部。我呢，虽说暂时没事，但是，我们部门和周刊部合并，版面数量也有所减少，这便属于典型的狼多肉少，如果不好好写稿，或是糊弄应付事，恐怕很难了。再说了，我林大记者也不是那样的人。所以，我就想着，趁现在精神头十足，多写几篇好稿，好挣更多的钱孝顺老妈，也给我女儿将来出国留学积攒下足够的学费。"

"我才不出国呢。听他们说，出国很花钱很花钱。我不想让妈妈太辛苦，也不想和妈妈分开。老妈您别那么拼命，要照顾好自己，也要疼爱自己。当然，我和外婆都会做您的坚强后盾。"

"就是。菲儿，你也别太累了。这工作干多干少，只是自己的一种心理平衡，在别人眼里，对一个人的评价早就有了定论，为了工作把身体累垮了，咱不值当。"

"妈，米米，你们的心意我都明白。放心吧，我林大记者就是那只打不死的小强，会坚强地活在这个世上，百折不挠地活出个像模像样。"

"呸呸呸，哪有将自己比喻成蟑螂的，还坚强地活在这个世上，真是越大越调皮，满嘴里跑骆驼。"母亲蒋玥不满女儿的比喻，假装嗔怒地瞪了女儿一眼。

林菲赶紧配合地伸伸舌头作出讨饶状，决定将话题转移。

只见她一把揽住母亲的脖子，撒娇地问道："老妈，今天晚上做什么好吃的犒赏您的宝贝闺女啊？我都快饿疯了。"

"说吧，想吃什么？"蒋玥一边用手拍打着林菲揽在自己胸前的手，一边问道。

"我想吃妈妈包的素水饺，韭菜馅的，要多放粉条和虾米皮。"

"好好，小馋猫，妈妈给你去做。多大的人了，还一天到晚惦记着吃啊喝的，还动不动揽着老妈的脖子撒个娇。"蒋玥转向米米问道，"米米，你说你妈妈脸红不脸红啊？"

听到外婆问话的米米，也加入了亲热的母女阵营。她从前面一下子拦腰抱住外婆高声说道："哎呀外婆，还有我这个小馋猫呢，我也想吃水饺。不过，我想吃肉丸馅的，我正长身体呢，属于无肉不欢一族。"

"好好好，两个小馋猫，我这就给你们包水饺去，一个韭菜虾皮粉条馅，一个猪肉大葱馅。我这把老骨头一定要好好活着，这一大一小我还想多伺候几年呢。"

此刻，这环抱成一团的老少三代人用欢快的笑声将空气划破，让其久久地飘荡在这间装修陈旧却无比温馨的老房子里。好像只要这样，这快乐便会永恒。

饺子刚煮好第一锅，早已坐在餐桌前伸长脖子等待着的娘俩，一脸将要大快朵颐的幸福模样。盘子一端到桌上，她们便迫不及待地夹起了饺子往嘴里送。可饺子实在太烫了，尤其是肉馅水饺还带着汤汁。蒋玥怕烫坏了这两个小馋猫，便不停地叮嘱："哎哟，我的两个祖宗，慢点吃慢点吃，又没有人跟你们抢。瞧这一脸的贪吃相，就跟饿了几百辈子似的。"

林菲的眼帘升起一层雾气，她借着饺子的热气将雾气拼命忍了下去。这一刻，她不想让母亲看出端倪生出担忧。

早晚会告诉母亲，但不是此刻。等到她将一切处理利落了，她会一并告诉母亲和女儿，不用对她的未来担心，因为爱足以让她迎头面对未来的一切风雨和雾霾。

就当林菲和母亲以及女儿在饭桌前欢快着开吃第一锅水饺的时候，母亲家的门响了。

开门进来的，竟然是陈家声。

"哎呀，岳母大人，您这做了什么好吃的，满楼道里都是香气。"陈家声倒不客气，进门便恭维上了。

"米米爸，还没有吃晚饭吧？正好，我包了水饺，我给你拿碗筷去。"蒋玥一边热情地把陈家声让进屋，一边忙活着往厨房走去。

林菲坐在餐桌前，头也没有抬，继续在吃自己的水饺。她猜不透陈家声来此的用意，准备静观其变。

陈家声一进餐厅，便和米米搂抱在了一起，嘴里亲热地说着："我的宝贝女儿，怎么一天不见，爸爸就这么想你呢？"

"爸爸，你让我好意外啊，你什么时候这么想过我啊？难道距离产生了美？"米米在陈家声的脸上亲了一口后说道。

"谁说我不想你，我天天想着你呢。宝贝，先夹一个饺子扔爸爸嘴里。你外婆包的水饺比你妈强多了，你老爸我一顿能吃三大盘。"

米米一边听话地夹着饺子放进陈家声的嘴里，一边一脸不可置信的表情说道："爸爸，你就吹牛吧。怪不得天都黑了，原来是你吹的牛在天上飞呢。"

米米的话将陈家声和外婆都逗乐了。外婆将一大盘子水饺端到陈家声面前说道："不知道你要来，刚煮好的就这些了。听说要吃三大盘，我马上再给你下两盘子。"

"妈，您别忙活，我一盘就够了。您没听米米说，我在吹牛皮嘛。"陈家声一脸孝敬的表情将岳母拦住，打趣说道。

"那我还是将那两盘子煮出来，你们带回去，明天早上煎了当早饭吃。"蒋玥一边说着，一边又往厨房走去。

"妈，不用了。"林菲一把拽住了母亲的衣襟。

"谢谢妈。"陈家声一边忙着将饺子往嘴里塞，一边含混不清地说着。

"你看你这个孩子，难得米米爸喜欢。行了行了，我都煮出来，凉透了，你们带回去早上吃。还跟妈客气。"

此时的蒋玥，已经敏感地意识到了女儿和女婿之间的气氛不大对。或许是吵架了，要不然，女婿来了半天，女儿也没有和他说一句话。而且，以前的陈家声极少在平常时间过来。就算来了，脸上也没有今天这般表情丰富，竟然还和米米亲热了半天。

蒋玥一边心里暗暗思忖着，一边透过厨房的窗户暗暗观察着这对夫妻。

林菲仍在闷头吃着水饺，以她的习惯，每一个水饺都要蘸上醋汁才会入口。可是，自从陈家声进门以后，她便好像急不可耐地要将面前的水饺赶紧吃完似的，她没有像以往那样去蘸醋汁，她一口等不及一口，将腮帮塞得鼓鼓的，跟谁在赌气似的。

陈家声每吃一个饺子，便借着蘸醋汁，将目光偷偷地斜向林菲，眼神刚飘过去便又迅速移开，就跟做贼似的。他将整个脸埋在饺子盘上空，耳朵一直支棱着，好像要随时接收来自林菲那儿的所有声息。

绝对出了问题，而且是非常严重的问题。蒋玥一边观察一边揣测。

以往夫妻两个也吵架，但是，林菲这个孩子心肠软，禁不住陈家声几句软话便能脸上露出笑容。林菲又是个要强的孩子，不是情非得已，她不会让母亲看见自己婚姻生活里的不幸。像今天这样，陈家声很明显舔着脸上门的情况，少之又少。

很快，原本愉悦的水饺大餐，因为陈家声这个不速之客的到来，草草收场。

"妈，我回去了。米米日常用的一些东西，我都拿来了，就在沙发上的那个袋子里，您回头给收拾收拾。早上坐公交车送米米去上学的时候，您慢点，别着急，车子停稳了再上下车。"

给母亲嘱咐完的林菲，一把将米米揽在怀里柔声地说道："米米，听外婆的话，不许惹外婆生气。还有，坐公交车的时候，一定要扶着点外婆，听到没？妈妈每天下班的时候都会来看你的。哎呀，我的乖女儿，妈妈真不想和你分开。来，小心肝，再亲一个。"

"米米不一起回家吗？"见林菲嘱咐交代半天，又和米米腻味在一起的样子，陈家声不禁疑惑地问道。

"妈妈说最近报社刚刚大变动，她要努力工作，争取干出点成绩。所以，让我和外婆最近一起住。"说到这儿的米米突然又一脸严肃的表情说道，"爸爸，你别惹妈妈生气啊。你看妈妈多辛苦，多不容易，我和你都要疼她保护她才对。你答应我啊，爸爸。"

"爸爸答应你，绝对不惹妈妈生气。不过，你老在外婆家住着，外婆太辛苦了，要不跟着爸爸妈妈一起回家吧？"

"算了吧，外婆一个人也太孤单了，我在这里还能陪外婆说说话。你们两个人在家里，就好好过你们的二人世界，培养感情吧！"

"这孩子，竟说大人话。"听到此处的外婆，用手抚了抚外孙女的头发，脸上不禁瞬间笑意盈盈。

见此，陈家声也不好再强求女儿跟他走。林菲明情，陈家声这是要拿女儿当挡箭牌。至少女儿在场，林菲会憋着那些怒气怨气不爆发，陈家声在家里的日子便不会那么难堪。

至此，林菲还是猜不透陈家声的来意。

"昨天不是已经那么决绝地要离婚，要和我争个鱼死网破了吗？今天怎么了，太阳打西边出来了？哼，这一脸狐狸给鸡拜年不安好心的模样，我绝对不能再像以前那样，抱着多一事不如少一事，忍一忍风平浪静的想法，只求息事宁人。"林菲这样想着。

下了楼，林菲坐上车子，将车门死死锁上。跟在后面的陈家声愣了一下，一边敲打着车窗一边大声说道："林菲，你把车门打开，我也要回家的。你开门啊，开门啊。你再不开门，我就大声喊了，一直喊到你妈也能听见，到时我看你怎么解释。"

陈家声后面的话不说还好，他竟然还敢拿母亲威胁林菲，林菲气不打一处来，脚下油门一踩，车子"嗡"的一声蹿了出去。

极其无奈，在前面开阔处调头回来，她还必须得原处返回，必须经过陈家声此刻站着的位置。陈家声早就料到了这一点，早早摆成了一个大字形，一副视死如归大义凛然的表情站在路的位置。林菲气不过，可也不敢鲁莽冲过去。谁知道陈家声疯到了什么程度，这万一……但林菲也知道，当她将车门锁打开的那一刻，她便先输了一招。

林菲不知道，此刻的母亲蒋玥，一直站在厨房的窗前探着身子看着她和陈家声，陈家声嚷嚷的话，也都断断续续传到了母亲的耳里。直到陈家声坐进车里，母亲才长长叹了一口气。她的预感是对的，女儿果真和女婿吵了架，这次的问题似乎还很严重。

转身来到客厅的蒋玥，嘱咐米米去洗澡。将女儿带来的袋子拎到了卧室解开扣结后，她愣住了所有的东西都是崭新的，商标都还在上面。

这是怎么回事？女儿根本没回家收拾米米的东西，反而去超市买了全套新的？这是不要过日子的架势吗？女儿这是摆的什么迷魂阵，要迷惑的是谁？不能是老太婆我吧。如果不是我，难道是米米爸爸？

想到这儿的蒋玥，再联想到陈家声进门后女儿的表现，以及刚刚楼下的一幕，她的心里生出不好的预感。难道，女儿这次是要动真格的？

女儿对婚姻的不满意，对婆家的不满意，对丈夫的不满意，其实作为母亲的她，早就看出来了。可是，孩子面薄不说，她也不好指手画脚。毕竟过日子，谁没个小性子，锅碗哪能不碰到锅勺。可是，这一次，女儿莫非是要做什么重要决定？除了离婚，还有什么决定是更重要的？

除非万不得已，蒋玥非常不希望女儿能走到那一步。

就说她自己吧，也是守着一个不满意的丈夫过了大半辈子。如果不是丈夫生病早走，蒋玥那些以泪洗面的日子也不知哪天是个头。不过，也正是丈夫生了病，才让两个人都互相反省起了自己。这么一想，丈夫生病的那几年，其实是蒋玥过往的岁月里，夫妻生活中唯一一段和和美美的记忆。

这幸福的婚姻总是相似的，不幸的婚姻各有各的不幸。蒋玥还是希望林菲能忍就忍下去吧。说不定老了老了，便不吵不闹了，也能彼此搀扶着做个伴，一起帮衬着把日子过下去。

蒋玥的担忧林菲还不知道，她所有的心思都在和陈家声的暗战之中。

林菲在前，陈家声在后。

林菲拿钥匙开了门，陈家声便跟在后面进来，同时轻轻将门顺手关上。

林菲鞋子也不换，便一屁股坐到了沙发上，一脸的不怒而威。陈家声忙着将拖鞋拿过来，半跪在地上，试图去给林菲解凉鞋的鞋带。林菲心里厌恶，脚下便摆动，却被陈家声死死将双脚抱进了怀里。直到握着林菲的脚，将它们舒服地放进拖鞋里，他才成就感十足地站起来，紧挨着林菲坐下。

见陈家声坐过来，林菲便往一旁移了移身子。陈家声顺势也往同方向移了过来。林菲再移，陈家声也再跟着移。

终于忍无可忍，林菲一下子从沙发上站起来，站得离陈家声远远的，同时声音尖利地叫道："陈家声，你到底想干什么？"

"我不想离婚了。"陈家声倒也坦然，直接说出了目的。

林菲一愣，却马上又张口叫道："陈家声，你怎么变得这么王八蛋了，你把我当猴耍着玩呢。想离就离，不想离就不离。你干的那些王八蛋的事，你以为我还能容你，这个家还能容你？"

"我知道我做错了很多。可是，我突然发现，你和米米对我很重要。梁红的孩子我会说服她去打掉。以后我保证，我会和你好好过日子，努力挣钱让你们娘俩过上好日子。"

林菲身子一矮，整个人便抱头蹲到了地上，嘴里发出了"啊啊"的大叫声。这样的林菲，只将臂膀环绕着自己，将一切抵敌的盔甲变成臂膀，无疑给了陈家声可乘之机。只见他迅速欺身上前，一把将林菲揽到怀里，嘴里忙不迭地说道："老婆，你怎么了？我错了，我不是人，你打我吧，狠狠地打我吧，我保证再也不犯这样的错误了。老婆，你怎么了，你别哭啊，你别吓我啊。"

林菲嘴里的"啊"声越来越尖利，越来越急速。她不想听到陈家声说的每一个字，她想努力用自己的尖叫盖过陈家声示弱讨饶的声音。她的身子还在急剧地摆动着，她在试图挣脱陈家声的怀抱。陈家声却将她越抱越紧，到最后，干脆一把将林菲抱了起来，直接抱到了卧室的床上。任凭林菲如何挣扎，他不仅不松手，反而快速地将林菲的衣服撕开，将自己的物件强硬地插了进去。

一切都在意料之外。林菲想过种种谈判的场景，却绝对没有想到，她会被陈家声以这样的姿势掠夺、进入、强占。除了不停大声地叫骂，扭动着身子，她毫无还手之力。高大的陈家声打定了主意要将这件事情做成。似乎只有做成，他才能有十足的胜算占据上风。他以为，林菲是缺失性爱的女人，只要他给她雨露，她即使不情不愿，也会迅速滋润。

林菲不再挣扎了，任凭陈家声在自己的身子上面忙活折腾。她就像一具僵尸，没有知觉、没有喜怒、没有意识，如同飘浮在一片茫茫大海之上，没有舟船可以将她渡过去，她也无力泅渡到海的岸边。可是，她为什么能漂在海上，她为什么没有呛水窒息沉入海底？她为什么还要把眼睛睁得大大的，牙齿狠命地咬着嘴唇？嘴上很快便沁出了血丝，陈家声被那些血丝蛊惑得兴奋张狂，他一个俯身狠命地吮吸到了它们。身下的这个女人，就在这样猛烈的被吮吸中，灵魂出窍。赤身裸体的她，身子一飘，便飘倚到了卧室的门楣之旁，冷眼地看着这活生生的春宫一幕。冷笑从她的嘴里呼啸着冲了出来，在卧室的上空盘旋，在最后一刻，刺进这个男人的耳膜。这个男人终于被吓到了，他瘫趴在女人的身上，急剧地喘着粗气，再也不能动弹，他那丑陋的屁股就晾在日光灯底下。

林菲双手一使劲，便将陈家声整个人翻到了一旁。

她坐起身来，开始慢条斯理地整理自己的衣服。衬衣已经被撕扯烂了，没有办法重新穿了。林菲将身下的枕巾扯过来，想要遮到自己的胸前。可是，她很快便意识到这是陈家声用的枕巾，她就像突然被蛇咬到了似的，惊慌着将那块无辜的枕巾扔到了地上。

她就那样光着身子往自己的卧室走去。说光着也不全对，因为她的身上还有许多缕支棱在原位的布条，尤其是身后，那是一整片的完好。可惜，再完好也没有办法移到身前替她遮羞。

此时，那个灵魂出窍倚在门楣的另一个她，一脸心疼的表情看着这个她从自己面前走过去，就像没有呼吸的一具机器。不，说机器也不全对，她那空洞的眼神背后，透出了浓厚的恨。那样的恨似乎只要一触碰到任何想要阻拦住它的，哪怕只是空气，它都想要如猛虎出山一般刺过去，瞬间将这一切的阻拦撕成碎末。

林菲走出自己的房门，陈家声起身跟了过去。他相信，这个时候的林菲身体薄弱却意志坚强，她一定会想要急于摆脱他，哪怕付出惨痛的代价。

已经到了自己的床边，林菲站定身子，开始慢条斯理地将身上的布一点点往下脱。她的动作尽量轻柔，好像那些受伤的布也有着生命，也在疼痛。她将自己整个脱光了，她的腿一抬，一屈，再一伸，整个人便平躺到了床上。她伸手将薄被拉过来，将自己蒙得严严实实，似乎这样便可骗过自己，刚刚一切如梦一场。现实绝对不会如此残酷，欺她当断不断，欺她心软人善，欺她终受其乱。

"说吧，你的条件是什么？"林菲的眼睛依然空洞而又无神地睁着，她似乎盯在了天花板顶灯的某一个点上。

"你真聪明，不亏是记者出身。"此时的陈家声恢复了一直以来的无赖表情，出言讥讽说道。

"你的条件到底是什么？"

林菲觉得自己不是没有力气和眼前的这个男人争执、争辩、抗衡，而是心里的恶心层涌不断，她需要拼命忍着，否则，她会"哇哇"地吐个不停。她不想吐脏了自己的被子。这床被子是母亲蒋玥亲手给她缝的，被面选的是杭州上好的绸缎布，印着富贵气息逼人的牡丹花样。母亲说，睡在这样的花丛里，普通的百姓也会过得幸福。可是，林菲幸福吗？

"为了咱们这套房子，你得给我 20 万，我把吴魁的钱给了，也算是一个买断。只要拿到钱，他保证不再骚扰我们的生活。你把你没收的那 5 万块钱也给我，我让梁红把孩子打掉，也算是给她的一个补偿。然后，我就回家和你好好过日子，我保证好好过日子。"

　　陈家声的直白让林菲错愕，但转念之间坦然理解。也是，还能期待狗嘴里吐出象牙吗？

　　"如果我不答应呢？"林菲问道。

　　"如果你不答应这些，那咱这栋房子肯定保不住。梁红那边我也安置不了，你只能把我逼上离婚这条路。你心里应该清楚，只要离婚，债务和财产都要一人一半。"

　　"我选择离婚，你去法院起诉吧，我等着接你的诉状，法院怎么判我怎么接受。只有一条，米米归我。"林菲突然这样说道，像累极了似的，满腔疲弱地又说，"请你走开。如果你不想把我逼死的话，请你离我远远的。"

　　陈家声一定有些意外林菲最终还是会选择离婚。在他的算盘里，两套房子和一辆车子，加起来的价值超过了150万。即使有50万的银行贷款没有还清，还有100万的财产要均分，林菲需要出血50万。

　　林菲肯定会选择要房子要孩子，那么，她给陈家声50万元的现款，再负担每个月的家用以及银行贷款，而是绝对的入不敷出。

　　可是，想要摆脱，不就应该付出一些代价吗？反正也不爱了，不如离开。

　　相比林菲，梁红个人能力要差很多。梁红事事以他为中心，将他当英雄一样看待，陈家声在梁红那里找到了极大的虚荣和满足感。再说了，梁红怀的孩子万一是男孩呢，他本意便不想打掉。陈家声是陈家的一根独苗，说他封建也罢，说他什么也好，没个儿子传宗接代，总有种陈家在他这儿断了根的感觉。他相信，他能说服母亲接纳新的儿媳妇。白白得了50万块钱，得了一个新儿媳，说不定还能再得一孙子，他相信精明如母亲能算透这样的一笔账。

　　只是，吴魁那儿摆平有些麻烦。兴吴魁坐地要钱，便许他陈家声就地还价。20万怎么可能，将陈家声当弱智呢，给个三五万打发利落，也算是了了梁红的后顾之忧。毕竟他一天不消停，梁红便觉得身边有一颗定时炸弹会随时爆炸似的。今天晚上又和林菲搞了这么一通，他越发觉得林菲没滋没味，梁红欲加让他爱罢不能。

　　陈家声这样一想，竟然心安理得地倒头睡去。

　　可怜了林菲，睁眼到了天亮。即使她恐惧新一天的开始，可是她没有任何可以躲藏的地方。除了迎头面对，她别无选择。

　　可是，凡事只要勇敢便可以守得云开雾散吗？

| 第 28 章 |

# 力量微弱也要改变大局

不过清晨 6 点,林菲便起了床。她睡不着,也躺不住了,想着今天是周一,不管生活如何混乱,她还是要出现在人前时,她的心里便一阵阵发紧,觉得人生如此不堪。

陈家声仍在呼呼大睡,一副生活如意、心满意足的表情呼呼大睡。

正在穿着衣服,短信突然响了。竟然是迟秦!

短信很长。他说很怕打扰到林菲,可是,他却总觉得内心不安,不问一问林菲好不好,他的这一天便没有办法开启似的。他说他做了一个噩梦,梦到林菲被人欺负了,一直在梦里哭。他想去保护她,可是,梦里的他却总跑不起来,明明离林菲很近,却始终跑不过去。这样的梦给他的感觉很不好。他觉得自己在林菲的痛苦面前,就像个局外人,空有那样多的承诺,却是一脸的茫然无措,无能为力。

林菲回复他说,他的梦很准,她的确不是很好,甚至十分糟糕。

迟秦马上便又回短信问道,他欺负你了? 你现在在哪里?

林菲回说,正在起床,准备去报社。

迟秦又问,能不能现在给你打个电话? 我想听到你的声音,想安慰你。

林菲回说，不用担心，一切会好起来的。她还嘱咐，不要打电话，不方便，真的不方便。她说她会好好保护自己，也请他在外面好好的。因为她那样清晰地确定，她盼着他回来。

迟秦久久没有再回短信，他该是被林菲的话震撼到了，因为林菲确定对自己的情感是炽热的，是盼望的。可是，在这样的炽热和盼望面前，他的确是无能为力。

在街上吃过早餐也不过 7 点。去报社实在太早，林菲实在不愿意再回到有陈家声的气息存在着的那个家。

林菲在街上就那么漫无目的地茫然走着。走到一家店门紧闭着的药店门前时，她突然心中一惊，因为她不确定自己的身体安全状况，不想因此又会怀上陈家声的孩子。还有，和迟秦的那一场欢愉，也需要善后措施。林菲不想再给自己徒增任何伤害，尤其是身体上的。所以，她决定等在药店门前，买到紧急避孕药后，再开车去报社。

小区的药店开门都早，刚刚 8 点，林菲便买好了药。她顺便买了一瓶水，坐到车里后，赶紧将第一片药吞了下去。

林菲突然发现，即使遭受这样大的打击，她竟然没有自暴自弃，没有哭天怨地，脑子竟然也还知道要好好吃饭，要疼爱自己。还有一点，在等待药店开门的时候，她将自己白天要干的事情，也都理了一个头绪出来。

上午打起精神将约好的采访完成，争取下午 1 点便将稿子写完交给编辑。然后，她便要去见律师，咨询离婚的事。她要主动出击，按照自己的计划，将陈家声的阴谋击个粉碎。她还要约着见刘欣，她有事求刘欣帮忙。忙完这一切，她便要去看米米，要搂着米米在自己妈妈家里睡觉，她要在真正的亲情里面，将白天努力撑着的神经舒缓放松。她还有许多激烈的战斗需要精神抖擞着去完成。

采访很顺利，稿件写作过程也极其顺畅。林菲对自己暗暗生出敬佩之情，为自己还能全神情地投入去做工作而没有因此懈怠，或是降低工作质量而欢欣雀跃。

依然是在早上 9 点钟，林菲又收到了迟秦的短信。

迟秦说他已经约好了律师，林菲可以随时联系。他说他的心已经没有办法继续停留在公务当中，他心乱如麻，他疼痛不安，他想见到林菲，他想抱一抱林菲。他说，菲儿，你要坚强往前走，你要听从自己内心的呼唤。不管前方的路途如何险恶，即使让人恐惧、迷茫、不安，甚至疼痛，你都要勇敢往前。走过荆棘，便会遇上坦途，也会走进花开如火的春天。

迟秦长篇大论的抒情短信，让林菲的心里生出无尽的温暖。她将短信读了三遍后，便按下了删除键。在她的计划里，她不能让陈家声抓到一丝一毫的把柄。

律师给了林菲足够专业的意见，他建议林菲等待对方先起诉，虽说这样会被动，可是，其实却是一种主动，因为对方不知道自己的牌局到底会怎么出，而这也给了林菲足够的时间去按着自己的想法布局。在这样的布局中，他一定会最大程度地给予林菲帮助。

刘欣被林菲一脸的淡定表情惊到了，她想象不出来，这个瘦弱的身体里面到底承载了多么巨大的痛苦，又迸发了怎样巨大的能量。

"刘欣，我只信你了。这个忙，你一定要帮我。中间牵涉到的所有费用，都由我来出，你只需要配合我，完成这所谓的交易。"林菲一脸期待的眼神看向刘欣。

刘欣紧紧地抱着林菲说道，她保证一定会全力以赴帮助林菲去完成她的计划，她只是觉得太心疼，林菲活得太辛苦，作为朋友，她能做的事情，又实在太少。

林菲说，她现在首先要做的，便是转移自己现在的十来万存款。她明天就去银行开一个新的账户。今后，这个账户里的钱，将作为她真正的个人财产存在。然后，她便要不动声色地将陈家声一直惦记着的工资账户里的钱，一点点提成现金，悄悄地存到这个新的账户当中。

在房产的转移过程中，林菲需要冒点风险，且要花点小钱。因为将两套房子都拿到房产市场上去卖掉不现实，而且，也没有那么快。最好的办法就是过户给刘欣，刘欣按最低的市场价格假装买下，她们在房产交易中心完成过户手续的办理后，林菲将这笔所谓的房款找开公司的朋友，以合法的手段消耗干净。

"律师说了，这个方法虽然笨拙，但是十分有效。"林菲肯定地告诉刘欣。

她眉头一皱又接着说道："律师还说，当务之急，是我在展开计划的同时，要稳住陈家声这边，不让他那么快起诉离婚，主要是为自己争取时间。也怕陈家声在起诉的同时，向法院提出财产保全的申请。如果法院受理起诉，即使没有最终判决，可是，法院也会依职权对这些财产进行查封或者扣押。到时候，想转移便很难了。"

"会不会时间一长，那个王八蛋再给你一灌迷魂汤，你心又一软，然后……"刘欣一脸担忧的表情看着林菲，她着实对林菲一直以来的妥协和善良担忧。

"不会的，我失去太多了，我不能再那么糊涂地活着了。"林菲语气坚定。

"我真是不能理解，明明陈家声出轨在先，有错在先，这为什么财产还能均分？这法律到底是不是站在弱者这一边的？"刘欣想到这儿，愤愤地说道。

"唉，这点我也是很郁闷，也请教了律师的意见。律师说，一方出轨，是具有过错，法院也会根据这样的情节做出分割的最终判决。但是，只有证明对方出轨，才能享有损害赔偿的请求权。你想一想，我看都不想看他一眼，让我跟在他的后面去调查取证，简直就如活生生地将我剥皮一般。我情愿不要那样的赔偿。"林菲叹了一口气说道。

"如果陈家声最后提出了离婚，却两手空空，他会不会恼羞成怒报复你啊？哎呀，要是那样，谁才能保障你的安全啊？"刘欣突然捂着自己的嘴巴，一脸惊恐的表情说道。

"不至于吧？我们好歹也生活了十年，也有孩子。他应该不会吧？"

"什么不会？他要是那么善良的人，他干了这么脏的事，就应该主动提出净身出门，而不是跑来跟你谈要分走一半的钱财。"

"你说得有道理。人是会变的，而我呢，却总站在原来的地方，以为善良的心比黄金还重要。"

"就是说嘛，人心隔肚皮，不怕一万就怕万一。咱们报纸上前阵子不是刚刚报道过一个，说是一个男人和他老婆离婚，结果什么也没有得到。然后，他一怒之下便把自己老婆杀了，孩子也给闷死了。然后自己从楼上往下跳，没摔死。这一切真相才大白天下。"

刘欣讲的例子把林菲吓了一大跳，她还没有设想过这样坏的结局。如果陈家声真是狗急了跳墙，就为出口气，他能干出什么事还真不好说。

这样一想，林菲的心里突然便刮进了一股寒风，她和刘欣两个人面面相觑，不由自主地打了一个冷战。

"刘欣，我是不是做得的确不够好，才导致陈家声变成了今天这个样子？事到如今，我依然只是站在自己的角度来看这一切事情，却从来没有替他设身处地地想过，所以，我们只会越来越僵，最后成为仇人。"林菲突然一脸心虚的表情。

"你做得怎么不够好？这么多年来，你把他伺候着，把家经营着，把孩子培养着。他呢，倒像个外人似的，不管不问，到头来，还要狮子大开口。什么好事都让他占尽了，我们这些人还活不活了？"

"我是说，我太强了，便导致他太弱了。因为他不如我强，我又不给他强的信心。所以，他便一直弱了下来。"

"你想什么呢？别把责任往自己身上揽。你做得很好，没有人会比你做得更好了！"刘欣突然一把又揽过了林菲，拍打着她的后背，用她的肯定和心疼支撑着林菲往前走下去。

回到母亲家时，已是晚上9点钟。早早写完作业的米米，正坐在床上看课外书，母亲则坐在一旁给林菲勾一件镂空的毛衣外搭。

林菲搂着米米亲昵了半天之后，便嘱咐她早点睡觉，说她陪外婆到客厅说会儿话。

蒋玥知道林菲或许是想和自己说点什么。可是，她不想让林菲太为难，觉得自己在逼女儿讲述还不想告知的事实。所以，一开口，她便先一脸轻松的表情问道："晚饭吃的什么？"

"和刘欣一起吃的，吃的快餐。"林菲老实答道。

说到刘欣，蒋玥便想到了刘欣上次和那个老板谈恋爱的事，便接口又问道："刘欣最近怎么样，她快结婚了吧？"

"应该暂时结不了了。"林菲依然老实回答。

"不是关系公开了吗？怎么结不了了呢？"母亲停下手上的活计，一脸不解的表情看向林菲问道。

"唉，她真是倒霉。好不容易找到一个想要踏实跟着过日子的人，那个朱奋起也真心对她好，经济条件也不错，谁知，朱奋起的前妻却杀了回来。"

"前妻？"母亲声音一高，满腔不可置信的语气问道。

"谁说不是呢。只是前妻也好办，反正也没有孩子。只是这个前妻啊，是离婚没离床，这些年，两个人还一起像夫妻那样生活着。不仅如此，这朱奋起的公司啊，他前妻还是董事长，朱奋起这个总经理，财权有限。如此一来，刘欣便只能撤了，痛快退出便是最明智的选择。"

"哎呀，这事怎么这么混乱和复杂啊。这个社会，真是让人看不清了。"母亲禁不住连声感慨。

"谁说不是呢。别说您了，连我都有些看不清了。就说我们报社这次调整吧，我们原来的部主任江大千，多么缜密的一个人，在这次调整中，也被分流了。当然，他没有被分流到广告部，只是不再担任我们的部主任，而是去了别的部门，还是一个副职。真是替他委屈。我前几年的那个报道，他是帮我周旋了不少的。还有，这次我能依然在这个岗位上，他也是帮我做了争取的。否则，仅当时的一个黑锅，便能让我下岗一百次。"

"江主任我见过，其实是很好的一个人。一眼看去，就是一个负责任、有想法的文化人。可惜了，真是可惜了。"

"可惜的还在后头呢。我今天中午去找编辑交稿的时候，编辑告诉我，江主任辞职了，正在办手续。社里的领导很恼火，说要审计他。您说一个中层干部离职，怎么可能还能动用到审计呢？他又没有绝对的财务签字权，他过手的费用，无非便是部门的一个奖金什么的。唉，真是让人搞不懂。"

"那他准备去哪里啊？这个年纪，正是养家的年纪，却要重新开始，想一想就头疼。"

"编辑也没有细说。您也知道，我在报社里不愿意打听闲事，尤其是这些敏感的事。我一听说江主任辞职了，心里还是挺难受的。唉，我又想起他那天给我说的那句话了。"

"他给你讲什么了？"

"那天早上，我们在电梯里碰见了。我想安慰他几句，可他却说，让我好好干工作，不要辜负他对我这几年的信任。"

"好人啊！"听了女儿的话，蒋玥感慨说道。

"不仅如此，他还嘱咐我，不要对他表达不舍，否则，新主任会对我生出嫌隙。还让我把关系处理好，说这个报社，整个已经变得很混蛋了。"

"哎呀，他这是心里有苦说不出，只能私底下抱怨一声。的确，这个社会有太多事情让人无可奈何，因为个人的能量微弱，根本没有办法改变整个大局。"

"妈，您工作那会儿，是不是环境要比我们单纯多了？"

"其实哪个时代都一样，就像人家说的，天下乌鸦一般黑，这钩心斗角、钻营算计的事从来就不缺。就算在我们学校，那么神圣的地方，也没少看到这些让人糟心的事。要调整自己的心态，把自己的事情做好，不让任何人抓到把柄。还要尽可能地丰富自己的内心。只有内心强大的人，才能抵抗外界的诱惑和风雨。"

"妈您太智慧了，和您聊天我总有收获。"

"妈还能有什么智慧，妈就是知道，不管做什么菜，这盐都不能多放，当然，也不能放少了，因为凡事都要求一个适中和平衡。人生就是这样，不管你有什么想法，它都会在它自己的运行规则里。顺势就好了，别想太多，胡思乱想不中用的。"

"嗯，妈您放心，我心里有数，我不会让您失望的。"

林菲脸上的表情突然一沉，为心里陡然生出的虚弱，因为很快，她便将带给母亲巨大的失望。她也不想，可是，她只能那样去做。那是她这脆弱的人生车轮滚滚往前奔的过程中，必经的一道坎。

林菲的表情变化敏感地落入了蒋玥的眼里。她将女儿的手拉过来，一脸柔和的表情问道："菲菲，你最近是不是有心事啊，妈妈觉得你的脸上写满了不快乐。能不能告诉妈妈，到底发生了什么？"

"没有什么，只是最近太忙了，事情多，工作也累，可能脸上的气色便不大好吧？"林菲想要敷衍过去。

"真的吗？那么忙还有空去超市给米米买全新的日用品？"蒋玥见林菲想要逃跑，便将她觉得可疑的问题直白地摆了出来。

可是，林菲早就料到了母亲会有疑问，所以，她在来的路上便想好了答案。只见她的脸上轻松一笑便说道："哎呀，我说老妈，您不去潜伏太可惜了。我们报社发的一张购物券快过期了，正好昨天从抽屉里翻了出来，想着米米也该添换季的内衣了，便顺便去了一趟超市。我以后要是买卷海带回来，您是不是就要问我是查出了粗脖子病需要吃海带补碘吗？"

"你这孩子，这么大了，还跟妈妈瞎贫。"蒋玥爱宠地说道。

"我哪那么大啊，您不也说'你这孩子'嘛。我要一辈子都当妈妈的孩子，一辈子都不和妈妈分开。"

"好好好，不分开不分开。不过，再黏糊也到了要睡觉的点了。所以，你赶紧搂着你的孩子睡大觉去吧。"

母亲的智慧和幽默，以及真心的疼爱，让这一天心力交瘁着的林菲，心生轻松。她一边揽着母亲的肩膀往卧室走去，一边趁母亲不注意，在母亲的脸上"叭唧"亲了一下。母亲作势要来打她的手，她一躲快步闪到了母亲的前面，嘴里"咯咯"地笑了起来。如银铃般的笑声，也引发了母亲脸上的欢乐。

| 第 29 章 |

## 两人博弈，她已无力逆转

第二天一早，林菲便又强打着精神来到报社。

时间太早，整个格子间还没有什么人。江大千的办公室门却大敞着。

林菲急急走过去，便看到江大千正忙碌地将自己的物品打包成箱。

"江主任，您……"

林菲一脸讶然，语气也是十分低沉。这样的场景和情绪里面，她说点什么好呢？

"小林啊，咱部门这么多员工，每天就你来得最早。"江大千一见是林菲，脸上的笑一瞬间便浓重起来，紧接着，他又更正说道，"也不对，咱不是一个部门的同事了，也不是同事了。小林，恭喜我吧，我终于跳出这个混乱的圈子了。"

江大千如此坦诚，林菲也不好再扭捏作态，依然一脸担忧的表情问道："江主任，您以后怎么打算呀？"

"谢谢小林关心，我都想好了。"江大千停下了手里正忙碌着的打包工作，将整个办公室环视了一圈说道，"纸媒是不能待下去了，可我这干了快半辈子的新闻，真让我彻底放下，还真是舍不得，主要是舍不得对'文化人'的这种情结。不过，运气不错，有个企业的朋友肯帮我一把，介绍我去了一个国企管企业文化。我想，我应该是擅长的。虽说从此不是媒体人，但是，换一种活法，也未尝不是对人生的一种补充和修正。所以，恭喜我吧。"

"哎呀，是该恭喜您。这便充分说明了一个道理，好人总会有好报。"

"好人谈不上，但真是没有当过坏人。不过，活了大半辈子才活明白，不能当坏人，可是，也不能当任由坏人欺负的好人。"江大千自嘲地接口说道。

"江主任，咱不想那些烦心的事了，我帮您把东西拿下去。虽说以后还在同一座城市，可是，隔行如隔了座山。估计以后要见面的机会，便少之又少了。"

"行，你搭把手，咱一趟就能把东西拿完了。想想在这间办公室里坐了快十年。临了临了，所有的记忆就是这两个纸箱子。"

"主任，您就知足吧。您还有两个纸箱子呢，我哪天要是离开那把椅子，估计我也就一个纸盒子，而且与工作无关，还都是女性用品。"

林菲的这句玩笑话，把江大千一下子逗乐了。只听他朗声说道："这是不是便是所谓的人比人能气死人，也能笑死人？我知足了。到头来，离开这个地方的最后一刻，还有人愿意送我一程。走吧，既然你不怕得罪新领导，我也不怕别人说闲话。"

将东西替江大千在后备厢放好，林菲一脸不舍的表情又说道："江主任，以后还是要保持联系。我林菲敬佩的人不多，您算是一个。"

"你的清高劲儿，在咱报社那是出了名的。这倒让我想起了调整刚刚开始那阵，我心里其实有了预感，也觉得有些苦闷，便有许多话想找个人说说，可是，看了看周围，谁都不可靠，最后选定了你。结果，你是不是怕我会怎样，所以临阵逃脱了？"

江大千突然将林菲一直不得其解的"约谈"事件摆了出来。他的话音一落，林菲恍然大悟，但很快不好意思地笑了起来。

林菲没有接话，江大千便又继续说了下去："不过，人就是要活出自己的个性，没必要为了环境而故意改变自己，要顺势借势，但不要屈从并迎合。做人有时想想很简单，可是，许多人却把人活得太复杂了。行了，不感慨了，你赶紧上楼吧。这真长篇大论起来，几天几夜也说不完。可这落到别人眼里，便成为可畏的人言了。再见吧，咱不给别人说闲话的机会。"

目送江大千看似洒脱地离去，林菲的心中刹那间百转千回，感慨万千。

忙完所有的工作已经是下午2点了。林菲决定先去报社附近的银行开一个储蓄账户。一翻钱包，才想起身份证忘在家里没有拿。她决定硬着头皮回去取一趟，顺便把存折和房产证都拿上，免得陈家声那个混蛋先下手为强。

林菲便驱车往家里奔去。一路上，她一直在暗暗祈祷陈家声不在家。那样，免得尴尬的照面，两个人一言不合又要吵上一通。林菲真是打心眼儿里不愿意吵架，她觉得心累，而且毫无意义，还会让自己生出无尽的绝望。

祈祷灵了验，陈家声果真不在家。

林菲的心头一阵轻松，脸上的肌肉瞬间也由一直的紧绷变成松弛，呼吸好像也一下子畅快起来。可是，这样的畅快在几分钟之后，不仅彻底破灭，还引发了令人窒息的疼痛。

简单收拾了几件衣物之后，林菲便拉开了书柜的第一层抽屉。

咦，房产证怎么不见了？

应该是放在第一层抽屉里的，不能有错啊！

林菲记得清清楚楚，家里的两本房产证，以及两套房子购买时的所有手续她放在了一个红色的拉链文件袋里。另外一个蓝色的文件袋，她则放了家里的户口本、存折，以及一家三口的商业保险合同。还有一个黄色的文件袋，她放的是自己的所有证件，包括学历和职称证书等等。

不会有错，就是在第一层的这个抽屉里，只有这一个抽屉带锁。

林菲平时是将这个抽屉锁着的，钥匙则被她放在了书柜最上面一层的一个小盒子里。当然，陈家声知道钥匙的所在，她没有刻意瞒过他，因为她从来没有想过陈家声会与这个家不是一条心。可偏偏他终于已经不是一条心了。

可是，此刻，不仅仅房产证没了，存折也没了。

林菲心里一惊，赶紧跑到门厅，拉开了鞋柜最上面的小抽屉。那天她用完身份证后，便将身份证和家里的水电卡一起放在了这个小抽屉里。

是的，她的身份证也不见了。

陈家声，你个王八蛋，你想干什么？

　　林菲的心里一下子愤怒起来，她有了不好的预感。她觉得陈家声不会那么胆大妄为，他应该还会有一点良心，不会做到那样决绝。可是……

　　她将手机拿到手里，手指因为气愤便不停抖动，半天才按下陈家声电话的快捷键。

　　谁知，电话响了两声便挂断了。

　　再打，同样一响便挂断。

　　正当气愤无处宣泄、疑惑无法求证之时，林菲听到了"咚咚"上楼的脚步声，是陈家声的脚步声，是她熟悉而又此刻憎恨的脚步声。

　　林菲"哗"的一声将房门四敞大开，自己则横在房门中间，一脸悲愤的表情迎向陈家声。

　　一直低头上楼的陈家声，听到门响，下意识抬头，只见他的脸上先是一愣，但马上脚上快了几步，几步便冲到了门前，刚刚的愣神变成了看似温暖的微笑，将林菲一下子拨拉开自己闪进门，嘴里说道："我看到车子在楼下，便猜你在家。所以，电话便没接。什么时候回来的？"

　　陈家声像没事人似的径自换上拖鞋，又趿拉着鞋子走到了餐厅的饮水机前接了一杯水，"咕咚"几口便全喝了下去。之后，又重新走回林菲面前，将肚子胀气太多而无法出言相斥的林菲再次轻轻一拨拉，林菲便被拨拉到了门厅，他则顺手将房门"砰"的一声关了个严严实实。

　　这个响声终于将林菲从语滞震回愤怒的现实。

　　不待她先说话，陈家声却开了口："你是不是想问房产证的事？噢，我收起来了。你别误会，我不想和你离婚了，我怕你一时糊涂，干了傻事，把房子卖了或是抵押了什么的。因为我知道，如果离婚，你不想给我一分钱。"

　　"你……"

　　陈家声的话冠冕堂皇地说出口，林菲又是半天语滞，愤怒指向陈家声的右手被陈家声一拨拉，便又掉回了自己的身体右侧。

　　陈家声脸上笑了笑又说："你别生气，咱俩已经这样了，最坏的结局不过是离婚。所以，只要不是离婚，都不会是最坏的结局。所以，你要想开点。"

　　陈家声拍了拍身边的沙发，继续说道："别站那儿了，多累。来，坐我身边，我们说说话。我们夫妻好久没有认真谈过心了。有多久，几年了吧？不对，不止几年。好像生了米米，我们便很少这样面对面地聊聊了。"

林菲依然站在那儿不动弹，只是将要杀了他的眼神投过来时，陈家声脸上又笑了。他站起身，将刚刚顺手放到鞋柜上的手包拿下来，拉开拉链将林菲的存折和身份证一起拿了出来。

他一边将这两样东西在手上晃悠着，一边又一屁股坐回到沙发上，开口说道："你是不是还在找存折和你的身份证？噢，我差点忘了告诉你，我用你的身份证去把存折上的钱取了一部分。你也知道，我欠吴魁的那20万，如果不了结，我们的日子便清静不了。当然，我肯定不能给他20万。他凭什么这么狮子大开口，我和梁红一个她情一个我愿。这钱要给，也是要给梁红。所以，我和他谈好了，给了他5万，也算是一个心理补偿。我怕你不信，所以，欠条原件我拿回来了准备交给你，由你来处理。对了，我还取了5万给了梁红，让她把孩子打掉，再把身子骨养好，到时找个好人家嫁了。人家小姑娘和我好了一场，还怀了孕，我也不能太无情，不管不问。我跟梁红说了，虽说心里很想和她在一起，但是想想以后的日子，总不能让她跟我喝西北风吧？小姑娘很明事理，一切都愿意照我的意思去办。你看看，仅从这一点，她便比你强太多了。你总是那么强势地干预我的生活、我的意见。我和你在一起，感觉就是一只小鸡和老鹰在一起。不管我如何努力，都只能仰望着你。你的翅膀一挥，便将我刮成灰头土脸。"

陈家声一口气说到这儿，停了下来，他定睛看向林菲，似乎想从林菲的脸上猜测她的心情，是开口指责、痛骂，还是悲哀地认命。

原来恨到极致竟然是没有语言，也没有表情的。林菲始终不开口，脸上的表情单一而又平静，看不出内心的一丁点波澜。刚刚的愤怒、错愕、惊疑，就在陈家声的慢慢叙述中，一点点烟消云散，换成了云淡风轻。

林菲突然恨不起来，不对，不是恨不起来，而是突然便没有了恨，就像在听一个与自己无关的故事一般。她突然想明白，她的愤怒只会伤到她自己，只会让她更绝望。因为生活的这道印痕，呈于她面前的，已经支离破碎。不管她恨她怒或自我折磨，这些破碎的印痕都再也复原不了。还将以这种破碎的姿态，朝前滑行。

林菲明白，此时，陈家声的先下手为强，在两个人的博弈中，已经完完全全占了上风，她无力翻盘逆转。

　　见林菲一直不说话，陈家声又自顾说了下去："你想知道，我的想法怎么一会儿一变对不对？因为我想明白了，这辈子我只能当小鸡，只能在你这个老鹰的身子底下，被你护着，或是轻瞧着活下去。虽说和梁红在一起，会不一样。可是，即使她将我看成老鹰，可我这种小鸡的性格和命运，是改不了的。我再怎么努力，也变不成老鹰的。时间一长，这贫贱夫妻百事哀的道理，你我都懂。还有一点，这半路夫妻向来都过不到一块，梁红现在觉得我好，我要是挣不回来钱，给不了她荣华富贵的生活，不出几年，她便会抛弃我。到那个时候，我哭都没有地方去。当然，梁红肚子里的孩子到底是不是我的？我清楚得很，可能是，也可能不是。现在的小姑娘，感情生活已不比我们当年了。她估计也疑惑着到底是不是我的。当然，她肯定说成是我的。我和吴魁相比，应该还是要略胜一些的。我算是她押对的一个宝。你看，她就比你活得聪明，她押宝押对了，不是得了5万块吗？也或许，这一切从一开始就是她和吴魁的一个计谋，两人加起来10万块，够他们回老家买亩薄田和草屋活上几年了。当然，孩子也有可能就是吴魁的。"

　　林菲的表情依然没有任何变化，依然让人看不出内心的任何波澜。陈家声似乎又开始不满了："你看你这个人，这些年来，自始至终就是这样，对我的一切都漠不关心。我无论做什么都伤不到你的筋骨。你是不是打心眼儿里特瞧不上我，特别不屑我？觉得我卑鄙无耻，觉得我毫无用处。你别不承认，你现在的表情就是这个意思。是，我承认，我一喝酒便找不到东西南北了，有些心里话便想不吐不快。比如说，我要和你离婚的话。可是我知道，酒醒以后，我根本不可能做出这样的决定。不是因为我爱你，而是因为我离不开你。真的，离不开你。我想，再也不会有一个女人像你这样，与我的家庭和睦相处，对我呵护体贴了。我得知足，我得感恩，我还是要和你一起过日子，把上半辈子欠你的一点点补偿清楚。等到老了的时候，希望还能活出个人样。等咱米米结婚的时候，也能让她骄傲地向咱女婿介绍说，这是我爸，我爸一辈子活得很努力，是条汉子。咦，你鼻子里怎么不像往常那样冷笑了？我这么一自夸的时候，你一向不都是取笑我的吗？看来，生活果真改变了一个人，不仅仅包括长相，还包括心性。林菲，其实你真的变了很多。其实我挺心疼你，我觉得你活得太压抑，太累，太不值当。真的，不是说摊上我这么一个近乎无赖的男人不值当，而是你的心性太高，把自己的人生乐趣都活没了。你要知道，物质不能证明任何东西。即使会让你的心情变得好起来，会有一些安全感。可是，物质压过生活本身，人活着，便成了一具躯壳了。所有美好的、琐碎的生活，都成了物质的附属品。我这么说，你明白吧？"

陈家声突然这样问道。他知道林菲不会回答，所以，他又继续说道："前天晚上，我对你做的混蛋事，还希望你别生气。你也替我想一想，从我们分床睡以来，你和我之间，总共才有过几次？我哪次舔着脸找你，你配合或是兴高采烈过？你总是一脸的阴晴不定，你总是一脸的催促和不耐烦。那个事对你而言，就是那么难受吗？你就算不想，你能不能将它当成你必须干的一件事，你配合着我干好它呢？你从来不。我是一个正常的男人。我去年年底遇上梁红才第一次出轨。这些年，我觉得我对你做到了忠诚。当然，比你，我做得便要差许多。我有需要得不到满足怎么办？我的脑子里经常会想这件事怎么办？你回你妈家住的时候，我看过黄片你知不知道……唉，不说这些了，说了你也不会理解。其实，你肯定也知道你自己的问题。既然如此，你为什么不尝试着改变自己？你总是站在高处，冷眼看着我，等我改变，等我追上你。可是，我跑不了你那么快，我这个人没有大志向，就想自己活得自在一些。难道，这也有错吗？"

"这就是你的真实想法？"林菲终于开口说话了，她的声音冰冷，眼皮耷拉，似乎所有的不屑都在这样的表情和语气里表达得一干二净。

"老天爷，你终于说话了。你能说话便说明你在反思自己了，你打算重新接受我了。是，这就是我的真实想法。我说这么多，就是想对你说，这个婚，我是绝对不会离的。那些醉酒的话，你就忘了吧！那些曾经伤害过你的事，你也就忘了吧！我们一家三口，就这样像所有的普通百姓一样，把日子过下去吧。以后这样的事情绝对不会再出现，我用我的人格保证。噢，你最不信的便是我的人格。可是，我也只有这个东西了。"

"房产证你放哪里去了？"林菲不想再听陈家声表白下去，依然语气冰冷地问道。

"一个很安全的地方，你放心，我绝对不会弄丢它们。但是，也不会私自将房子变卖。那样，我真成了一个被五雷轰顶都不解恨的王八蛋混球了。我陈家声没有坏到那种程度，只是太顾及自我的舒适感受，只是太自私、太想当然。"

"你将房产证还给我。"林菲又说道。

"我不能给你，因为我知道，你还是打定了主意要和我离婚。虽说这个头是我开的，可是我想收尾。这几天我会搬回我妈家住，什么时候你消气了，我便什么时候回来。你这个人啊，心很软，最见不得我不好。我相信，我很快还能回到咱们的家。这房子不长不短也住了快十年了，有感情了，舍不得离开。"

陈家声将头缓慢地转来转去，似乎要将这个房子的一切都看进眼里。他的样子，引得林菲心里一阵的冷笑。此刻的她，除了冷笑，还能做什么？她被陈家声勒住了咽喉，自己能否喘气，能否顺畅地活着，全取决于陈家声手上的力度。

林菲为自己的无能为力感到痛心。

两人之间，一时无话，沉默横亘在彼此中间。无话是因为一个说得太多，再也无话可说。一个是一句话也不想说，所以无话可说。

就在这时，一声尖利的手机铃声突然划破沉默，从陈家声的裤兜里叫嚣着冲了出来。

"家声，家声你在哪里啊？"是婆婆胡荣花的声音。林菲站在门前，电话里那声惊慌的尖叫声却清晰入耳。

"怎么了，妈？"

"你爸，你爸他不行了，你快来啊，快来啊！"胡荣花该是在哭喊着，情况似乎十分严重。

"妈你别慌，你说清楚，爸到底怎么了？"此时陈家声脸上的表情也变得惊慌起来，他猜不到爸爸到底怎么了，但是，妈妈的语气不像是一惊一乍。

"老头子，你不能就这样走了啊，你不能啊！"胡荣花号啕大哭，震得陈家声下意识中差点将电话摔了出去。

"爸可能出事了，走，快，你开车跟我回家。"

陈家声迅速起身穿鞋，见林菲愣在那儿不愿意动弹，他一把拽到了她的胳膊。两个人就那样，飞奔下楼。

林菲手忙脚乱半天才将车子发动，一声轰鸣，车子便飞一样地冲了出去，像是终于理解了主人的急迫心情。

　　林菲的脚踩在油门上，手紧紧地抓着方向盘，身子绷得紧紧的，虽说车窗半开着，可是，额头还是冒出了一层又一层的密汗。她不知道情况到底有多么糟糕，她猜想，好不到哪里去。否则，以婆婆那样的性格，一般情况她断不会那样大哭。可是，到底糟糕到什么程度？婆婆有没有叫救护车，大姑姐有没有在家帮着婆婆？

　　此时的林菲，突然之间便忘记了心中的愤怒和怨恨，只是想以一颗儿媳妇的平常之心，期盼老人能一切平安。

　　"陈家声，给你姐打电话，问她在哪里？再给你妈打电话，有没有叫救护车。还有，如果是心脏病，有没有给吃救心丸，你爸床头抽屉里应该有药。"

　　"噢，好，好。"

　　陈家声此时的慌乱不比胡荣花强到哪里去，他额头上的汗更细密，手也是抖得更厉害。

　　"姐，你在哪里？爸好像出事了。你快点回家，快。"

　　"爸怎么样了？你别哭啊，你别哭。是不是心脏病？喘气困难？床头抽屉里有药，你赶紧给我爸吃上。你别动他，你叫救护车了吗？好，我们5分钟之内就能到。"

　　搁下电话，陈家声转脸问林菲："电话打了，救护车也叫了，然后我们怎么办？"

　　陈家声那一脸的无措、一脸的茫然全落入了林菲的眼底。只见她眉头一皱，厉声说道："你现在闭嘴，老实等着。"

　　林菲的训斥让陈家声一下子安静下来。他突然便不敢再说话，因为在这种情况下，他是没有主意的，他要执行林菲的命令。只有执行，才会让他的心头有一丝丝的安稳。

　　这一刻，这对差一点便吵散了的夫妻，心不自觉地再次凝结在了一起。他们急忙回家的身影，就好像是一对恩爱的夫妻，在刚刚来临的家庭大难面前同心协力，共渡难关。

| 第 30 章 |

## 多傻的事情都愿为你去做

救护车和林菲的车子同时到达楼下，一行人急慌慌地上楼。

房门一打开，林菲便被满客厅的破碎和狼藉吓了一跳。婆婆一脸可怜的模样瞅瞅陈家声，又瞅瞅林菲。然后，胡荣花便看到了紧跟其后的医生。她快速迈到医生身前，一把拉着医生的衣袖，眼泪"哗"地便飞了出来。她一边拽着医生往卧室方向走，一边语无伦次地念叨着："医生，医生，我老头子不动了，他怎么了，他是死了吗？"

一个"死"字将林菲定在了客厅中央，陈家声早早抢步进了父母的卧室。林菲半天才能迈动双腿，也赶紧奔了过去。

公公陈公仆一脸平静的表情躺在床上。偌大的双人床显得他那样瘦小，就像漂浮在大海上的一个木板船，在与风雨和海浪的对抗中，疲惫地放弃了生的希望。

医生先用手去试了试病人的鼻息，很快又搭到了病人的脉搏，拿出听诊器，放在了病人的胸口。

"他有什么症状？"医生一边做着这些诊断，一边问道。

"他说胸口疼，然后就摔到了地上。我把他扶到了床上，给他吃了一粒速效救心丸。"胡荣花小心翼翼地答道，眼睛不敢离开医生的动作，似乎想要在那些动作里面寻到一些安稳。

"他现在只是睡着了，脉搏正常。他以前有心脏病的病史吗？"医生宽慰着在场的所有人，同时又开口问道。

"以前犯过一次，家里就备上了药。医生，他没事吗？"陈家声抢着问道。

"暂时没事。建议跟我们回医院做一个全面的检查。如果像你们说的，突然摔倒，后来吃了药没事了，有可能犯的是心脏病。所以……"

"我不去，医生，我没事。"

就当所有人的眼睛都盯着医生的时候，病床上一直躺着的病人突然开口说话了。他的声音虚弱，却清晰传进了所有人的耳里。

"老头子，你没事了？"胡荣花一下子扑到了床前，喜极而泣，声音已经哽咽起来。

"爸……爸你还好吗？"同时扑过去的，还有陈家声。

仅从这一场景来看，这该是一个多么体面的老人，老婆爱，儿子敬，所有的亲人都因为他的病而挂心疼痛。可是，医生走后，陈家声问起公公生病的原因，以及屋里的狼藉时，婆婆说出的事实，却瞬间打破了刚刚的体面。

"说起你和米米妈的事情，我觉得米米妈既然话都说得那么绝了，你又说那个什么梁红怀了你的孩子，而且，这万一是个儿子呢？我就和你爸商量，孩子离就离了吧，老是一天到晚冷冰冰地过日子，也没有多大意思。你爸就骂我，说我没有人情味，没有良心，说米米妈对咱们家多好，对儿子多好。他就说我糊涂。你爸哪里这么指责过我，我气不过，就摔了两个茶杯。谁承想，你爸他竟然也将剩下的茶杯给'咣咣'摔到了地上。我气极了，便往他后背使劲捶了几下，然后你爸就摔地上了。"

胡荣花心虚地看了一眼林菲。她一定没有想到，即使林菲说出无情的话，想要去做决绝的事，可得知自己的公公重病，还会不计前嫌第一时间赶过来。

"怎么扯我们身上了？"陈家声已经从刚才的悲伤情绪中复原过来，一脸不耐烦的表情指责自己的母亲。

"你爸生病就要怨你们两个人过得不安生，要不，我怎么会和你爸吵起来？"

婆婆的气焰又熊熊燃烧起来。

"儿子，听爸说一句，这件事，你的确是做错了，你的确是对不起米米妈，你要浪子回头啊，否则，爸爸这口气也喘不上来了，你爸觉得丢人。"陈公仆一见眼前的两个人又要争执起来，便接过话来，语重心长地劝慰着自己的儿子。

说到这儿，他又叫着林菲的名字说道："好孩子，爸爸替家声给你赔个不是，家声做的错事太多了，这些年，你过得不容易，爸爸都看在眼里。爸爸觉得这张老脸现在还要求你原谅那个混蛋玩意，爸爸都觉得脸臊得慌，觉得没有办法面对你。可是，好孩子，爸爸真不希望你们这个小家散了，不为别的，就为了米米，还是要给孩子一个完整的家。家声这孩子，本质不坏，只是太贪玩，也是被我们打小惯坏了，不懂得体谅别人。看在爸爸的份上，看在米米的份上，你就忍一忍，原谅他，和他把日子过下去行不行？经过这么多事，家声一定会改的。家声，你是不是会改？你快求米米妈原谅你啊？"一边替儿子赔着不是，一边又赶紧让家声也加入到赔不是的阵营当中。公公陈公仆的晕倒便如预先算计好了一般，让站在床前的林菲，走也不是，留也不是，哭也不是，笑也不是，说原谅也不是，说记恨也不是。

聪明的陈家声一下子便明白了陈公仆这招苦肉计的苦衷。他突然"扑通"一声便跪到了林菲的面前，当着父母的面，在父亲的病床前。他语气缓慢地说道："老婆，对不起，我知道自己不配得到你的原谅。可是，看在米米的份上，看在爸爸病了的份上，你就委屈着继续和我过日子吧。我对天发誓，绝对不再犯这混蛋毛病，从今以后，我踏实和你一起把日子过好……"

陈家声近乎长篇大论的忏悔，让林菲站立难安。一边是丈夫的父母，眼巴巴地看着自己。一边是自己受的这些耻辱，不停地翻滚出来，嘲笑着她的懦弱和胆怯。

"爸，您好好养身体，还是要去医院仔细做一个检查，这钱我出，我陪您去，权当我这当儿媳的不孝，把您气病了必须给的补偿。我也不想用这样的方式，显得我多么孝顺您。可是，爸爸，也希望您能理解我，让我现在原谅家声，我可能还做不到，我可能还需要一点时间，你可能不知道，他今天没有经过我的允许，从我的卡上私自取走了 10 万块钱。"

说到这儿的林菲，见陈公仆脸上的神色一下大变，惊诧而又愤怒的神色层叠翻涌，又赶紧说道："爸，你别着急。这钱他取了交给那个女人和她的男朋友了。他说他用钱摆平这一切了，他说，我们以后可以消停过日子了。我可以信他的话，也可以信他的承诺。我是女人，需要一点时间去趟过心里的这道坎。所以，请您好好的。如果说我们的缘分还没有尽，我们还会是一家人。有些事，很多时候不是由着人的主观意志去改变去转移的。爸爸，您能明白我的心意吗？我觉得很累，真的很累，我要应对太多的事情。所以，能不能再给我一些时间？在这段时间里，我希望家声能搬出我们的小家，让我清静清静。我真的觉得自己快要撑不下去了，真的快要没有力气了。爸爸，我也求您体谅我，不要给我压力。未来到底会怎么样，我说不好。可是，我还是愿意凭一颗勇敢的心去面对。爸爸，对不起，求您体谅我。"

林菲已然跪到了陈公仆的床前，泣不成声，眼泪滚滚地落了满脸。

她的痛不欲生让陈公仆的眼眶也湿润了起来，他拍了拍林菲的肩膀说道："好孩子，起来吧，你受委屈了，爸爸向你道歉。快起来吧，爸爸尊重你做的任何选择。好孩子，对不住啦！"

从婆婆家回来，陈家声一直像一个讨好的哈巴狗似的，紧紧地跟在林菲的身后。她往前，他便往前。她止步，他也停下。她坐下，他也坐到了一旁。林菲的脸上又恢复了下午的冰冷和漠然。她似乎厌烦了陈家声的这种身前身后的缠磨，她去卧室拿出了行李箱放到了客厅中央，开口说话："你搬走，还是我搬走。"

"老婆，你别这样啊，我求你，你原谅我啊，原谅我吧。我不走，你也不走。"

"陈家声，你别得寸进尺。我能和你好好说话，已经是对你十分客气了。请你不要一而再再而三地挑战我的底线。你搬不搬？你不搬，我就搬了！"

"我搬我搬，你消消气。只是，我还是希望你考虑米米和爸爸，希望你能尽快从这件事情中走出来，希望我们还能回到原来的生活状态当中去。"

"或许吧。但是，我现在给不了你答复。"

林菲的话终于有了松动，这让陈家声喜不自禁。虽然一脸不情不愿，可他还是主动收拾起了自己随身的部分衣物。他说他希望这样的时间不要太长，他说他会经常回来看她，他说他打定主意要和她厮守终生。他还说，如果林菲要打退堂鼓，要逃跑时，就想想公公这老实巴交了一辈子的人生，能让他开口求林菲留下来，原谅自己的儿子，绝对是对他的一种挑战。他希望看在老人的心愿上，林菲能早点让他回来。

　　陈家声终于从眼前消失了，林菲好像终于能自由喘气了。整个人往身后的床上一躺，便进入了混沌的梦里。

　　一觉醒来，是半夜12点。

　　林菲想起了自己的手机，从下午到现在，她一直没有看过手机。她猜想，或许会有迟秦发来的短信。虽说早上9点是迟秦雷打不动的短信时间，可是，这几天，林菲的状态不好，他也会在偶有的间隙，发来一些安慰的话语，表达他想念和疼痛的心意。

　　果真，除了许多条短信，竟然还有迟秦打来的5个未接来电。

　　最后一条短信就是刚刚发的，迟秦说他在林菲的小区广场，他心急如焚，他没有办法工作，乘了晚班飞机飞回来，只是要见林菲一眼，看她好不好，他还要坐第二天一早的早班机再回出差的城市。在那里，他还有很多事情。即使如此，他还是要回来看她一眼。

　　林菲的心一下子就惊跳起来，她赶紧将电话回拨过去。响了一声，电话便接了，迟秦的声音迅速传来："你怎么了，你没事吧，你怎么一直不接电话啊！"

　　"你在哪里？"林菲不回答，反而急急地问道。

　　"我在你们小区的广场。"迟秦的声音里竟然涌出了委屈。

　　"你等我，3分钟。"

　　挂了电话，林菲以最快的速度换衣出门，头发都来不及挽成马尾。

　　跑到广场的边缘，林菲站定下来，她朝迟秦的方向挥了挥手。远远的，那个叫迟秦的家伙就站在那里，一脸焦灼的表情望向林菲可能会出现的来路。一见林菲的身影出现，迟秦便快速跑动起来，林菲亦然。几秒钟后，他们站定在广场的正中央。

　　林菲一把拉住了迟秦的手，往广场边缘的假山方向指了指。迟秦会意，两个人重新快速跑动起来。直到确认进入了假山的遮挡之中，两个人才又重新站定。迟秦的臂膀一张开，林菲便像一个迷途的孩子一样扑了进去。

　　情绪终于平复，坐在假山石上的迟秦将林菲整个抱在腿上。林菲揽着他的脖子，睁着一双大眼睛定定地看着眼前的这个男人。

"你怎么这么傻，为什么要突然跑回来，如果我一直没有看电话，难道你要等一夜吗？"林菲语出嗔怒，话里话外却是心疼。

"我就是这么傻，我看不到你，没有办法工作，也没有办法吃饭。我想你，我想知道你好不好。只要是为了你，多傻的事情，我都愿意去做。"

迟秦手腕一使劲，便又将林菲整个人揽到了自己的胸前。他们的心脏一左一右地成为一条水平线，可是，那"扑通扑通"的剧烈跳动声，节奏却是出奇地一致。

"太辛苦了，真的，你这样，我会心疼的。"林菲伏在迟秦的肩头，轻轻地说道。

"你还好吗？你这几天过得还好吗？"迟秦更迫切地想要知道林菲的状态，想要确认林菲过得没有那样糟，没有他想象里的那样糟。

听到这儿，林菲便简单将律师的建议，以及昨天下午发生的一切都告诉了迟秦。听了林菲的讲述，迟秦更紧地揽住了林菲说道："菲儿，你受苦了。"

他将脸深深地埋在了林菲的颈肩处，似乎只有那样紧密的契合，才能将自己的心意，以及想要给予的力量，传递给面前这个看似柔弱却无比坚强的女人。

"你怎么打算？"许久之后，迟秦开口问道。

"我也不知道，我觉得我对陈家声可以狠下心来。可是，面对我公公，我难下决心。"林菲叹了一口气答道。

"别想那么多了，让时间将最后的答案顺其自然地带过来吧。不管是怎样的答案，我都会陪在你的身边。"迟秦将林菲的身子扳到眼前，在她的额前轻轻吻了一下后说道。

"你吃饭了吗？几点的飞机？"林菲想到迟秦可能还饿着肚子，便赶紧问道。

"是有些饿了，因为急着去机场，所以晚饭也没有吃。又在广场上站了两个多小时，这一会儿，前胸贴后肚皮了。"迟秦故作委屈地说道。

"哎呀，快起来。我们去找地方吃饭。"

林菲一脸心疼的表情从迟秦的腿上站起来，同时双手使劲，将迟秦也拽了起来。

站在路边等出租车的时候，林菲突然"哎哟"了一声后说道："我没拿钱包，只能你自己请自己了。"

林菲的友情提醒让迟秦一下子笑出声来，他将揽着林菲肩头的右手拍打了两下后说道："从现在起，你什么事都不用操心，就让我来安排我们的生活，你只需要等在那儿不要走开就好了。"

迟秦的话让林菲忍不住抬眼去寻找迟秦脸上的表情，那一刻的她，心里的那些阴霾似乎只在一瞬间便全部消失不见了。

在通宵营业的西餐厅坐定后，等待的间隙，林菲又问道："最晚几点去机场？是不是还要回家取行李？"

"我拿着钱包便上了飞机，唯一的行李，就是坐在你面前的这个男人。我早上 7 点的飞机，5 点之后，就必须坐上出租车。"

迟秦的话音一落，林菲便将他带着手表的左手拽到了自己眼前，同时一脸认真计算的表情说道："现在是凌晨 1 点 20 分，假设你早上 5 点 20 分走，我们还能在一起 4 个小时。真幸福，我们还能在一起 4 个小时。"

林菲没有办法表达自己欢喜之情，忍不住在迟秦的手表上亲了一下，再抬眼去看迟秦时，眉眼已笑成弯弯。

"真希望你一直都是笑着的。"迟秦将手伸过去紧紧握着林菲的手，情不自禁地说道。

谁知，林菲一把将手抽了回来，不好意思地轻声说道："别这样，这是公共场合，我们一直这么亲密，别人会误会为我们是情人的。"

"好，听你的。我们不给别人非议的任何机会。"迟秦爽快地响应。

"不过……"但他的眉头马上又一蹙说道，"那个，我们就一直在这里坐 4 个小时吗？"

"你还想去哪里？"林菲马上明白了迟秦的意思，脸飞红云，故作不满地说道，"正经点，我们要利用这么宝贵的时间，谈谈人生哲学什么的。"

"好好，就跟你谈人生，谈哲学，谈人生哲学。"

迟秦再次爽朗地笑出声来，林菲的小心脏又剧烈地怦跳起来。因为迟秦的所谓"人生哲学"四个字的尾音故意压得低低的，让她一下子便想到了两个人赤裸相对的那一次。那样的相处，也是人生哲学的一种吧。

看出了林菲的心思，迟秦也不点破，只是一直定睛看着林菲，冲林菲温暖地笑着。似乎每一秒相视的时光，他都不想错过。

吃饱过后，餐桌上便换上了果盘和咖啡。林菲将一瓣橘子塞到迟秦的嘴里后问道："说说你的工作吧，这么久了，你从来没有和我聊过。我很好奇，你为什么总要出差，而且，每次时间都那么长。"

林菲的好奇，让迟秦再次笑出声来。他清了清嗓子说道："我呢，在我们集团分管并购和资源，你也知道，我们是黄金矿业企业，这资源的重要性不言而喻。我的工作呢，就是不停地去找矿、买矿。一般矿区都在大山或是偏远地带，所以，一圈转下来，一周或是十天，是很正常的。有时候呢，我还需要到我们集团所属的矿山企业去'指点'一番。这一圈转下来，也需要十天半月的。"

"噢，这样啊。"林菲若有所思，给了迟秦更多好奇的倾听目光。

"有时候，我这一圈下来，需要先坐几个小时的飞机，飞到最近的城市与各路人马汇合。然后再坐汽车去矿区，最多的一次，连续开了16个小时才到矿区。还有一次，我还坐了一回骆驼。那驼峰，真是高大壮观。有点小洁癖的我坐在上面竟然忘记了那头骆驼其实很久很久都没有洗过澡了。"

迟秦讲述骆驼洗澡的话，让林菲哈哈大笑起来。迟秦又继续说道："还有一次，我们也是从省会城市坐上汽车后，开了几百公里才到了一个矿区。那个矿区条件还算是比较好的，离矿区十公里的地方有个小镇，饭店有那么五六家。于是，我们中午就在那个被他们称作"王府井"的地方吃了一顿十分寒酸的午餐。那个地方风沙特别大，我一口吃下去，便感觉吃了几十粒沙子似的。可是，我吃得很开心，因为我转移了注意力，我发现饭店的碗筷竟然是消过毒的。心理这么一平衡，我便觉得这样的旅程也有趣。"

"这真是意外之喜呢。"林菲忍不住评价说道。

"还有更意外的"惊喜"呢。有一次，也是刚到矿区。我们董事长不知发什么神经，非要我给他发一个什么材料，十万火急的样子。没有办法，我便拿出笔记本电脑，让我的小跟班抱着电脑绕着大山转起了圈，终于转到了有信号的地方，赶紧上网，结果，电脑又没电了。"

迟秦绘声绘色的讲述逗得林菲再次哈哈大笑。迟秦见故事效果这么好，他便又继续说了下去："你知不知道，大部分矿区都在荒郊野地，苍蝇蚊子和老鼠什么的，特别特别多。有一次住在矿区，我们的一个地质工程师，一天晚上，一巴掌最多拍死了25个蚊子。25个啊！你可能都没见过那么多蚊子吧。他那个人特别幽默，感慨地说，这蚊子还是少点，要是再多点，密密麻麻地布满头顶，白天便可以给大家伙挡紫外线了。"

林菲又爆笑出声。

"我也遇到过这样有趣的事。有一次，我半夜在矿区醒来，迷迷糊糊中突然觉得枕头处有异样，用手机一照，好家伙，一只贼眉鼠眼的家伙就直勾勾地在那儿看着我。好吧，有来无往非君子，我也那样回看着它。足足一分钟，还是我先耐不住了，我想要轻轻翻身起来，结果，却惊跑了那个肥大的家伙。我这倔性上来了，抄起家伙，与老鼠在帐篷里打斗了足足半个小时，终于……"

"终于怎样？"见迟秦将话停了下来，林菲急急地问道。

"终于，它胜利了。"

林菲又是一通爆笑。

就在这样的欢声笑话里，时间不知不觉到了凌晨5点。林菲有些不舍地看着迟秦说道："那个，我能不能送你去机场？我还想和你再待一会儿，有些舍不得你。"

林菲的深情表白让迟秦感动不已，他拉起林菲的手说道："嗯，我们一起去机场，我也舍不得你。"

并肩坐在出租车后座上两个人，突然没有了言语，只是十指紧紧相扣，时不时将目光投向窗外，或是对看一眼，相视一笑，却又将目光分开。

只有这样，他们才能时时刻刻感受到对方的存在，在每望一眼的深情里，一次次确认着彼此的心意。

| 第 31 章 |

## 只要平安归来就好

迟秦再次飞走的那几天，林菲都过得不开心。

陈家声每天就像苍蝇一样，到点就过来"嗡嗡"地骚扰一番。林菲心里厌恶，脸上依然冰冷漠然。

每天在报社忙完之后，为了防止陈家声的骚扰，林菲便故意待到很晚才回家。有时候是去母亲家看米米，有时候是去陪刘欣。这几天林菲都没有陪母亲和米米一起住，她的情绪一直处在低落之中，不仅仅是因为陈家声，还有工作上的一些事情，她不想让母亲担忧。

刘欣那儿，朱奋起果真如刘欣想的那样，给了刘欣一笔现金，数量还算可观。刘欣长出一口气，说她的这段情感也终于算是有了等价交换，朱奋起也好歹算有情有义，善始善终。

林菲问刘欣怎么打算，刘欣说没什么具体打算，就跟秋天落了的叶子一样，风一刮，便滚三滚。滚到被障碍物拦住了，就在被拦住的地方彻底地自生自灭，零落成尘被碾成泥。

林菲劝刘欣，不能那么消极，要乐观。都说比上不足比下有余，刘欣要是觉得心里失衡，只要将林菲的人生拿出来比一比，便会觉得她现在该是多么幸福如意。

刘欣嘴巴一噘，一脸鄙夷的表情说道，也就是林菲能将自己的人生活成那样，那眼瞅着就是一个火坑，可自己就不使劲往外爬，火都烧屁股上了。

林菲说她也很无奈，有的时候，人们做出的选择不见得只遵从自己的内心就好了，还要考虑周边的环境，考虑人情，考虑一个接受度。

刘欣一脸恨铁不成钢的表情，说林菲这些年就是被"当断不断"折磨成了现在的样子。有的时候，这善良是和软弱紧密挂钩的。人们越是对那些残忍和不公平的人仁慈和服从，那些人就会更加为所欲为，也永远不会变好，还会越变越坏。除了反抗，并没有别的出路可选。

刘欣还说，什么才叫真正的善良？真正的善良应该是基度山伯爵式的，我占有绝对优势，但是你乞求我，让我放过你。这样的善良才是有力量的，是真的善良，是真的宽恕，而不是因为害怕失去，害怕自己受到更大的伤害，忍辱负重。而林菲的这种善良，是纵容，是更新一轮伤害的开始，是一种受虐狂的本质体现。

林菲已经完全找不到自己生活的节拍了。

"可是，新的节拍就一定是对的吗？"林菲语出疑惑。

"不管对不对，总是要去尝试。就好比一盘新菜，你不去尝一尝，怎么知道它是否合你的胃口。"刘欣又一把揽过林菲的肩膀说道，"我呀，也就是光长了一张会说话的嘴。我和你一样，也困在这样的局中。也很迷茫，不知道人要往哪个方向走，才是对的，才是能迎上阳光的。"

林菲的心情并没有好起来，因为她们总想剖析到内心，而这样的内心，正是她们不愿意真正触及的地方，那儿已是血淋淋的伤口。

林菲还有更多让心情好不起来的事情，比如新任主任的刁难。

新来的主任姓蒋，名兰成。初听此名，刘欣还八卦说，这蒋主任的老妈是不是迷胡兰成啊？否则，怎么会起一个这样的名字。林菲打断刘欣，说不可如此非议，毕竟人家是领导。再说了，就算不是领导，人家叫什么名字也是人家的自由，与我们没有任何关系。

刘欣一脸不乐意的表情说林菲，就知道一天到晚沉浸在"高大全"里。结果呢，与"高大全"有关的好事全都绕着她走了。

"绕就绕着吧，我总不能抱着它的大腿把它硬拽家里。就算硬拽家里，不属于我的，还是得跑呀！"林菲故意反驳。

"你要是会抱那些大腿，今天就不至于这样了。"

两个人就跟打哑谜似的，说了半天，都差点忘了她们要商量的正事。

"你说蒋主任怎么会对我这么大意见，他是不是有些太先入为主了？"林菲一脸思忖的表情说道。

"怎么，他毙你稿子了？"刘欣不解地问。

"不仅仅是毙稿子的事情，上头派下来的选题，他也不让我参与。在江主任时期，周末大稿我要占到三分之一的。再这样下去，我这个月的奖金可就快泡汤了。"林菲解释说道。

"瞧你那点出息，就知道那点奖金。"

刘欣的话刚出口，林菲的那句"可我刚刚损失了10万块"差点便脱口而出，咽了半天才终于重新咽回肚里。

林菲知道，这件事万万不可让刘欣知道，不想听她骂自己软弱无能。刘欣问她的打算时，她只说公公差点心梗过去，救过来后，便央求她再给陈家声一次机会。陈家声也是死皮白赖地忏悔，不想离婚。不过，她要好好想想，陈家声已经被她赶出去了。即使如此，刘欣还是一脸想要痛骂一番的神情，吓得林菲赶紧转移话题。

"人为财死，鸟为食亡嘛。"林菲用这句谚语来解释自己所谓的"出息"。

她的话一出口，刘欣突然一脸恍然大悟的表情说道："你这一下子提醒我了。你们部门那次欢迎新主任到任的活动，你是不是没有去参加？不仅没有参加，新主任上任这么长时间了，你是不是也一直没有表示过？"

林菲愣了一下神，马上想起那天是周末，她的心里光惦记着迟秦出差归来俩人合二为一的事情了，便将欢迎新主任的事情忘了个一干二净。

"哎呀，还真是的。真是忘了，不仅没有去，也没有跟蒋主任请假说一声。当然，更没有对他表示过什么心意。"

"你看看你，要是把用在陈家声身上一半的心思用到这些人情世故上面，你怎么还会被人家毙稿，被人家刁难？"

一听果真如自己所猜想，刘欣顿时又义愤填膺起来，为林菲的这番糊涂。

"那我怎么办？"林菲紧张地问道。

"当务之急，是让他对你的印象改观。没有别的好办法，只能靠送礼一条路了。"

"啊，又要送礼啊？我不去，我长这么大，就为工作上的事情求过一次人，还是你给我的化妆品礼盒。你要我现在琢磨送礼的事，还要将礼送出去，我干不出来。"

"干不出来也得干，人在屋檐下，不得不低头，还要让他感觉到，你这头低得心甘情愿。"

"只能这样做吗？"

"除非你准备辞职，或是，就准备混下去。等着他看不惯也忍不下去时，拿你开个刀子。"

"好吧，我去送就是了，你别说得那么恐怖，我这鸡皮疙瘩都快起来了，连动刀子这种话都冒了出来。"

刘欣还说，送礼要投人所好。她打听了一下，这蒋主任在外面是条龙，可在家里却是一条虫，严重的妻管炎，可能是因为他靠了岳父的提携才走到今天的位置。所以，林菲准备的礼物，要精巧贵重，替蒋主任考虑周到，比如借花献个佛什么的。

寻思了半天，林菲去金店买了一条十几克的金手链。她在自己手腕上比画了半天，感觉还不错。那个中年男人的老婆，应该会喜欢这些闪亮的东西。

东西好买，只是，这个礼怎么送出去，却把林菲给难为着了。

直接拿到办公室是最简单方便的，可是，刘欣嘱咐的那些话，怎么能在办公室里说出口。要去家里，似乎手上还得再拎点别的东西才好。蒋主任住在报社的家属院里，要是被别人看见了，林菲十几年的清高和体面也就全丢光了。去送礼这件事已经很挑战林菲的做人底线了，如果因此再丢了人，那林菲真是无颜继续在报社待着了。

想了想，林菲决定豁出去了，直接杀到蒋兰成的办公室。就像戏里唱得那样："看前面黑洞洞，待我上去杀他个片甲不留……"

对林菲而言，家庭、工作、感情，一切都是黑洞洞的，看不清方向，也看不清来路，只是定在那儿，四顾茫然，无从开始。

礼送出去了，林菲的日子一下子便好过了起来。

这天开选题会和评报会的时候，蒋主任竟然点名表扬林菲的报道写得有深度，文字也有张力，话语也有趣。这让坐在那儿的林菲，一下子便脸烫心跳，屁股就跟坐不稳凳子了一般，半天不敢抬头与周围的同事对视。大家一定心知肚明。

刘欣说不要考虑别人怎么看，反正都是五十步和一百步的区别。只要自己的实惠不被侵占，就一切万事大吉。

只要自己的实惠不被侵占，真的便一切万事大吉了吗？

比如迟秦的失联。

按理说，林菲的实惠并没有被侵占，他和她的关系，也只是彼此的喜欢和挂念。于林菲而言，她和迟秦再怎么热烈纠缠，也不会从根本上改变自己的生活。可是，生活中突然没了迟秦的消息，没了迟秦传递的温暖，她的心却仍在一瞬间跌入了黑暗的谷底。

之前，在每一天临睡前，迟秦都会争取给林菲打来一通长长的电话。白天，他的短信也算是比较密集。可是，那条彩信之后，他便再也没有了消息。短信不回，电话不通。

他到底怎么了，他真的出事了吗？

心底泛起来的疼痛就这样一层层包围和侵蚀了她。她觉得自己又像被无形的生活勒紧了脖子，再一次没有办法呼吸。

迟秦失联的第三天上午，是周末不用上班，可是，不知要做什么的林菲，却不知要往哪里走才好。想了想，她来到了报社附近的小公园。就是在尽头处的那条长凳前，迟秦给了她霸道又温暖的一吻。

她怀念迟秦给的一切，她想寻一些当时的温暖来慰藉此时的落寂，以及陡然生出的伤悲和不堪。

因为一夜秋雨，天变得越来越澄澈透明。在这样的天地里，林菲再次觉到了自己渺小和卑微，即使她努力伸手，也只能远远遥望蓝天。那里的一切，空洞而又遥远。

原本是要寻一些温暖的林菲，却感受到了更深的孤寂。不知不觉，便有眼泪溢了出来。

就在这样的茫然无措和内心悲凄之中，手机铃声在耳边响起。

是一个陌生的号码，不是迟秦的。

"喂，哪位？"林菲即使想要强打精神，可是，传出去的声音却依然有气无力。

"是我，菲儿。是我，我是迟秦。"

竟然是迟秦！

林菲不敢相信地将手机拿到眼前，是江林市的一个座机号码。可是，却分明是迟秦的声音。

"菲儿，菲儿，你怎么了，你还在听吗？"迟秦急急的问询声音再次传了过来，林菲却突然不受控地大哭起来。

"菲儿，菲儿，你怎么了，你怎么了，你为什么哭了？"迟秦不明就里，急急地问道。林菲感受得到语气里的真诚和关切，却突然觉得那样的关切太过遥远。可是，即使太遥远，她还是想努力伸手去触及。

终于止住哭声，林菲的声音还是哽咽着，她委屈而又不满地质问道："你这两天跑哪里去了，你到底做什么去了，为什么联系不到你？你知不知道，因为找不到你，我都快要疯了，我怕你出事。我心疼、委屈，以为你不要我了。"

林菲再次号啕大哭起来，无所顾忌。她难以抑制的悲伤感染到了电话那端的男人。

"菲儿，你别哭啊。你一哭我也难受！你在哪里，我去找你。不，你来我这里。我刚刚到家，见面再告诉你发生了什么。菲儿，你别哭了，把眼泪擦干，我在家里等你。"

房门打开，林菲便被迟秦拽进了怀里。可是，迟秦脸上的伤一眼撞进了林菲的视线。

"你怎么了？脸怎么了？"

林菲一脸的惊慌，急急地将自己的身子从迟秦的怀里挣脱出来，却并不逃离，只是试图用手去触摸那些受伤的地方，却又怕那样的触摸引起迟秦的疼痛。

"疼吗？"林菲终于小心翼翼地触摸到了那些暗红色的血痂印痕，她的心疼没有任何掩饰。

"现在不疼了。"

迟秦脸上笑笑，假装无所谓，将揽着林菲的双手抬起，与林菲触在自己脸颊上的双手层叠一起。

"到底怎么了，快告诉我。"林菲迫不及待想要知道原因。

"去矿区的那天下午，正巧下起了暴雨。有段路基被冲垮了，我们没有发现。还没来得及刹车，就连人带车冲进了一旁的水沟里。"

"啊？"林菲惊叫一声，用手捂住了自己的嘴巴。

"掉进去以后，车子便侧翻了过来。我们费了好大的劲，才从车里爬了出来。我只是受了一点轻伤，我们的司机整个人却被方向盘顶得死死的。当我们和救援人员用工具将他抱出来的时候，他腰以下的部位，已经废了。"

"人呢？人怎么样？"林菲急急地问道。

"命是保住了，这以后……唉！"迟秦叹了一口气。

"你呢，还有哪儿受伤没有？"

林菲开始动手去解迟秦的衬衣扣子，想查验伤情是不是比她看到的还要严重。迟秦一把握住了她的手，身子便俯了下来。在迟秦近乎暴风骤雨般的吞噬中，林菲整个人的灵魂瞬间飘浮起来。

"我好好的，只是受了一点轻伤，不碍事，别担心。"迟秦将自己的吻痕落满林菲的脸上、颈间、发际，柔声地劝慰着怀里的这个女人。

一切平静下来的时候，迟秦又继续说道："我的手机直接泡进了水里，根本开不了机了。本想借别人的电话告诉你，可是，又怕你担心，不知道情况胡思乱想一气。这两天，我们在医院一直在处理司机的事情。之后，我便乘今天的早班飞机飞了回来。回到家，我就赶紧给你打了电话。还是害你担心了。"

"没事没事，只要你平安就好，平安就好。"

林菲不知用什么样的语言来表达自己此刻的心情，只是紧紧地抱着迟秦喃喃地说道。那样的感觉，就像她很珍视的一件物品，终于失而复得了一般。她暗下决心，从此以后要更加珍视并贴身保管。

就在两个人情浓意切的时候，只听到"砰"的一声——重物掉落的声音。

两个人转身去望，赫然见到了站在门前一大一小的人影。

小的是迟蔚，迟秦的儿子。

大的，应该是他的前妻。

四个人都如同定住了一般。在长达十秒的状态停滞过后，迟秦和林菲才想起应该松开彼此。迟蔚已经一脸通红地快步跑进了房子的一间卧室。女人看了一眼迟秦和林菲，也紧跟着跑了过去。

林菲的脸上现出惊慌、尴尬、不安，迟秦拍拍她的肩膀。两个没有办法用言语来交流和表达心情的人，就那样杵在这儿。

还没等他们动弹，刚刚冲进卧室的迟蔚又冲了出来。他的小脸因为羞愤而变得通红，他冲到林菲和迟秦的面前，指着林菲大声喊道："阿姨，你怎么可以这样？你是陈米的妈妈，你怎么可以和我爸爸这样？"

"儿子，你听爸爸说，事情不是你想的那样！"

"你不要和我说话，我不想看到你，我恨你！"

迟蔚突然又转身冲回了卧室。站在卧室门前来不及跟过来的女人，见儿子转身冲回来，"砰"的一声便将房门紧紧关上。房间里，便传出了迟蔚"啊啊"的喊叫声，以及女人柔声的劝慰。

林菲终于想起自己是时候该走了。她深深地看了一眼迟秦，转身往门口走去。迟秦试图去拉她，手拉到了她的胳膊，可林菲一挣扎，他的手便定在了半空。林菲头发一甩，人便"咚咚"地往门口跑去。

| 第 32 章 |

# 米米的对抗

一直将车子开到母亲住的楼下，林菲才从一脸的羞愤中清醒过来。

怎么办？怎么办？这事要是让米米知道了，她会怎么看自己？

迟秦能不能搞定他那边的一切？她又该如何再面对那个孩子，假如她和迟秦会有一丁点可能的话。

就当林菲在努力恢复理智思谋对策的时候，坐在车子里的她，突然被震到，手机下意识甩了出去。

"菲菲，你怎么了？怎么到家了也不下车？"

竟然是母亲蒋玥，她正将脸凑到车窗前，想要去捕捉女儿那一瞬间被惊吓到的表情背后的内容。

"妈，没什么，就是刚才突然愣神了。咦，米米呢？"

"这孩子，越来越懒得出门了。我让她跟我去趟超市，她非说要将自己手上的那本书一口气看完，要不，走路都会因为不安心而摔个大跟头的。"

林菲已将母亲手上的袋子接了过来，挽住了母亲的胳膊，娘俩慢腾腾地往楼上走去。一边走着，蒋玥还在一边念叨着："这都说龙生龙，凤生凤，老鼠天生会打洞。我看啊，这米米铁随了你。你从小就这样，只要抱起本书，便看起来没完没了。"

"妈，你到底是夸我，还是说你自己？好像我不随你似的。"林菲故意一脸的不乐意。

"还记不记得你小时候，就我打你那次，就是因为你半夜了不睡觉，躲在被窝里打着手电筒看书。我一看，好家伙，我还以为是数理化呢，竟然是言情小说。气得我啊，拿起扫帚就打了你一顿。"

"外婆，你竟然也会打人？真是太阳从西边出来了！妈妈，您也有这样光辉的历史啊！"米米早早地将房门打开，一脸不可思议的表情。

"你妈我又不是完人，怎么就不能挨打？你外婆也是当妈的，怎么就不能发彪打人？"林菲脸上的神色清爽而又温和，话里话外反驳着女儿的惊叹。

"外婆您赶紧进来坐下，我给您倒杯水，好好听您讲讲我妈小时候的光辉历史。"

晚上临睡前，林菲刚刚放松的神经再次绷紧起来，因为她不知道女儿第二天见到迟蔚后，迟蔚会向她如何讲述今天白天的事情。在孩子的眼里，其实比大人更揉不得丁点沙子。

林菲搂着米米的肩膀问道："米米，如果妈妈犯了错误，你会原谅妈妈吗？"

"错误？什么样的错误？偷打手电看小说的错误吗？"米米不解，又将妈妈的糗事嘲笑了一番。

"你这个小屁孩，妈妈正在跟你讨论严肃的人生大义呢，你也严肃点儿好不好？"林菲故意板着脸说道。

"好，且严肃且继续。这回您满意了吧？"

米米并不知道林菲想和她说什么，以为只是像平常的聊天一样。即使脸上的表情一下子变得严肃起来，可仍然是打趣的腔调。

"真的要严肃点哟！妈妈可是将你当成了大孩子，想听听你的想法。"

"好吧，您问我是不是会原谅您。我得先知道您犯了什么错误。"米米突然一下子从枕头上支棱起身子，一脸惊慌的表情说道，"妈妈，您不会要和我爸爸离婚吧？"

"想哪里去了，没有没有。"林菲一见米米先跑了题，赶紧以肯定的语气拽回，并打消女儿的疑虑。

"那是什么错误？工作上的？"米米一脸不解的表情。

"妈妈是想和你说，怎么说呢？"

刚才还信心满满想要和女儿交流谈心的林菲，被女儿这么一通乱打岔后，竟然不知如何再次开口。

"算了算了，妈妈只是随口说说，没什么大不了的事情。时间不早了，赶紧睡觉吧，明天还要早起上学呢。"

林菲赶紧将话题结束。她突然很不确定，在那样的含糊表述里，米米是否会敏锐地发觉一些什么。这孩子一向早熟，且她和陈家声的吵闹已经让孩子有了许多人生感慨。这万一……林菲不敢再往下深想，决定静心等待最坏的结局，而不是像预知了未来一般，想要将一切阻止。以她的能力，她其实根本阻止不了。

就在这样的忐忑之中，林菲迎来了新的一天。

早上7点，迟秦发来短信，问她还好吧？

林菲没有回复，她不知自己是答好或是不好。

像是知道了林菲的情怯，迟秦竟然没有继续追问。这天早上9点，他也没有给林菲发来定点的问候短信。

时间一晃便到了下午5点。

这中间，林菲无数次地想起过迟秦。想起自己那几天的煎熬和思念，竟然只因为昨天下午迟蔚的一声质问和一个恼怒的眼神，便灰飞烟灭，轰然塌陷。林菲本想问问怎么对迟蔚解释的。可是，想了想便作罢。如果迟秦愿意告诉她一切，自然会说。如果迟秦没有主动说，那么，一切便不容乐观。就算乐观起来又能怎样？这一天的林菲，逃离了昨天下午那一刻的林菲，清晰地看到了横亘在她和迟秦面前的现实，她的婚姻之实。

就在林菲刚坐进车子，准备去母亲家的时候，母亲蒋玥打来了电话。

"菲菲，菲菲，不好了，米米不见了？"

"什么，米米不见了？怎么不见了？"林菲大惊，连忙追问道。

"下午放学时，我接上了她。在学校附近的面包店，她说想吃面包，便要我去买，说她在门口等着我。等到我出来的时候，便找不到她了。我把周围的人都问遍了，大家都说没有注意。这孩子，能去哪儿呢？”母亲在电话那端已经焦急地快要哭起来了。

“妈，你别着急，你现在在哪里，我过去。”

“我还在学校门口，米米的班主任和几个同学也在，大家都帮着分头在附近找着。”母亲答道。

林菲急急赶到女儿的学校门前时，母亲已经接近崩溃的边缘，头发乱蓬蓬地四散飘着，眼泪在眼眶里不停地打着转，两只手也在不停地打着哆嗦。一见到女儿，身子颤巍巍着急急跑了过来，像终于泅水上了岸的溺水者一般，号哭着便扑进了女儿的怀里。

林菲拍拍母亲的后背，连声问道：“还没有找到？都到哪里找了？”

母亲还没有回答，林菲一转脸便看到了陈家声正和站在校园门口的警察说话。围着站成一圈的，还有米米的班主任陈老师，以及米米班上几个她看着面熟的同学。

林菲来不及多想，便赶紧搀着母亲走了过去，想听听警察怎么说。

“我们正在想办法调这几个路口的监控录像，到时候，孩子往哪个方向走的，便能一清二楚。”

正说到这儿，又有一对老年夫妻颤巍巍着身子相扶着赶到了校园门口，急步走到陈老师面前开口问道：“陈老师，我们家迟蔚到现在还没有回家？是留堂了还是？”

老人的话音一落，在场的所有人一下子惊呆了。

“您是说迟蔚也没有回家？”陈老师重复着老人的问话。

“平时他都是自己走回去。今天比平常时间晚了快 50 分钟了，他还没有回去。我们着急，便找了过来。”老人急急地解释道。

林菲的心里“咯噔”一下，那种不好的预感一下子升腾了起来。如果没有猜错，这两个孩子应该是结伴走的。迟蔚将自己看见的一切，都直白地告诉了陈米。两个羞愤难当的孩子，决定用这种方式来惩罚大人的自私和无情。

“迟蔚放学就走了呀，他还和我说再见了。”陈老师突然一脸惊疑的表情看向周围的几个人，"难道迟蔚和陈米是商量好了一起走的？他们怕不是丢了，是离家出走了。"

"什么，还有孩子也没有回家？"老人看看周边的警察，再看看所有的人一脸焦灼的表情，像是恍然大悟一般，出声问道。

"否则，不能这么巧，陈米不见了，迟蔚也不见了。"陈老师肯定地答道。

"这可怎么办啊？"听了陈老师的话，两位老人互相对看了一眼，老太太的脸上当时就涌出了眼泪。

"赶紧通知迟蔚的爸爸妈妈吧，这事咱们谁都担不起。"两位老人互相看了一眼，马上急急说道："陈老师，借您的手机用一用吧？我们给他的爸妈打电话。"

林菲拽了拽陈家声的胳膊，示意他跟她借一步说话。一脸焦灼表情的陈家声便赶紧走了几步，跟在林菲的后边，来到了校门北边的一处空旷处。

"那个，你开我的车，送我妈回家。万一米米突然回家了，就赶紧通知我。我在这儿和老师，还有警察一起看监控录像，看他们是往哪个方向走的。有消息我通知你。还有，这事先别告诉你爸你妈，免得他们着急担心。"

"好，我先把妈送回去，然后再回来与你汇合。你也别太着急，如果是两个孩子一起走的，说不定他们只是贪玩，一起约着玩什么的。千万别着急，我一会儿就回来。"

此时的陈家声话里话外都是对风险和未知的担当。他一边答应着林菲的安排，一边嘱咐林菲不要太着急，他觉得事情并没有那么坏。

林菲摆了摆手，以前不耐烦的神情没有流露出来，反而是感激地看了他一眼，好像在这样的安慰里，她心里的那些不能言说的苦楚得到了一些缓解似的。

陈家声走了没多久，迟秦夫妇便赶了过来。

一眼看到林菲，迟秦愣了一下。他的前妻吴英姿也是深深看了林菲一眼。

此时，警察对监控录像反复查看后，基本确定了两个孩子的确是一块走的。

迟蔚等在路口，陈米急急地赶过来。这一切应该是有预谋的，因为一辆出租车就一直停在迟蔚的身边，两个人一前一后钻进了车里。可惜，出租车的车牌看不太清。但在下一个路口，车牌终于被清晰地照了下来。

警察将电话打到出租车公司，找到出租车司机询问了一番，才了解到大概的事实。

"我觉得两个孩子打出租车有些奇怪，便一路上通过后视镜不停地观察他们。"这位极其有心的司机，向所有的人仔细地回忆着当时的情形，"两个孩子好像在闹别扭，一路上一句话都不说，女孩还时不时地侧脸去瞪男孩一眼。后来，到了地方他们便付钱下车了。"

"到了什么地方？"不待警察询问，林菲抢先问道。

"就是江泉路的西餐厅。我当时还琢磨着，两个小家伙还挺有钱，这是准备要去吃西餐呢。"

听了司机的话，所有的人脸上均露出轻微的喜色，好像美好的结局即将到来似的。

警察很快便将电话打到了出租车司机说的西餐厅，一问，果然有两个小学生在那儿。他们吃过饭后，便一直趴在桌子上写作业，好像一点也不着急回家。"

当所有人心急如焚地赶到西餐厅的时候，两个孩子却像是早就料到了他们会找来似的，一脸毫不惊讶的表情，抬眼看了所有人一眼。不仅如此，两个孩子的情绪也都不对，谁都不主动跑到自己的父母身边。

陈家声直接驱车赶到西餐厅，也站在了林菲的身边。这种时候，他必须像个顶天立地的男人似的，替自己的女人分忧解难。假如米米走丢了，他和林菲的婚姻应该也就毫无挂念地结束了。

林菲抢先一步走到米米面前，试图张开怀抱迎接米米扑过来，轻声地说道："米米，跟妈妈回家吧？"

米米站起身来，但并没有像以往那样扑过来，反而不急不慌地收拾起自己的书包。迟蔚则一脸愤恨的表情，依然坐在原处。

"蔚蔚，跟妈妈回家。"吴英姿也趋前一步，试图唤起迟蔚，手上已经开始使劲，想要拽到儿子的胳膊，并将他拉到自己的怀里。

谁承想，迟蔚的胳膊使劲一拨拉，便挣脱了吴英姿的控制，同时嘴里"啊"的一声尖叫起来。本就引来许多人侧目的这个吧台，再次成为西餐厅所有人注目的焦点。

"你别碰我，你们大人都是骗子，全都是骗子，你们只考虑自己的感受，从来不替我们着想。我再也不相信你们了，我恨你们。我不跟你回家，我要回我奶奶家。你们这些大骗子，我再也不想看到你们，我恨你们。"

迟蔚近乎歇斯底里的怒号似乎也引发了陈米的消极情绪。她一下子扒拉开了林菲试图上前帮忙的手臂，眼皮低垂着，似乎根本就不想看到眼前这个叫作妈妈的女人。

陈家声也移步向前，试图帮女儿一起收拾书包。让林菲意外和尴尬的是，米米没有拒绝爸爸的帮助。不仅如此，将书包背到肩上以后，她竟然主动将手伸给了陈家声。并在陈家声的牵领下，一起往餐厅外面走去。

一脸期待和不安表情的林菲，就那样被自己的女儿滞留在了那里。在这样的尴尬里，她的脸上瞬间交替变换着各种表情。以五味杂陈统而概之，似乎也不足以表达她那一刻的情绪翻涌。

这边的吴英姿不管儿子的号叫，固执地帮他整理着书包。迟秦也走了过来，他想要搭把手。如陈米的反应一样，迟蔚一下子也扒拉开了父亲的手臂，还一脸愤恨且挑衅的神情看向眼前这个他叫作爸爸的男人。

迟秦什么话也没有说，他的脸上毫无表情，只是固执地再次将手臂伸了过去，似乎只能通过这样的执拗，才能对抗儿子的愤恨。

迟蔚没有再次尖利地号叫，也没有拒绝父亲的帮助。

书包收拾利索，吴英姿挽住了儿子的左手手臂，右手一伸，试图去牵到迟蔚的手。可是，迟蔚也没有给妈妈丝毫的情面，手臂一甩，大踏步往餐厅外面走去。

林菲依然呆滞地站在那儿，不知道接下来自己应该干什么。是跟着陈家声一起带着米米回家，还是像团空气一样，逃离此刻混乱的一切？

如果能像团空气一样逃离，该有多好！

林菲觉得自己的身子一下子虚弱极了，没有力气迈开双腿，没有力气去看迟秦的眼睛，甚至没有力气去向警察致谢，向米米的班主任陈老师致谢。这些帮助他们寻找孩子的人，一定看出了端倪。

经过林菲的身边，迟秦深深地看了她一眼，那眼神里似乎藏满了无尽的心疼，更多的却是无奈。是啊，这样的情形之下，迟秦不能像以往那样，将这个虚弱而又情怯的女人揽到怀里，告诉她，一切都不要怕，有他在，世界便在。

他的眼神只是一闪而过。他的长袖衬衣擦到了林菲的胳膊，林菲的这件短袖恰到好处地留出了皮肤的空间，让她准确无误地迎接到了来自迟秦的体温。可惜，那样的体温，也只在她的皮肤上面停留了瞬间。或许不足十分之一秒，便像阵无情的秋风一般刮了过去。于是，满满的萧瑟便侵占了林菲所有的触感。

林菲终于转过了身子，她知道自己呆滞的时间太长了，长到足以让人们展开所有丰富的想象。她将脸上的表情换成一副答谢的模样，她在谢警察，她在谢陈老师，她还在谢那几个好心跟过来的同学，她也在谢西餐店的老板，她还要谢谁？

她已经走到了西餐厅的门口，陈家声和米米站在那儿等她，没有将她一个人丢在这个表面拥挤却内心空荡的世界。

见林菲走了出来，吴英姿便迎着走了过来。她将迟蔚的手和书包交到了迟秦的手中。迟蔚想要挣扎，迟秦却面无表情地看了儿子一眼，手上并没有使劲，迟蔚便放弃了无谓的举动。这才是父亲的威严！那一刻的林菲，用余光始终追随着迟秦，心中竟然还有多余的空间感慨。

"希望我们以后不要见面。"吴英姿只说了这么一句话便又转身离开。可是，周围听到的人，应该一下子都理解了其中的深意。林菲也感受到了陈家声投来的探询的目光。在此过程，米米自始至终，一句话也没有说。

外婆一见到米米，便将米米整个揽到了怀里，呜咽着说道："米米啊，你是想要外婆的命吗？你为什么离家出走？你告诉外婆理由啊！你这个傻孩子，到底受了什么委屈？你告诉外婆，外婆帮你，外婆肯定能帮到你！"

"外婆，我来看您一眼，是想告诉您我一切都很好。我以后不跟您一起住了，我要回家住。外婆，您别问我为什么，以后有机会，我会告诉您原因的。外婆，您在家里要好好的，米米会经常来看您的。"

米米扑进外婆的怀里号啕大哭起来。可是，很快，她便止住了哭声，将自己的身子从外婆怀里脱离出来，看向陈家声说道："爸爸，咱们回家吧。"

走出了外婆家的房门，米米突然发现林菲没有跟着出来，她将脚步定下，她在对着林菲说话，可是，却全然不去看她一眼："妈妈，您不回家吗？"

"回……回。"

林菲已经顾不得思量米米的想法。米米和她说话了，她的宝贝女儿开口和她说话了，只要说话便会原谅，林菲天真地这样以为。她赶紧和母亲拥抱了一下，便急急往楼下走去。踏着女儿米米和丈夫陈家声刚刚走过的楼梯，往家的方向走去。

一进家门，米米便径直来到了自己的书桌前，对跟着走过来的陈家声说道："爸爸，你把我的书桌搬到小卧室，把我的东西都收拾过去。以后，你和妈妈住这间屋，我要一个人睡小卧室。"

发完指令，米米便又径直走到了小卧室，开始动手清理床上陈家声的东西。

林菲一脸惊愕的表情看着米米，她猜不透此刻的米米到底在想什么。可是潜意识中，看着陈家声正使着吃奶的劲在移动那张木头书桌，林菲赶紧上前搭了把手。夫妻二人齐心合力，将书桌移到了米米指定的位置。

房间按米米的意思收拾完后，米米坐到了客厅的沙发上，她又开口说话了："爸爸，妈妈，你们都坐过来，我们开一个家庭会议。"

陈家声似乎意识到了米米在帮助他似的，赶紧屁颠屁颠地跑了过来，紧挨着米米坐下。林菲则坐到了另外一张沙发上。

"你们是不是要离婚？"

米米先发制人。她的话让陈家声和林菲一愣，但很快，两个人都同时摆手说道："不离不离。"

"真不离？不是哄我？"米米的话里终于带出了一些孩子气。

"真不离。"陈家声表态说道，速度之快，语气之真挚，让米米终于满意地点了点头。

陈家声表态之后，林菲看了米米一眼，她的心里升腾不息着的悲哀情绪已经快要将她湮没，可她还是假装没有任何犹豫地响应道："不离，我们不离。"

那一刻的林菲，终于心哭如长河。

她知道，当她的话冲进对面两个人的心里时，不管她是如何不满，如何委屈，或是，如何抗争，她的未来已成定局。

"过日子得有个过日子的样，所以，我要对你们提几点要求。"米米又说道。

"别说几点，十点，爸爸也答应，只要你好好的。"陈家声再次率先表态。

"第一，爸爸您要戒烟戒酒。当然，我知道您很难做到。可是，如果您连做都不去做，那您肯定戒不了。"

"爸爸尽量去戒。"陈家声好像怕自己的态度不够坚决似的，马上又补充说道，"不，爸爸一定去戒。"

"为什么非要让您戒烟戒酒，是因为妈妈讨厌这一点。您和妈妈每次吵架，几乎都在您喝了酒之后。"

"爸爸一定能做到，请相信爸爸。"

"第二，您不能再和妈妈吵架。妈妈为这个家付出了很多，非常辛苦。您不仅要体谅妈妈，还要疼爱妈妈。你们大人之间的事情我也不懂，可我知道，你们当初结婚时一定不是现在这个样子。"

"这一点爸爸的确做得不好，做错了很多。爸爸答应你，爸爸以后要当一个好丈夫，一个好爸爸。"

"第三，我还希望您要承诺，永远不会离开妈妈，不管妈妈变老或是脾气变坏，也或者，犯了错误。我希望您永远不要离开她，因为我们三个人在一起才是一个完整的家，我不想当一个没有家的孩子。"

"爸爸答应你，不管在任何情况下，都要和妈妈在一起，我们一家三口在一起。"

陈家声完全看出了女儿的心思，忙不迭地连声答应着米米的一切要求。他已经看出来了，经过米米这么一番折腾，他和林菲的婚姻将继续往前走下去，即使依然还会风雨交加。可是，再大的风雨也难抗衡米米这颗想要守卫家的决心。

"妈妈，现在要谈对您的要求。"

米米终于抬眼去看林菲，她的目光和林菲的目光对视，林菲却瞬间一阵心虚。可是，她不想败给女儿，因为本就输在了女儿的明情面前。她支立着身子，努力将姿势保持挺直，与女儿保持一种相视，没有任何敌意和隔阂。

"这些年，您很辛苦，也很不容易，米米都看在了眼里。对您，就一点要求。希望您能像您和爸爸最初相遇时那样，再努力去爱上爸爸。即使完全没有办法再找回当年的感觉，可是，我希望您能顾及家的完整，努力去和爸爸和平相处。"

米米的话，犹如一股飓风，一下子便将林菲用了许久才护满周身的盔甲吹得支离破碎。

此情此景，她除了答应女儿的要求，无法表达任何自由的意愿。想想之前，米米无数次地感慨林菲的选择多么错误。可是，真的快要走到结局的时候，孩子心里想的，却是要将这样的错误纠偏，或是，仅仅将裂痕缝合。至少这样从表面上来看，家是完整的，生活，也便是完整的。

"妈妈会努力的。"林菲终于吐出了这样的六个字，像用尽了她五脏六腑的全部能量似的，吐出了这样一言九鼎的承诺。

她率先站起了身子，她不想再继续面对面地谈下去了，结局清晰了，过程便不再重要了。

可是，她的身子晃荡了一下，整个人便直直地摔到了地上。

| 第 33 章 |

# 这不是结局

一晃眼，时间便过去了半年。这半年中，所有的事情一如既往，比如，报社得到了很大的整改，蒋主任因为犯错被撤了职，报社的氛围回归了正常。

这座叫作江林的北方小城，终于在熬过了深秋的萧瑟、漫长而又寒冷的冬的肆虐之后，大街小巷迎来了一派明媚的春光，桃花已红，柳树更是衔了新绿。

新烫了一个头发的林菲，努力往头上喷着啫喱，试图将侧面翘着的一绺头发，压制得服服帖帖。

"妈妈，您还没有收拾好呀？您再这么磨蹭下去，刘欣阿姨这个新娘子可就等急了。您听，爸爸在楼下也在按喇叭，那喇叭声明明白白地在说，这中年女人出个门真是麻烦！"

女儿米米干脆从门口"咚咚"地跑到了林菲的身后，见林菲仍在一脸认真捯饬的样子，便忍不住一边催促，一边取笑。

"就好了就好了，就算是中年妇女，也不能马虎对待人生不是？"

林菲连声答应着，把镜子里的自己最后认真地看了一眼。在这样的认真里，她非常清晰地看到了一个顶着一头卷发的中年妇女。在这样的形象工程里耕耘，想要收获所谓的人生自信，似乎还想要留住青春的那点小尾巴。

　　江林晚报社女记者刘欣的婚礼，在整个江林市引起了轰动。原因很简单，整个迎新队伍，全是簇新的出租车，排成了壮观的长龙。所有的出租车司机全都穿着崭新的蓝色工作服。刘欣坐在打头的车上，开车的，是她的新郎，穿了簇新的黑色燕尾服，领口的蝴蝶结打得规整体面。刘欣自然身着一袭性感的拖地白婚纱。

　　刘欣似乎请来了江林市的所有记者，尤其是扛机子的叔叔大哥小弟，长枪短炮挨挨挤挤地在婚礼现场排成几排，那阵势，就跟电影节红地毯走秀似的。所有的聚焦，都只为期待那个终于找到新郎嫁出去的新娘。

　　米米一脸兴奋的表情连声说这是她见过的最搞笑的婚礼。林菲赶紧去拍打米米的小手，让她别乱说话。这样的结婚创意，可是让刘欣得意了许久。在筹备的时候，刘欣只要一描绘起婚礼的壮观场面，便会忍不住露齿大笑。

　　那样的大笑，是发自真心的，不仅仅是因为终于将自己嫁了出去，更是因为找到了一个真正值得嫁的男人。

　　刘欣的爱情故事实在传奇。

　　这一天的她，在外面应酬醉酒回家，没承想，下车时却将钱包落在了出租车上。

　　出租车司机名叫张文丰，是名年仅28岁的单身小伙子。等到他发现钱包的时候，刘欣已经下车很久了。他只知道刘欣下车的小区，却不知刘欣的家住在几号楼。幸好钱包里有刘欣的一小沓名片，张文丰便照着名片上的手机不停地打了过去。谁知，醉到近乎不省人事的刘欣，哪还能听得到手机的铃声。小伙子打了十几遍，刘欣一个也没有接起来。

　　万般无奈之下，张文丰便计划将钱包交到公司，由公司继续联系失主。

　　可是，当时是在夜班，公司调度室的人便想偷个小懒，说张文丰既然知道失主的电话，就自己将钱包送还失主吧，万一失主想到钱包并发现有未接来电，主动打了过来，张文丰还要回公司取钱包。

　　张文丰一想，便继续拨打起了刘欣的电话。

　　说来也真是有缘，刘欣睡着睡着突然想吐，便一下子惊醒过来。等到她吐净漱口之后，整个人这才清醒了个七八分。就在这时，张文丰的电话又打了过来。

　　急急下楼的刘欣，便看到了张文丰站在路灯底下等着自己。灵魂一出窍，她便一下子爱上了那个挺拔的身影。

刘欣追张文丰可是费了一番苦功夫，就差倒着送花送礼物了。张文丰一开始有心理障碍，觉得自己条件如此一般，怎敢接受长得漂亮、条件又好的女记者的爱。可刘欣的锲而不舍最终还是打动了他。虽说他们之间的年龄相差5岁，可是，小伙子因为长年跑出租，脸黝黑皮肤又粗糙，倒看起来比刘欣还要大一些。

林菲问刘欣，爱张文丰什么？

刘欣说，可能是酒精的原因，一眼看到路灯下的张文丰，便看对了眼。所以，便觉得他哪儿都好。真正接触起来，却发现果真是好。小伙子经常在市福利院做义工，还捐助了好几名贫困生读大学。还有一点让刘欣感动不已，张文丰是孤儿，他现在赡养的父母，都是他的养父母。可是，他比亲儿对他们还好。

那你们之间有共同语言吗？林菲怕刘欣只是一时感动，再次追问。

刘欣说，所谓的共同语言，还真是与受文化程度、家庭教育没有必然的联系。完全与个人的兴趣、性格的特点息息相关。因为是对的人，又从来不想试图去"改造"对方，所以他们的相处轻松而又愉悦，他们对许多事情的看法是趋近一致，他们喜好的食物趋近一致……他们无须背叛自己自幼便建立的价值观，只要按照自己的主观判断和本能去相处，便能一切和谐愉悦。

"其实，经历过这么多事情之后，我才明白，我不在意那个人是贫穷还是富有，帅或是丑，我在意的是平等对我的心，没有欺瞒真诚爱我的心。"刘欣一脸憧憬的表情说道。

因为真心相待，和张文丰好了之后，刘欣很快便享受到了女皇般的待遇。

张文丰总是想着如何哄刘欣开心，想出各种各样的节目，与刘欣共享休闲时光。更重要的是，他还买回了图文并茂的食谱，研习刘欣爱吃的每一样菜，他的厨艺在刘欣的赞许声中突飞猛进……刘欣说，她第一次吃到他做的水煮鱼片后，感动的眼泪落了一脸。他慌慌地偎到身前，一脸关切的表情问她怎么了。她借口辣椒太辣，辣到眼睛了。可是，他一定看出了她的感动，在她的额头重重吻了一下。

那一刻，刘欣看到了自己的真心，她想要与子执手的温暖。

"花一开，我们就去爱；风一吹，我们便跟着风跑。难道，这样不足够好吗？"

刘欣定定地看向林菲，似乎想要林菲如她一样，总有一天甩掉那些层层包裹着的没有任何实质意义的外壳！

刘欣婚礼结束之后，陈家声便载着林菲和米米一起到了岳母家。

岳母问了一个遍后，连声感慨说，刘欣终于嫁了一个好人家，过日子就应该这么一点一点地过起来。

她突然像想起了什么似的，从茶几上拿起一个邀请函后又说道，她的一个老姐妹要再婚了，让她去喝喜酒。她又感慨地说不管怎么折腾，这年头，结婚的还是要比离婚的多。

岳母的感慨让陈家声顺畅接过了话碴："妈妈说得太对了，这婚姻不管留在记忆里的日子，是闪亮的多，还是平淡的多，只要踏实过起日子，便一定会留下痕迹。就是这一道道的痕迹，将日子定在了岁月里。所以说，冲动是敌不过岁月的这种恒定的。自然，结婚要比离婚的多。"

陈家声这半洋半土的解释，让岳母笑出声来。她眼睛看向林菲，声音却是对着陈家声说："这生活，总是要跌跌撞撞着往前。跌倒了知道爬起来，并尽量避开可能还会跌倒的地方，这人啊，也就算真正长大了。"

从母亲家出来，陈家声提议去公园转一转，说憋闷了一个冬天，他作为一家之长，该带着妻子女儿奔向自然的怀抱，寻一些姹紫嫣红，将他们的生活装扮得色彩纷呈。

正是初春的四月，天已经变得瓦蓝瓦蓝，朵朵洁净而饱满的白云就像缀在蓝绸上的宝石，让人每望一眼，都不由得生出美好的情愫。

林菲坐在副驾驶座，灵魂出窍，想起了迟秦吻她的那一天。那一天，也是这样的天，也有这样的云。

算起来，整整半年没有见过迟秦了。江林其实并不大，可是，两个人想要错过，却总能如石沉大海，永难重逢。

最开始，迟秦找过她。可是，她拒绝接他的任何电话，所有的短信她看也不看，便直接按下了删除键。

女儿的决绝对抗，让林菲突然明白，每个人都有独属自己的那轮明月，或许，迟秦是对的那一轮，可惜，她却已是别人的明月。所以，她只能将对的那轮明月放还给岁月和人生。当然，她感谢曾有的那几晚的温暖月光，也向往那样的月光给她更多似水柔情。

"就此别过，无须再见。"

这是林菲发给迟秦的最后一条短信。

或许，对于她和迟秦，从来都不存在刚好的暧昧，只是在记忆的晴空里，在茫茫的人海里，庆幸遇到过，只是庆幸。

在等待红绿灯的间隙，林菲的目光掠过马路上一个又一个急匆匆的身影。这样的感觉很美妙，就像是偷窥着别人匆忙的人生，心里瞬间涌出各种各样奇妙或是不堪的想象，却不必为此付出任何代价。

绿灯亮起，一个人影透过车窗移进林菲的视线。

林菲有些迷惑，想要确认，可是，绿灯亮了，他们的车子只能向左，那辆车却转向了右。林菲没有回头去找，只是让那种迷惑继续在脑海里发酵。

因为她知道，有些东西是找不来，也找不回的。